王国敏

乙亥之秋

赋说中原

——王国钦辞赋欣赏

主编　姚待献

郑州大学出版社
·郑州·

图书在版编目（CIP）数据

赋说中原：王国钦辞赋欣赏 / 姚待献主编．— 郑州：郑州大学出版社，2019.7

ISBN 978-7-5645-6530-5

Ⅰ．①赋… Ⅱ．①姚… Ⅲ．①赋—文学欣赏—中国—当代Ⅳ．① I207.224

中国版本图书馆 CIP 数据核字（2019）第 137776 号

郑州大学出版社出版发行
郑州市大学路 40 号　　邮政编码：450052
出版人：张功员　　发行电话：0371-66966070
全国新华书店经销
河南省诚和印制有限公司印制
开本：700 mm×1000 mm　1/16
印张：16.5　　插页：22
字数：171 千字
版次：2019 年 7 月第 1 版　　印次：2019 年 7 月第 1 次印刷

书号：ISBN 978-7-5645-6530-5　　定价：68.00 元

賦說中原

郑州二七塔　冯国斌　画

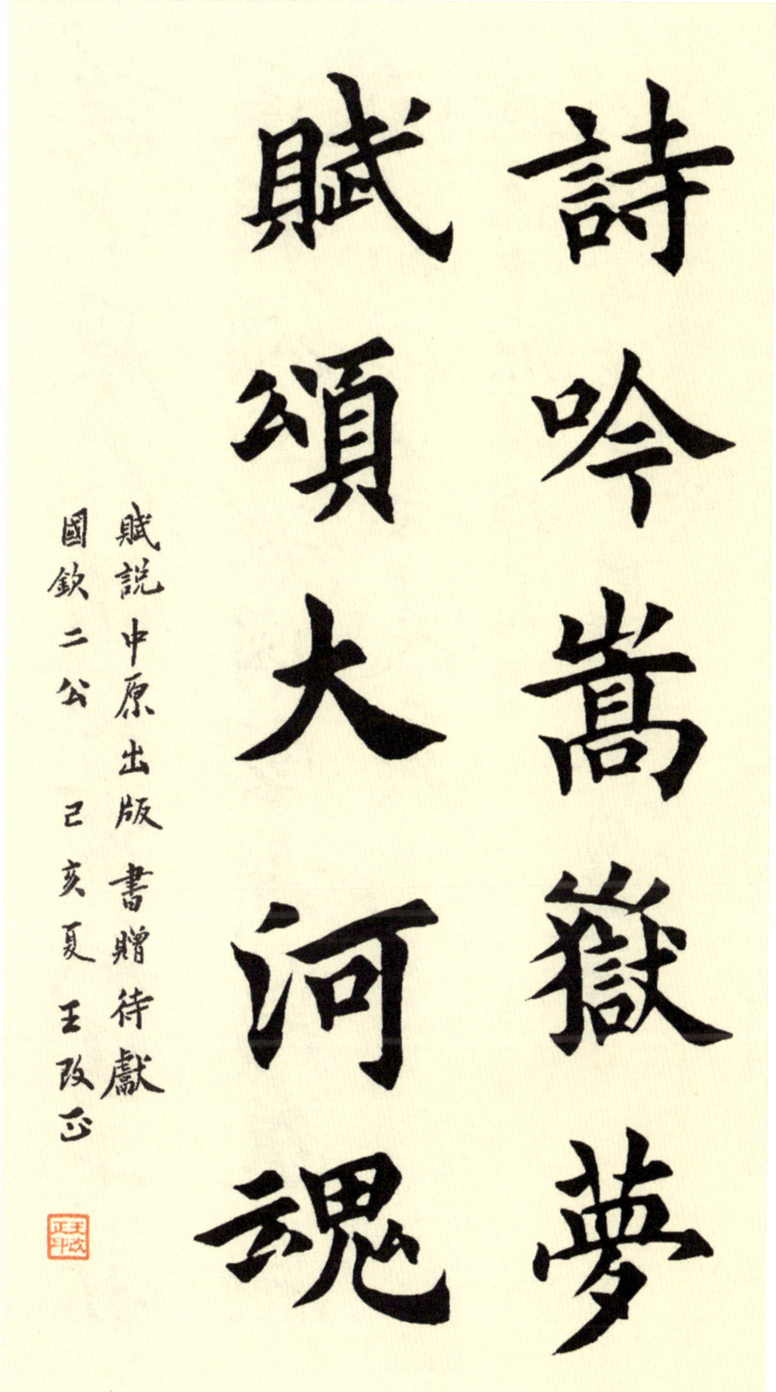

诗吟嵩岳梦 赋颂大河魂 **王改正** 撰并书

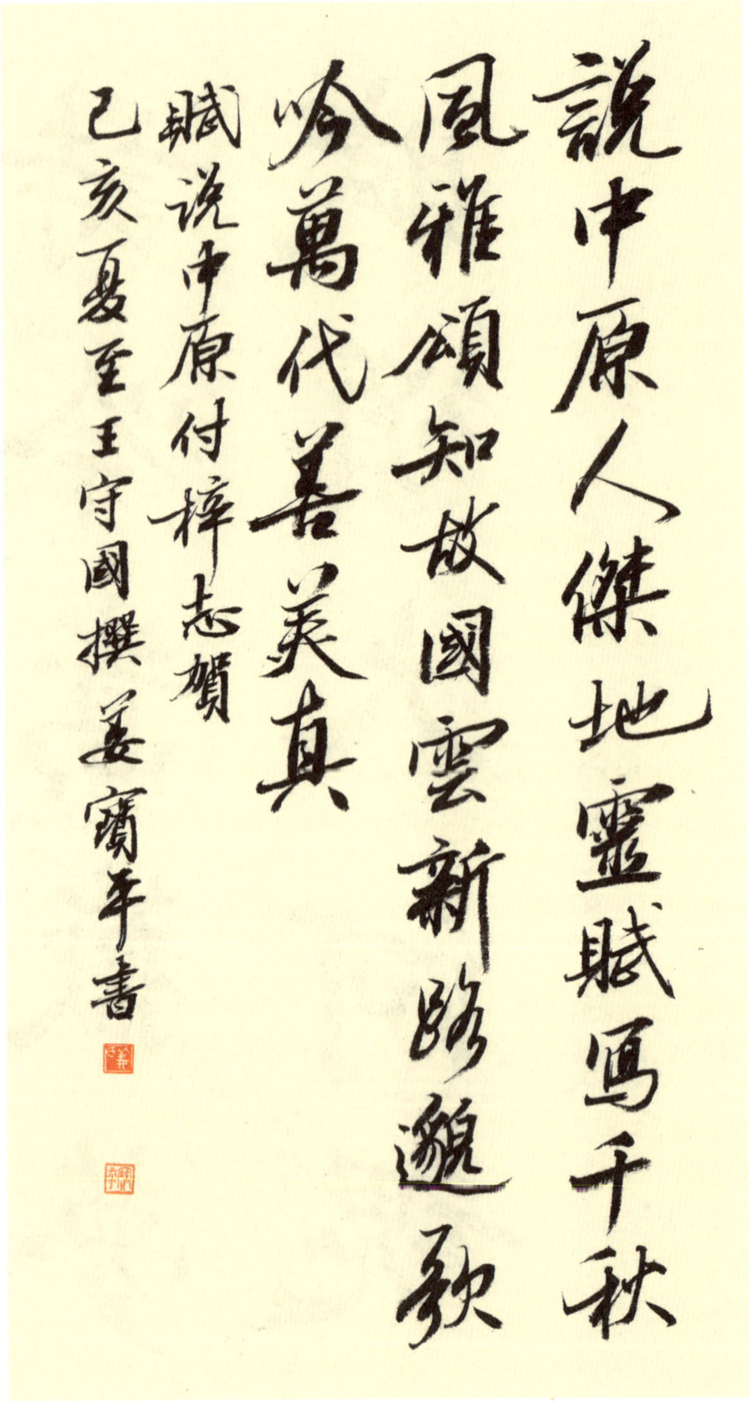

说中原人杰地灵，赋写千秋风雅颂；知故国云新路邈，歌吟万代善美真。王守国　撰　姜宝平　书

2016年“八一”前夕，受郑州市委市政府委托，郑州市慰问团到访“郑州舰”。团长姚待献（右四）在郑州舰举行的欢迎仪式上致辞指出：“郑州是郑州舰全体官兵的第二故乡。《郑州赋》悬挂在郑州舰的舰仓里，已经成为郑州人民与郑州舰官兵深情厚谊的象征。希望大家认真阅读、学习《郑州赋》，加深了解郑州的历史与文化，为建设我们的新郑州而共同努力。”

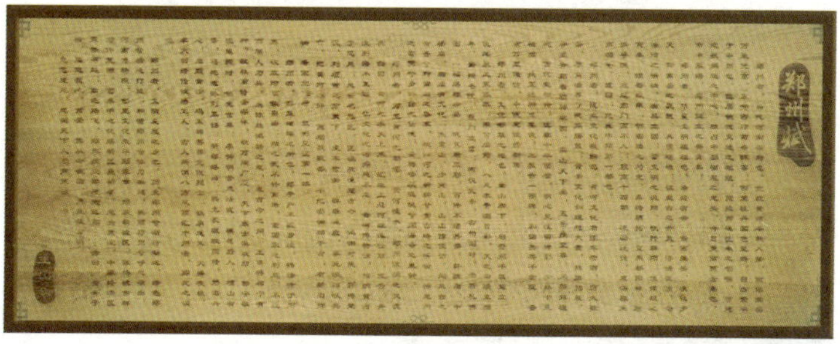

郑州舰在不同时期悬挂过不同形式的《郑州赋》。此为本书主编2016年慰问郑州舰时所见到的雕刻版《郑州赋》

中国人民解放军海军东海舰队郑州号新型驱逐舰（舷号151）

2018年4月8日，《郑州赋》竣工揭幕仪式在郑州园博园轩辕阁隆重举行

姚待献在《郑州赋》揭幕仪式上致辞

“轩辕阁”匾额由著名书法家张海题写

参加揭幕仪式的部分来宾在现场合影（前排右五为姚待献，前排右七为《郑州赋》作者王国钦）

目录

代　序

王国钦辞赋选

专家评论选

代后记

代序

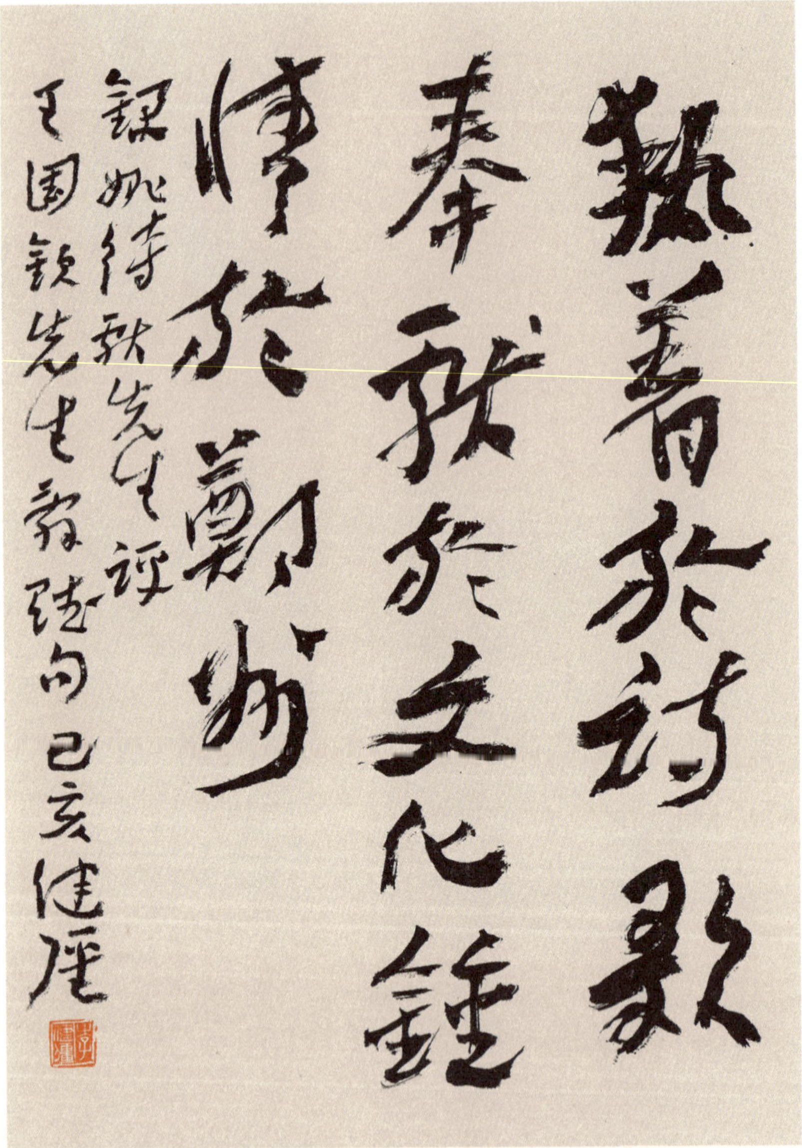

录姚待献先生评王国钦先生辞赋句　李健强　书

王国钦：执着于诗歌，奉献于文化，钟情于郑州

——我所知道的“郑州辞赋第一人”

姚待献

在河南、全国诗词（歌）界，王国钦的名字并不陌生。但我要说他是与东汉时期的“二蔡”（蔡邕、蔡文姬）父女及魏晋时期的“三阮”（阮瑀、阮籍、阮咸，其中阮瑀是建安七子之一，阮籍、阮咸皆为竹林七贤之一）叔侄是隔代老乡，很多人就不一定都知道了。作为郑州诗词学会会长，笔者之所以如此为本篇文章开头，因为国钦先生就是来自开封（陈留）尉氏的一位当代诗人。

1983年从位于开封的河南大学（时称河南师范大学）中文系毕业以后，国钦先生被分配到位于省会郑州的河南省计委经济研究所工作。由于其浓重的文化情结，一年后主动要求调至当时的河南人民出版社文艺处、后来的黄河（河南）文艺出版社工作至今。

数十年从事文艺编辑工作坚持不懈，数十年奉献文艺出版事业乐此不疲，数十年践行诗歌创作收获丰硕，数十年进行艺术创新未曾停歇——这就是国钦先生毕业至今最真实的工作与生活写照。

从1987年开始，国钦先生就追随我国著名诗人林从龙先生，积极参与河南诗词学会的早期筹建等各项工作，先后担任了学会的副秘书长、副会长、副会长兼秘书长、常务副会长兼秘书长暨河南省诗歌创作研究会副会长等工作。期间，先后主持开展了“全国首届‘三星杯’青年诗词大奖赛”（1992年）；参与了“全国首届青年诗词研讨会”，当选为中华青年诗词学会筹委会副主任（1993年），担任中华诗词学会青年部副部长至2015年；组织开展了持续多年的全省各地诗词学会“先进集体”“先进个人”的评选、授牌活动，主持进行了河南省首届“诗圣杯”诗词作品评选活动（2007年），主持了纪念杜甫诞辰1300周年暨“诗圣杯”海内外诗词大奖赛活动（2012年）……从第三届全国诗词研讨会（1990年）开始，到第二届、第三届中华诗词学会会员代表大会；从海内外纪念毛泽东诞辰100周年学术研讨会（1993年），到第一届、第二届海峡两岸中华诗词高峰论坛，他数十次参加了全国各地的大型诗词活动，以及省内外新诗界的“黄河诗会”暨“高峰论坛”等等。

从1990年开始，国钦先生与张志钦先生一起追随林从龙先生，积极参与了河南诗词学会会刊《中州诗词》的创办及具体编辑工作。至2008年，他先后担任《中州诗词》的责编、副主编、常务副主编工作达18年（其后多年担任副主编工作未计在内）。期间，除每年4期的正常编辑工作之外，还负责《中州诗词》的印刷出版、年度核检及登记工作，多次主持《中州诗词》的栏目改版及印刷工作，多次负责《中州诗词》的专辑出版及大型采风活动工作。2001年，应时任中华诗词学会会长孙轶青之邀，他还阶段性代理《中华诗词》编辑部主任；期间，丝毫没有影响到他的秘书长工作及《中州诗词》的编辑主持工作。

国钦先生第一个提出并大力倡导度词、新词的创新理论且持续不懈地践行之，已先后主持举办了5届“新凤杯”（“仙客来杯”）全国度词新词创新大赛，先后代表组委会向马凯、丁芒、顾浩、周兴俊、张福有、林峰(香港)、蔡世平等著名诗人授予了“特别荣誉创新奖”。同时，他自己也被第四届组委会授予了这一“特别荣誉创新奖”。1987年，他的《度词·赏秋光》诞生于开封第四届“菊花花会”期间，也由此诞生了当代诗词创新进程中的第一首新体诗——度词（后来又发展衍生了新词）。其后，在河南固始、开封、洛阳、安阳、项城、永城乃至河北承德各地，先后成立了“度词新词研究小组”，从而使其具有了广泛的创新实验基础。从1990年到2016年，经过二十多年的创作实践，他先后撰写了“度词、新词问题答疑系列之一、之二、之三”，并为度词、新词创作奠定了扎实的理论基础。

1997年11月，著名诗人丁芒先生在《谈诗词改革兼论王国钦先生之“度词”》一文中指出：“王国钦先生既然最早提出来，而且已经取得了不少成绩，产生了积极影响，‘度词’就应该继续下去。我相信其精力与才力，是可以担当这一列车（指诗词改革接轨工程）的前驱重任的。”2002年1月，著名诗人林从龙先生在《中州诗词》撰文《“樊篱”要突破，自由度新词》称赞国钦先生：“更为可贵的是，王国钦并没有仅仅停滞在‘度词’的表象思考和一般实践上，而是从‘倡今知古，双轨并行’的战略高度又提出了一个‘新词’的概念，实际上也是为‘度词’增加了一个新品种……真正实现了孙老（轶青）关于创新‘一步到位’的论断。从这个意义上说，王国钦为此做出了坚持不懈的努力，我认为是值得肯定和称许的。”林从龙先生的一片惜才、爱才之心，在这里得到了比较充分的表露。2002年5月，著名学者霍松林先生在专门给国钦先生的复函中明确指出：“我支持你把这‘新体’搞下去！”2012年，国钦先生邀请郑彦英、李稚农主编出版了《春风着意出阳关——关于度词、新词的创新实践与理论探讨》（精装）。2014年至2017年，他与范国甫先生一起策划、组织了“天下诗林”的创办工作并初步形成基本规模；还连续多年举办了“天下诗林大会暨天下诗人拜诗圣”等系列活动；创办了创新性诗刊《大家度词》（后更名《天下诗林》）并任主编；组织成立了中华诗词创新研究会并任执行会长，组织开展了一系列诗词创新活动。

2010年新春，受中华诗词论坛之邀，国钦先生主持创办了以河南网络诗人为主要成员的“大河之南”版块并担任首任版主多年。2013年3月，中华诗词论坛十周年之际，曾任“大河之南”版主的多位诗友，分别获得了“十大勤勉版主”“十大巾帼诗人”“十大捷才诗人”“十大高产诗人”等称号。而他自己，也荣获了“十大敬业首版”的称号。2009年以来，他连续十年受邀担任中华诗词学会教育培训中心高级研修班指导老师。同时，国钦先生先后担任了中华诗词学会、中国毛泽东诗词研究会的常务理事工作，还被诗刊社的“子曰诗社”聘为顾问。

正常的出版工作之余，国钦先生在1993至1998年主持并主编了“新纪元中华诗词艺术书库”（7辑70卷，其中第一辑名誉主编为臧克家，第二至第七辑名誉主编为霍松林、林从龙）；主持主编了“丁亥诗丛”（包括《中州诗词精华》等7卷，2007年）、《羽帆诗选》（10卷，2012年，与李伟昉合编）、《千秋大写杜陵魂》（2013年）、“嵩岳诗丛五人行”（5卷，2017年）；受中华诗词学会之邀，以副主编身份主持了《中华诗词十五年》（上、下卷，2002年）的编辑出版工作，并先后参与了《河南当代诗词选》（2012年）、《河南当代诗词选·续》（2013年）、《中华诗词集成·河南卷》（上、中、下，2014年）、《赓歌齐唱水龙吟》（2017年）及《毛泽东颂歌》（2018年）的编辑工作。另外还编著出版了《云中谁寄锦书来——宋代诗词精品类编合集》《左手青春右手诗——青少年名诗经典300首“心赏”》，校注出版了刘坡公的《学诗百法》《学词百法》，等等。

2011年9月中旬，中华诗词研究院在北京钓鱼台正式成立。除在京的专家学者、著名诗人之外，研究院特意从全国各地邀请了9位著名诗人参加这一盛会——国钦先生有幸代表河南诗人受邀，现场见证了这一重要的历史时刻——这也是河南诗人的共同荣誉啊！

国钦先生长期坚持诗词创作与理论探索，在《诗刊》及增刊《子曰》和《中华诗词》《中华辞赋》《中华诗词年鉴》《心潮诗词评论》《当代诗词》《世界汉诗》《北京吟坛》《诗词报》《诗选刊》《诗词家》《诗词世界》《华夏吟友》《诗与远方》《莽原》《奔流》《河南诗人》《诗国》《长白山诗词》《湖南诗词》《陕西诗词》《甘肃诗词》《桂林诗词》《松溪诗词》《大河诗歌》《中州诗词》等专业报刊，先后在《光明日报》《人民日报·海外版》《文艺报》《文汇报（香港）》《中国日报》《新华诗页》《中华读书报》《羊城晚报》《河南日报》《大河报》《河南新闻出版报》《文化时报》《河南工人报》《郑州日报》《郑州晚报》《开封日报》等数十家社会报刊发表作品或评论。北京的《诗词之友》与香港的《中华诗人》在2017年年初、年底，分别将其作为“封面人物”并专题推出了他的作品专辑。至于各地微信公众号不断推出其作品专辑或邀请其担任顾问者，已经不胜枚举了。

从2004年至今，国钦先生先后出版了诗词作品集《知时斋丛稿·歌吟之旅》《知时斋诗赋》，出版了诗词理论集《知时斋丛稿·守望者说》《知时斋说诗》等。其作品及文章，既容纳了诗词及楹联、诗词和创新、诗论与诗话、新诗（包括朗诵诗）在内的多种诗体形式，也涉及到兴观群怨、步韵嘉和、嘤鸣悼念、网络临屏等多种题材内容。放眼当代全国诗词（歌）领域，能够同时在作品创作及理论创新等多方面、跨体裁进行写作并取得一定成就者，确实是为数不多的！

早在2002年11月，著名教授杨景龙先生就专门撰文，称国钦先生为“诗词阵营的双枪将”（《诗词阵营的双枪将——王国钦的诗词创作与理论探讨》）；2016年8月，著名文艺评论家郑伯农先生又称国钦先生有“三手儿”：“一手儿写诗词新作，一手儿抓编辑出版，一手儿写诗词理论评论。”（《致王国钦》）分别对国钦先生的诗词创作、诗词编辑与诗词理论进行了充分肯定。2017 年 2 月 23 日，中华诗词研究院学术部负责人莫真宝在《光明日报》发表长篇专题评论文章称：王国钦的《知时斋说诗》，“收录了他三十多年来从事中华诗词创作、评论、出版以及诗体探索的重要成果，集中探讨了中华诗词创新发展进程中的各种现象，是当代诗词评论与研究的重要收获。”（《诗词的当代价值、创新与发展》）中华诗词研究院原常务副院长、当代著名诗词家蔡世平，在为国钦先生的《知时斋诗赋》所作之序中指出：“《知时斋诗赋》的出版价值在于：这不仅是王国钦数十年诗歌创作结出的硕果，呈现出诗人可贵的文体探索精神和不懈的艺术追求，同时亦反映出世纪交替时期的中国诗歌生态。我把这篇序文的题目定名为《一个人的诗词时代》，其意亦在此。”

从“双枪将”到“三手儿”，从“重要收获”到“一个人的诗词时代”，在我看来也未必能全面涵括国钦先生 30 多年以来所取得的文学成就。尤其是从 2008 年以来，他的辞赋创作不仅为自己开拓了一片新的文学领域，而且在当代河南的辞赋创作中独树一帜。作为一名“老郑州”，在十年以来，他批量创作了表现其热爱郑州之情、建设郑州之志的辞赋作品。因此，若称之为“郑州辞赋第一人”，应当是名副其实的。

之所以称王国钦先生为“郑州辞赋第一人”，首先是《郑州赋》已经成为郑州有史以来正式发表在国家级报刊上的第一个词赋。2008 年 2 月 5 日，由其创作的《郑州赋》在《光明日报》“百城赋”系列发表之际，我当时就剪下来收藏；2013 年 12 月，《郑州赋》被悬挂在东海舰队的“郑州号”新型驱逐舰上，这是我代表郑州市委市政府到访该舰时所亲眼看到的；2017 年 9 月，郑州园博园将《郑州赋》镶嵌在园内轩辕阁顶层；2018 年 4 月 8 日，《郑州赋》落成揭幕仪式在园博园正式举行——这是园博园自建园以来诸多展示郑州本土文化、并且具有文化地标意义的重要作品之一。

之所以称国钦先生为“郑州辞赋第一人”，还因为他在《郑州赋》之后又连续创作了一批表现郑州地方文化、本土文化的相关文赋。由于郑州居于九州之中，是中华文明的主要发祥地之一，郑州本土文化不仅仅具有地方性，而且在全国也同样占据重要的文化地位。具体而言，国钦先生的这些辞赋作品，体现了以下一些主要特点：

第一，作品主题内容之系统性

这里所说的“系统性”，不仅表现在郑州区域从古到今制赋内容方面的系统性，而且表现在多数专题作品文化方面的涵括性。除《郑州赋》之外，《丁亥年黄帝故里拜祖大典拜祖文》主要表现了以古今新郑为中心的黄帝文化；《拜诗圣文》主要表现了以巩义为主的诗圣文化；《告成赋》所表现的“天地之中”“二十四节气”文化在登封告成；《郑州高新区赋》《河南出版产业园赋》《天下诗林颂》所表现的主要为当代内容，多在郑州市区。而《贾鲁河赋》所表现的区域水文化，则容纳了郑州市区以及登封、新密、荥阳、中牟等地。如此高密度、序列化、持续性地为某一个区域集中制赋，在全国来说也是十分罕见的。

其专题内容的“系统性”，还体现在每一篇作品先后时空的次序分述及准确表达上。以应邀而制的《告成赋》为例，其全文各段第一句分别是：

夫告成者，文化名镇，为华夏第一都也。
夫告成者，南北东西，诚天地之中心也。
夫告成者，春夏秋冬，曰天文之圣城也。
夫告成者，天中原点，谓文化之灵魂也。
夫告成者，承古向今，乃钟灵而毓秀也。

在各段第一句的统领之下，告成古今之天文、地理、历史诸方面的文化成就、文化地位及其在全国乃至世界独特的文化影响，都得以次序井然地展示。由此，我们可见作者在谋篇布局方面的苦旨所在。

如果说国钦先生的这些辞赋，每一篇都是某一个区域或某一个专题从古到今沿革历史与文化历史清晰展现的话，那么他的众多辞赋就是郑州部分地区沿革历史与文化历史的综合艺术展现。其中，既容纳了大量的历史人物、历史事件、成语典故，如黄帝、周公、大禹、杜甫、白居易、李商隐、郭守敬、李明仲等，如群雄逐鹿、大功告成、立竿见影、鸿鹄之志、箕阴避暑、噤若寒蝉等；也包括了大量具有典型意义的当代人物、事件、地点，如毛泽东、李大钊、吉鸿昌、冯玉祥、常香玉、任长霞、刘洋，高新区开发、新郑拜祖、中原经济区、航空港等。再如：“贾鲁河，郑州之景观河、新生河也。民国迄今，大疏小修不绝于时也……将‘一河’辟设‘两区’兮，溯‘三源'浪飞'七湖';观'八景'重忆千秋兮,'十中心'服务市民。水系新生,即贾鲁河新生,亦郑州市新生也!南水北调,尤为郑州水系锦上添花矣!"(《贾鲁河赋》)通过这种特殊的辞赋形式,国钦先生不仅系统梳理、深入发掘、有效升华、大力弘扬了郑州悠久而优秀的传统文化,而且再次激活了郑州辖区范围各个时期所留下的历史片段、所取得的辉煌业绩及所涌现的杰出人物。如他在《郑州赋》中有句云:"首序八大古都,创文化之源远流长。或曰:此真中华第一都也。"这里所说的"第一都",《告成赋》在第一段第一句就给予了很好的旁证:"夫告成者,文化名镇,为华夏第一都也。"并在对应注释中写道:"告成:原谓阳城。约公元前2070年,大禹即在此建立我国历史上第一个夏王朝。经中国古都学会权威认定的西安、洛阳、南京、北京、开封、杭州、安阳、郑州等八大古都,郑州建都最早,而郑州之建都史即从告成开始。"

第二,作品文化内容之深刻性

对于一个当代中国作家而言,其可采用的作品形式可谓丰富多彩,如诗、词、曲、散文、随笔、小说、报告文学、新诗、散文诗等等。但一部(首)文学作品是否成功的关键,并不在于作者采用了什么形式。且不说多数当代作家对辞赋创作的望而却步,已无声说明了这种形式的艺术含量之高。国钦先生这些作品自身对于特定文化内涵理解的深刻性与表现的艺术性,则是其取得成功的主要原因。

2018年4月8日，笔者在“《郑州赋》揭幕仪式”上的致辞中谈到：“《郑州赋》雕刻作品正式入驻轩辕阁这个园博园标志性建筑的顶层，是一个具有历史文化意义的重要时刻，也是郑州园博园自建园以来选入的诸多展示郑州本土文化、并且具有地域标志的重要作品之一……不仅给广大入园游客带来了愉悦的视觉享受，更让大家品味到了一场心灵的精神盛宴。”“他的作品，集诗的意境、画的色彩、歌的韵味于一身，融人文自然、文学艺术、人生感悟于一体，对不同景物、不同人物都有着独特的视角和不俗的见解。”

以《郑州赋》为例，国钦先生从“当代河南省府”“华夏文明祖根”“民族文化滥觞”“文化形胜之地”“万里黄河之都”“群星璀璨之所”“文明发展之乡”七个方面，艺术地表现了郑州在不同方面、不同领域、不同历史阶段的不同文化风貌。如“市中双塔，郑州挺立之脊骨”一句，形象地将“塔”喻为“挺立之脊骨”，凸显了二七大罢工为郑州所赋予的城市精神。如“黄河德水，郑州流淌之灵魂”一句，生动地将“水”喻为“流淌之灵魂”，丰富了黄河与郑州在文化精神方面的特殊内容——所谓“道前人所未道”，诚此之谓也。二七塔拔地矗立，巍然入云；黄河水自天而降，澎湃东流。从其形象而言，一小一大、一静一动；从其时空而言，一今一古、一纵一横。两者综合起来，则立体地展现出郑州市自古至今深刻的文化内涵。如第一段“位居铁道交通之枢纽，扼控高速往来之咽喉，可建空航网运之中心，独占中部崛起之龙头”等句，别具慧眼地预测了郑州航空港的独特优势，几句话已经使其规模初具、呼之欲出。

十余年后的今日读来，着实令人感慨不已、惊叹莫名。

《丁亥年黄帝故里拜祖大典拜祖文》《天下诗林颂》和《拜诗圣文》，采用的是一种四言形式，分别表达了海内外华人对于炎黄先祖的缅怀之情、当代诗家对于当代诗词发展的自豪之情和对千秋诗圣的崇敬之情。尤其是《拜诗圣文》，已连续五年于清明节期间在巩义杜甫纪念园祭拜现场诵读。每年祭拜之前，作者都会对祭文重新进行认真的修订，以期在内容上与时俱进。情到深处，作者如此写道：“酒奠三巡，乾坤肃穆。思君无邪，情关黎庶。颂其善美，斥彼硕鼠。大爱真情，甘霖似乳。滋润心田，无论寒暑。广厦千间，情追老杜。遥望苍天，龙翔凤翥。好雨当春，载歌载舞。”简洁、准确地写出了诗圣之所以成为“诗圣”的深刻文化本质。2019 年 4 月，在巩义市举行的“杜甫故里诗词大会”开幕式上，郑州市人大常委会副主任、巩义市委书记袁三军，亲自授予国钦先生和其他四人“杜甫文化推广大使”的光荣称号。现在看来，也确实是名副其实了！

在《告成赋》中，“天圆地方，九州萦豫，测景（yǐng）台为帝王治国地之胆；地久天长，众星北拱，周公庙乃握发吐哺天之心”一句，第一次为“天心地胆”的历史传说赋予了具体、丰富、深刻的文化内质。“苍天神授君权，是谓‘道通天地有形外’；俗世民为邦本，实乃‘德蕴阴阳无影中’”一句，巧妙借用测景台的一副古代对联，第一次阐明了自古“苍天神授君权”意识与而今“俗世民为邦本”理念的本质性区别。再如“中州大地‘中不中’之俗语，乃‘天中’语言之活化石也”，则第一次从语言学角度推出一个学术性论断，不仅使人耳目一新，而且令人心悦诚服。

第三，作品思想及形式之当代性

作为一种特殊而独立的文学体裁，辞赋起于战国、兴于两汉、延于后世，在形式上又有其“骚赋”“骈赋”“律赋”“散赋”“文赋”“大赋”“小赋”之别。

2008至2009年，《光明日报》连续推出“百城赋”系列；由闵凡路、袁志敏先生创办的《中华辞赋》杂志，2008年在北京创刊，后来被中宣部特别允许公开发行。十多年来，各种形式的辞赋创作及活动在全国范围内十分活跃。而河南的辞赋创作及研究组织，也先后在洛阳、安阳等地成立，并各自产生了一批质量较好的辞赋作品。

古语云：“文无定法。”在国钦先生的所有文学创作中，我明显地感受到始终体现着“创新”二字。尤其是在辞赋创作方面，他认为：“数千年之后的今天，制赋者更应在语言、内容、体式及思想表述等方面‘与时俱进’。如一味模仿或拘泥于作品形式的佶屈聱牙、晦涩难懂，或作品内容丝毫没有当代人的思想情感、文化特点、生活气息，那么这位作家就可能有‘掉书袋’之嫌，其作品的读者范围及艺术生命力肯定会受到较大局限。”

乙酉春节，时任国务院秘书长的马凯先生寄赠国钦先生一套线装版《马凯诗词存稿》。因马凯先生在附信中对于新体诗多有灼见和支持，国钦先生遂以《度词·三叠马蹄骄》相赠。其中第二阕如此写道：

任重何辞万里遥？情深更待马蹄骄。梅竹菊兰且自钊。几度沧桑，身手展雄韬。大业尤须追日志，经纶手，领新潮。

在这里，我们能够明显地体悟到：国钦先生数十年来一以贯之的创新实践，具有着多么高远的家国情怀与多么可贵的自觉意识！所以，在国钦先生的辞赋作品中，有大赋的铺张，有小赋的精致，也有文赋的雅丽。有“骈赋”的四六句式，有“律赋”的工整对仗，也有“骚赋”语气词的适当运用。但更多的，则是将多种形式融于一体的创造性穿插运用及灵活性艺术表现：其句法错落而多变，其章法畅达而开放，并不过分刻意于音律、藻采、对偶及典故堆积，押韵则更注重于文本主题的内在旋律——或许，这也是其作品广受欢迎的原因之一吧！

在《郑州赋》的起始和结尾部分，作者分别植入的度词《钟声远·登郑州二七纪念塔》、新词《马蹄骄·为郑州四桥一路竣工命笔》，与赋文本身水乳交融地表现了郑州二七塔、郑州四桥一路的历史作用与壮观景象。而度词、新词本身，则是作者30多年来持续倡导与践行的一种新的诗体形式。“龙头盘空，中原经济区、中原航空港乘势而起；高地腾飞，郑州园博园、郑州轩辕阁展翅远翔。自主创新，国家又一示范；自由贸易，精彩再续新章。”我们读着《郑州赋》中的这些句子，就及时地感受着郑州市由最新发展所带来的新风貌、新气象，也避免了沉溺于历史内容的绵长之中而不得自拔。如《告成赋》的最后一段：“呜呼，立天中眺望天下兮，啸海腾龙、龙马新途、百业正兴堪告慰；快哉，自天下回眸天中兮，植桐引凤、凤凰涅槃、万象更新再成功。”在语气词“呜呼”“快哉”的引领之下，作者娴熟地运用了电影镜头的远推与近拉技术，运用了对联中的对仗、顶针等修辞手法，往复回环地使用了“龙”“龙马”及“凤”“凤凰”等意象，并巧妙地将“告成”二字分别嵌入上下句的对应位置上——不动声色而匠心独运，一旦点明则恍然称妙。

《郑州高新区赋》是国钦先生应邀为纪念郑州高新技术开发区成立20周年所制之作。纯粹的当代生活主题、当代科技内容，为这篇赋文的制作带来了诸多困难。作者知难而上，将全篇分为“热土拓荒”“生态蓝图”“中原追梦”“创造辉煌”“使命如山”五部分，全景式地表现了高新区20年来的发展脉络及所取得的非凡成就。“金菊街合欢街，月季冬青拥苍翠；长椿路牡丹路，月桂水仙竞芳芬。樱花路边且赏樱花舞，风景这边独好；海棠路上难得海棠醉，靓丽古都逢春……”朋友，面对如此美景，你难道没有产生“心向往之”的艺术感觉吗？“道道光标闪烁心灵之律动，方方胶片珍藏历史之云霞。传华夏文明，探索新世纪出版之路；承甲骨风韵，张扬大中华文化之旌。”“出版园者，中原出版传媒集团之百代基石、千秋基业、文化作坊、精神家园也。”（《河南出版产业园赋》）朋友，阅读如此华章，你不为河南出版产业园的诞生而心生自豪吗？

再如，作者在《贾鲁河赋》结尾写道：“赋毕，意犹未尽，复有同韵组诗五首《贾鲁河边走》流出笔端也。”这一形式，在古今众多的辞赋创作中极为罕见。同韵题诗，一组五首，表现了作者在格律诗创作方面的深厚功力；同韵题诗，韵及五方，分别表现了“风”“客”“楼”“友”“水”

的景象与意象；同韵题诗，韵及东、南、西、北、中，分别代表了中国传统文化中五行的木、火、金、水、土。而第五首以“黎民居广厦，工部喜徘徊”收尾，象征着诗圣“安得广厦千万间，大庇天下寒士俱欢颜”心愿的即将实现。历史与现实，在这里得以不动声色地艺术交融——朋友，你一定看出来了！

地以文名，地以诗名。作为具有中国特色、中国气派的诗词文赋，在数千年文化传统中具有非常特殊的历史及文学地位。如范仲淹的《岳阳楼记》，王勃的《滕王阁序》，崔颢、李白、毛泽东有关《黄鹤楼》的诗作，分别为湖南的岳阳楼、江西的滕王阁、湖北的黄鹤楼带来了穿越时空的文化内涵及持续不断的文化影响。

数千年来，作为中国文化主要发祥地的中州大地，长期遗憾于缺位一座文化名楼及一篇文化名赋。如今，《郑州赋》已金碧辉煌地展示在轩辕阁第四层的顶楼之上，已成为郑州市一张靓丽的最新文化名片之一，不仅填补了“名楼名赋”的历史空白，而且为弘扬光大郑州乃至中州的当代优秀文化做出了积极贡献。同时，国钦先生这些内容涉及郑州区域的辞赋作品，每一篇都堪称所表现内容或区域主题的“第一赋”，每一篇都产生了广泛的影响。如此，我们称国钦先生为“郑州辞赋第一人”，着实是名副其实的。

除以上作品之外，本书还同时选录了国钦先生表现郑州以外其他内容的多篇辞赋作品。其中的《河南大学赋》《中南财经政法大学赋》两篇，均为应邀特制之作，分别展现了两所著名高校的教育理念、名师风采及人文特色。2018 年 10 月 25 日，《河南大学》校报又以整版篇幅重新发表了《河南大学赋·修订版》，以纪念河南大学建校106周年，充分体现了河南大学对于本校毕业生这篇作品的重视与欣赏。2018年10月28日是中南财经政法大学的建校70周年纪念日，此前10月10日晚上央视的《焦点访谈》系列节目《平语近人》第一期中所谈中心内容，与国钦先生《中南财经政法大学赋》的主要内容，几乎是不约而同地一致："大学之道，明德新民、止于至善也"；"学子之义，格物致知、诚意正心也"；"修身、齐家、治国、平天下者，古今师生之久远追寻矣"——对此，中南财经政法大学的师生无不交口称誉。

国钦先生的《兰考赋》，于2017年6月在中共十九大召开之前应邀而作。经过一年有余的推敲、琢磨，他不仅对兰考这个豫东名县政治、经济、文化、历史等进行了多方面、多层次的主题思考，更重要的是注入了对焦裕禄和焦裕禄精神的真诚敬佩之意与无限向往之情。

茫茫大中原，生民繁衍早。
荡荡大中原，星月何皎皎。
莽莽大中原，黄河更绵邈。
鼎鼎大中原，巍巍仰兰考。
泱泱大中原，希望在兰考。

以上每一个段落起首两句的意向表现，就是其思考与敬佩的精炼表达。联想到焦裕禄同志到兰考之前曾两进两出尉氏，不仅与尉氏姑娘徐静雅喜结良缘，而且在尉氏大地留下了传诵至今的精神风范；联想到国钦先生曾经总主编（执行）出版一套《焦裕禄精神文献典藏》（16

卷31册，精装），以至成为焦裕禄逝世50多年来第一套相关内容的大型文化类作品，我们也就不难理解《兰考赋》所表达的情感之切与理解之深了：“噫吁嚱，彼‘焦桐’之如诗如画，公仆人人入画境；此‘习桐’之闻鼓闻歌，党员个个踏歌行。”单是在文学作品中第一次提出“习桐”二字，就已见出作者之境界与胆识了。

之所以称国钦先生为“郑州辞赋第一人”，不仅仅因为他的《郑州赋》第一个正式发表在国家级报刊上，也不仅仅因为《郑州赋》第一次被正式镶嵌在郑州的苍茫大地上、留存在悠久的文化历史上，而且由于他为郑州所制之赋在数量上也是最多的（截至目前为九篇）。

其实，国钦先生的诗歌创作，最早是从新诗开始的。1983年3月10日晚上，他与同年级其他三位同学一起组织成立了河大中文系的诗歌社团“羽帆诗社”并担任第一届社长。在2013年“羽帆诗社”成立三十周年座谈会上，河南诗歌学会原会长马新朝当场感叹道：“在河南当代诗歌界，‘羽帆诗社’成员撑起了半壁江山。从某种意义而言，假如没有‘羽帆诗社’，那么我们河南的当代诗歌史就有可能要重写。”由此，我们也就可以感受到国钦先生对于河南新诗影响的广泛与深刻程度了。

今天看来，国钦先生已经是寓居郑州三十六年的“老郑州”了。他在河南的文艺出版岗位上已连续工作三十五年，从2004年担任河南文艺出版社编审、副总编辑已达十五年之久。期间，他策划、责编了许多文化类、诗词（歌）类图书。主要有：台港文学艺术丛书（7卷8册），新文化元典丛书《回眸〈新青年〉》（3卷），《〈新青年〉百年典藏》（5卷），唐诗宋词名家精品类编（10卷），《毛泽东诗词鉴赏》(臧克家主编),《毛泽东诗词唱和》(国内首次出版),《春风着意出阳关》,“民国诗词学文献珍本整理与研究”(国家出版基金项目,55卷),“全民国诗话”(影印版,53卷),《焦裕禄精神文献典藏》(31卷),《丝路书香·中华经典好诗词》(30卷),等等。如此来说,执着于诗歌事业、钟情于文化建设,不正是国钦先生数十年来忠贞不渝、持续不断的生命追求吗?

在对国钦先生作品的解读过程中,我还偶然了解到他在河南诗词学会主持工作期间的一件事,诸多当事者应该还能记得。2007年,河南省首届“诗圣杯”诗词作品集评选活动由国钦先生提议并主要主持进行。为加大活动的力度与影响,国钦先生与时任会长林从龙先生商议,要将奖项分为终身成就奖、重要成就奖、主要成就奖以及一、二、三等奖,要将某企业自愿赞助的50000元费用全部作为奖金颁发——这可是河南诗词界前所未有过的重奖!鉴于国钦先生多年来为学会所做贡献及所取得成就,鉴于他的两本著作《知时斋丛稿·歌吟之旅》与《知时斋丛稿·守望者说》已于2005年在大象出版社出版,林从龙会长反复提出:“国钦自己也‘应该获奖’。”但是,为了能让全省各地更多的优秀诗人有机会获得奖项,国钦先生在无法说服林老师的情况下,就在学会办公会上苦口婆心地说服各位与会会长、副会长,最终成功推辞掉林老的提议,主动放弃了这一次名利双收的获奖机会——这件事原本与创作无关,但我却从中感受到了国钦先生无私无欲的精神境界和胸怀全局的领导情怀。与某些为了名利而不择手段、投机取巧者相比,这种看来有些“稀缺”的“愚钝”精神,不恰恰是一个真正诗人所必备的吗!不也恰恰是值得予以发扬光大的吗！

多年以来，在全国各地的诗词队伍中，存在着一个年龄结构相对失衡的问题。而今，国钦先生虽然已奉献于诗词文化事业数十年，但其距退休还有多年——因为他“出道”之际还是一个20多岁的毛头小伙子。我们郑州诗词学会成立20多年以来，已相继涌现出一批著名诗人及优秀作品。国钦先生作为一个“老郑州”，现在还应该属于风华正茂的年轻人呢！他的路还很长，我们相信他能为郑州乃至中原的地方文化建设做出更大贡献，也期待他在促进当代诗词文化事业的创新发展中取得更大的艺术成就！

2018年11月18日初稿

2019年5月28日定稿

王国钦辞赋选

郑州赋（修订版）

王国钦

郑州，中国古代文明主要发祥地之一。夏、商、管、郑、韩五国为都，隋、唐、五代、宋、金、元、明、清八代为州。轩辕黄帝故里、夏都阳城遗址、裴李岗遗址、大师姑遗址、大河村遗址、小双桥遗址、郑州商城、郑韩故城等，先后记载了郑州 8000 多年的文明史。京广、陇海两大铁路交会于此，使郑州成为全国最大的客运站之一、全国最大的零担货物中转站和亚洲最大的列车编组站。107 国道和 310 国道、京珠高速和连霍高速交会于此，与境内 18 条公路干线一并构成了四通八达的公路交通网络。郑州空港已通航全国 40 多个大中城市。作为河南省政治、经济、文化中心，郑州下辖 5 市 1 县 6 区，总面积 7446.2 平方公里，人口 600.3 万。作为全国首批优秀旅游城市，郑州具有驰名中外的中岳嵩山、少林寺、黄河风景名胜区等 11 处国家级文物保护单位以及非常丰富的旅游资源。

郑州者，当代河南省府也。北枕黄河千秋入梦，南依嵩岳万里凭高；东邻古汴菊香醉客，西望牡丹国色呈娇，自古繁华于中州也。位居铁道交通之枢纽，扼控高速往来之咽喉，可建空航网运之中心，独占中部崛起之龙头，今日更商贾云集也。郑州福塔，历史高度之新更矣。市中双塔，郑州挺立之脊骨矣。“有朋自远方来”，则塔下“不亦乐乎”！有词证之曰：“朗朗乾坤，魂凝双塔，气贯长虹。大笔如椽，倒题天宇：二七雄风。青史写峥嵘。记铁路狂潮总罢工。把京汉丹心，换了自由；听江岸汽笛，呐喊声声。芳草萋萋，年年如故，说郑州人杰地英灵。云汉钟声远，关河塔色雄。　　喜升平。看游客每从双塔识绿城。普乐园中先烈恨，长春桥畔后人情。步云阶，抒云志；裁云手，舞云龙。凭高望远，来去流霞万籁鸣。画楼环塔立，桑野抱烟生。惊回首，万方商贾、正弄潮商战竞奇兵。愿潇洒，伴君行。”

郑州者，华夏文明祖根也。《诗经》有云：“嵩高维岳，峻极于天。”仰嵩岳之巍巍，具茨嵯峨；证盘古之开天，浮清沉浊。念溱洧之泱泱，忆有熊立国；肇文明之滥觞，在轩辕阡陌；使嫘祖之育桑，念嫫母织帛；创图腾之为龙，感鼎铸疆拓。夏禹都阳城，疏洪导流，三过家门而不入；殷商十四朝，流动迁徙，成汤称王而都亳。岁逾三千六百，证中原之物华天宝；首序八大古都，创文化之源远流长。或曰：“此真中华第一都也。”

郑州者，民族文化滥觞也。黄河文化若陈年老酒，历久弥香，孕育滋养了民族摇篮；黄帝文化如理想大纛，旌旗招展，守望开拓着精神家园。嵩山天下奥，五岳推至尊；问禅拜祖庭，文化竞相传：达摩十年面壁，明心见性留禅影；少林十三棍僧，扶正祛邪成美谈。图碑合一融三教，和谐共存千余载；文化情怀二里岗，早期时代说青铜。普京万里造访，中俄友谊续新篇。连战丁亥祭祖，两岸情系中国结；古刹喜迎罗格，奥运精神激情燃。千古传承，至今绵绵而不断也。

郑州者，文化形胜之地也。嵩山脚下，启母阙千载耸立，洗耳泉风采犹在；周公庙前，八尺表量测日影，天之中确立当年。嵩阳书院，程门立雪；西汉武帝，古柏倒封。帝后礼佛图，一幅堪称珍品；巩义唐三彩，百件不嫌其多。打虎亭汉墓，浮雕石刻媲美墨彩壁画；嵩岳寺古塔，建筑艺术并辉佛教内涵。禅封中岳，武则天赐名登封；石淙会饮，玉女台摩崖题诗。青铜礼器称绝唱，莲鹤和合；红陶黑彩敢夺魁，双壶并联。刘梦得兴来文撰《管城新驿》，朱少章积年著成《曲洧旧闻》。轩辕庙、中岳庙，庙庙有文化；初祖庵、二祖庵，庵庵见精神。太室山、少室山，山山传佳话；金水河、贾鲁河，河河叙古贤。郑州商城、郑韩故城，历史风云归域内；后周皇陵、北宋皇陵，多少帝王化尘烟。京畿数朝，遗址幸存裴李岗；古都八景，义山别上夕阳楼。闻凤台之荷香兮，种莆田之春草；观汴河之新柳兮，赏古塔之晴云；待龙冈之雪霁兮，步卦台之仙境；登梅峰以远眺兮，闻海寺之晨钟。

郑州者，万里黄河之都也。黄河德水，郑州流淌之灵魂矣！白曰：“黄河之水天上来”，汇“地上悬河”雄浑壮丽；或云：“奔流到海不复回”，让“文化之河”绵延不息。黄河博物馆，馆纳黄河于咫尺；风景名胜区，区涵胜境冠古今。大河遗址，仰韶痕迹，黄河文化称标志；广武清台，历史桥梁，文化延伸访龙山。鸿沟对垒，弈搏楚汉，刘项曾此分天下；虎牢险关，群雄逐鹿，黎民涕泪叹兴亡。五龙峰、岳山寺、骆驼岭，风光旖旎；浮天阁、开襟亭、引鹭轩，引人遐思。母亲河畔，四海宾朋瞻“哺育”；向阳山头，八方华裔拜“炎黄”。把黄河办好，画稻菽飘香，半纪安澜功千古；有新旧辉映，看南北飞跨，双影见证第一桥。黄河滚滚东入海，中下游从此两分也。

郑州者，群星璀璨之所也。郑子产不毁乡校，铸法律于刑鼎，议政给百姓自由；烛之武不计前嫌，重国家之利益，不战而屈人刀兵。弦高市牛，救国大义显商家本色；郑国治水，赴秦修渠富关中百姓。韩非子《五蠹》《说难》，赢得秦王翘拇指；申不害术重法治，终使韩国列七雄；列御寇道德学问，初具朴素辨证观。羡陈胜鸿鹄之志，发古今之问：“王侯将相宁有种？”敬杜甫诗圣襟怀，欲万间广厦，“天下寒士俱欢颜！”疾风送云，收霞推月，郑虔三绝诗书画；为时而著，为事而作，乐天乐府《琵琶行》。郭守敬之观星授时，领先世界；李明仲著《营造法式》，模范后人。檀山有幸，福地邀卧刘禹锡；新郑堪当，热土长眠欧阳修。爱国将领沙春元，率舰痛击英法寇；抗日先锋吉鸿昌，饮恨题诗姓字香。碧海丹心，血殷黄沙，冯玉祥善葬北伐烈士；铁肩道义，火播夜校，李大钊经传铁路工人。魏巍倾情，一支笔追寻“谁人最可爱”；香玉放喉，八十年唱响豫剧《红》《白》《花》。高耀洁、任长霞、王百姓，大智大勇一心为民，感动十亿中国百姓；葛新爱、邓亚萍、孙甜甜，顽强拼搏百折不挠，赢得多少世界冠军。崇德重文身许国，塔沟武校开先例。女杰航天称第一，苍穹万里看刘洋……

所谓“八方风雨汇中州”者，即此之谓也。

郑州者，文明发展之乡也。历史郑州兮渐行渐远，绿色郑州兮精心打造；和谐郑州兮协力共建，美丽郑州兮呼之欲出。郑风苑、花园口、玉皇寨、绿城广场，风光若画；环翠峪、雁鸣湖、雪花洞、嵩山公园，秀色可餐。金水流河，千秋遗爱随波漾；紫荆映日，万鸽依人带笑飞。新姿初展，绿城无愧黄帝故里；中原腾飞，高新开发独占鳌头。河南博物院，彰显文化史华彩乐章；郑东新城区，张扬城市群宏伟蓝图。天兆吉祥，奠始祖长虹贯日；图生美景，开新纪文化增辉：世界客属归根郑州已落户，艺术中心化蝶新区亮新姿；“梨园春”期期催生新擂主，《大河报》天天称雄一百强。龙头盘空，中原经济区、中原航空港乘势而起；高地腾飞，郑州园博园、郑州轩辕阁展翅远翔。自主创新，国家又一示范；自由贸易，精彩再续新章。打造中华新品牌，把郑州列入中心城市；命名新型驱逐舰，让内陆从此联通海洋。《诗》曰：“青青子衿，悠悠我心。”甫云：“露从今夜白，月是故乡明。”复证之以新词曰：“大笔凭谁信手描？郑州一夜画中瞧！金水河边仰立交。玉带龙盘，高路马蹄骄。今日图开新境界，风潇洒，彩云飘。　　逐鹿中原烽火起，绿城商战卷狂飙。笑看群英各逞豪。亮丽雕栏，鹏翼入云霄。同谱中华开放曲，行香子，念奴娇。”

走笔至此，忽闻天下人同声笑曰：“中！”何者？中州、中原、中流乃至中华之千秋好梦，皆源之于此且必将梦圆也！

冠古今大河遺址仰韶痕迹黃河文化稱標志廣武清臺歷史橋梁文化延伸
訪龍山鴻溝對壘弈搏楚漢劉項曾此分天下虎牢險關群雄逐鹿黎民涕淚
嘆興亡五龍峰嶽山寺駱駝嶺風光旖旎浮天閣闊襟阜引鷲嘶引人遐思母
親河畔四海賓朋瞻哺育何陽山顛八方華裔拜炎黃把黃河辦好畫稿鼓瓢
春半紀安瀾功千古有秋叢輝映看南北跨雙影見證第一橋黃河滾滾東入
海中下游從此兩分也鄭州者群星璀璨之所也鄭子產不毀鄉校鑄灋律於
刑鼎議政給百姓自由燭之武不計前嫌重國家之利益不戰而屈人刀兵弦
高市牛救國大義顯商家本色鄭國治水赴秦修渠富關中百姓韓非子五蠹
說難贏得秦王翹拇指申不害術重灋治終使韓國列七雄列御寇道德學問
初具樸素辯證觀義陳勝鴻鵠之志發古今之問王侯將相寧有種敬杜甫詩
聖襟懷欲萬間廣廈天下寒士俱歡顏疾風送雲收霞推月鄭虔三絕詩書畫
為時而著為事而作樂天樂府琵琶行郭守敬觀星授時領先世界李仲明營
造法式標範後人擅山有幸福地遊臥劉禹錫歎鄭堪當熱土長眠歐陽修愛
國將領沙春元率艦痛擊英法寇批日先鋒吉鴻昌飲恨題詩姓字香碧海丹
心血鑄黃沙馮玉祥善葬北伐烈士鐵肩道義火播夜校李大釗經傳談路工
人古人所謂八方風雨匯中州者即此謂也鄭州者文明發展之鄉也歷史鄭
州今漸行漸遠綠色鄭州精心打造和諧鄭州考協力共建美麗鄭州今呼出
敬出鄭風花花園口玉皇寨綠城廣場風光若畫環翠峪雁鳴湖雪花洞嵩山
公園秀色可餐金水流河千秋遺愛隨波漾紫荊映日黑鶴依人帶笑飛新姿
初展綠城無愧黃帝故里中原騰飛高歌開發獨占鰲頭河南博物院觀顯文
化史華彩樂章鄭東新城區張揚城市群宏偉藍圖天兆吉祥奠始祖長虹貫
日園生義景開新紀文化增輝世界客屬歸根鄭州已洛戶藝術中心化蝶新
區亮新姿盛境如意園博園軒轅閣點睛之筆高地騰飛鄭州航空港展翅遠
翔詩曰青青子衿悠悠我心有雲露從今夜白月是故鄉明復證之以詞曰大
筆憑誰信手描鄭州一夜畫中雕金水河邊仰立支玉帶龍盤高路馬蹄驕令
日苗開新境界風瀟灑彩雲飄逐鹿中原烽火起綠城商戰捲狂飆笑看群英
各逞豪亮麗雕欄鴻翼入雲霄同譜中華開放曲行香子念奴嬌走筆至此忽
聞天下人同聲唉曰中何者中州中原中流乃至中華之千穐好夢皆源出於
此且必將夢圓也

丁酉年春王國欽撰文　劉憲吉書丹

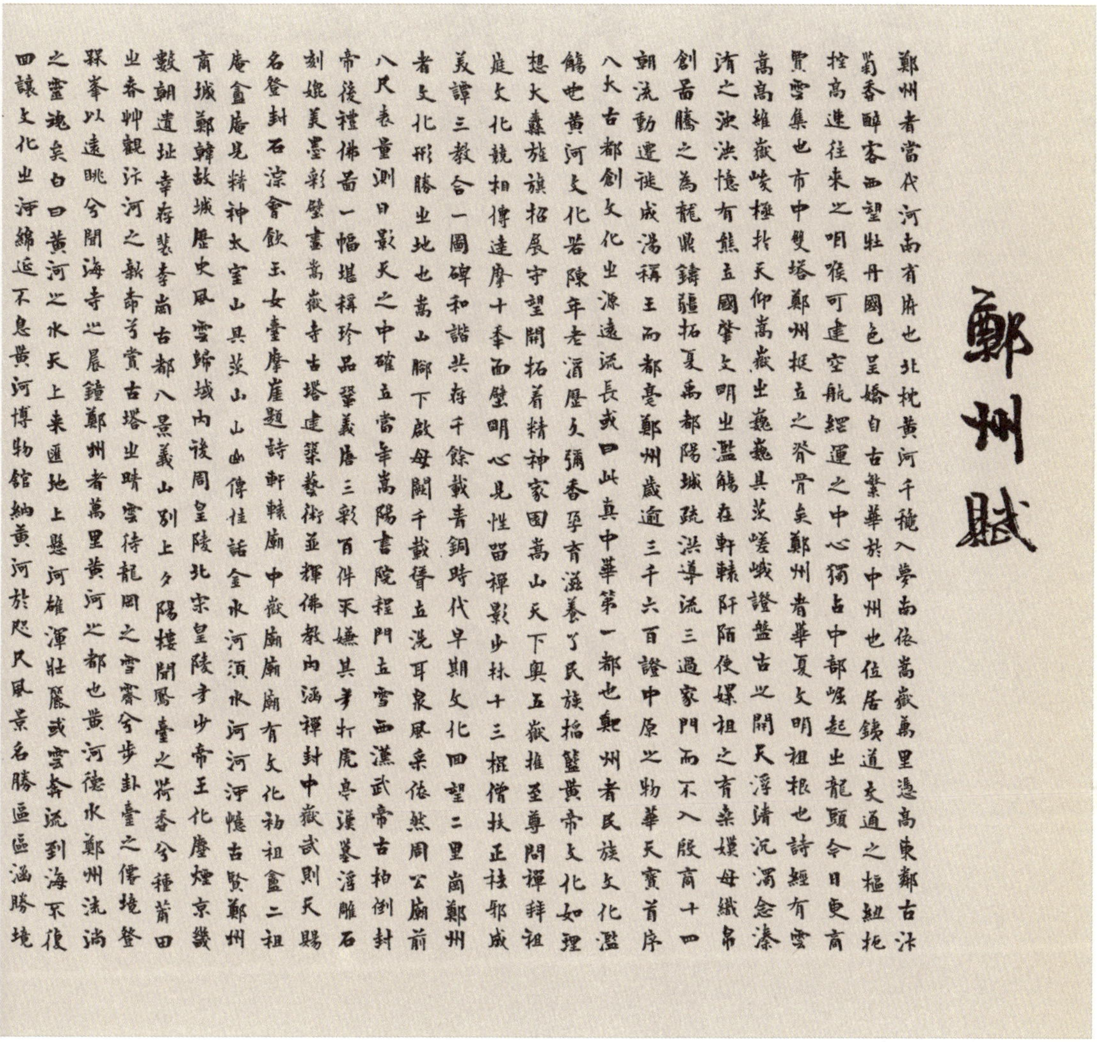

鄭州賦

鄭州者當代河南省府也北枕黃河千穗入夢南依嵩嶽萬里憑高東鄰古汴菊香醉客西望牡丹國色呈嬌自古繁華於中州也位居鐵道交通之樞紐扼控高速往來之咽喉可建空航經運之中心獨占中部崛起之龍頭今日更高貫雲集也市中雙塔鄭州挺立之脊骨矣鄭州者華夏文明祖根也詩經有雲嵩高維嶽峻極於天仰嵩嶽之巍巍具茨嵯峨證盤古之開天浮靖沉濁念溱洧之泱洪憶有熊立國肇文明之濫觴在軒轅阡陌使嫘祖之育桑嫘母織帛創圖騰之為龍鼎鑄疆拓夏禹都陽城疏洪導流三過家門而不入殷商十四朝流動遷徙成湯稱王而都亳鄭州歲逾三千六百證中原之物華天寶首序八大古都創文化之源遠流長或曰此真中華第一都也鄭州者民族文化濫觴也黃河文化若陳年老酒歷久彌香孕育滋養了民族搖籃黃帝文化如理想大纛旌旗招展守望開拓着精神家園嵩山天下奧五嶽推至尊問禪拜祖庭文化競相傳達摩十年面壁明心見性留禪影少林十三棍僧扶正祛邪成義譚三教合一圖碑和諧共存千餘載青銅時代早期文化回望二里崗鄭州者文化形勝之地也嵩山腳下啟母闕千載聳立洗耳泉風采依然周公廟前八尺表量測日影天之中確立當年嵩陽書院程門立雪西漢武帝古柏倒封帝後禮佛圖一幅堪稱珍品鞏義唐三彩百件不嫌其多打虎亭漢墓浮雕石刻媲美墨彩壁畫嵩嶽寺古塔建築藝術並輝佛教內涵禪封中嶽武則天賜名登封石淙會飲玉女臺摩崖題詩軒轅廟中嶽廟廟有文化初祖盦二祖庵盦庵見精神太室山與茨山山幽傳佳話金水河須水河河河憶古賢鄭州商城鄭韓故城歷史風雲歸域內後周皇陵北宋皇陵孝少帝王化塵煙京畿數朝遺址幸存裴李崗古都八景義山別上夕陽樓閣鳳臺之荷香兮種莆田之春艸觀汴河之秋奇芳賞古塔之晴雲待龍岡之雪霽兮步卦臺之僊境登罙峯以遠眺兮聞海寺之晨鐘鄭州者萬里黃河之都也黃河從水鄭州流淌之靈魂矣白曰黃河之水天上來匯地上懸河雄渾壯麗或雲奔流到海不復回讓文化之河綿延不息黃河博物館納黃河於咫尺風景名勝區區涵勝境

轩辕阁版《郑州赋》 **刘震方** 书

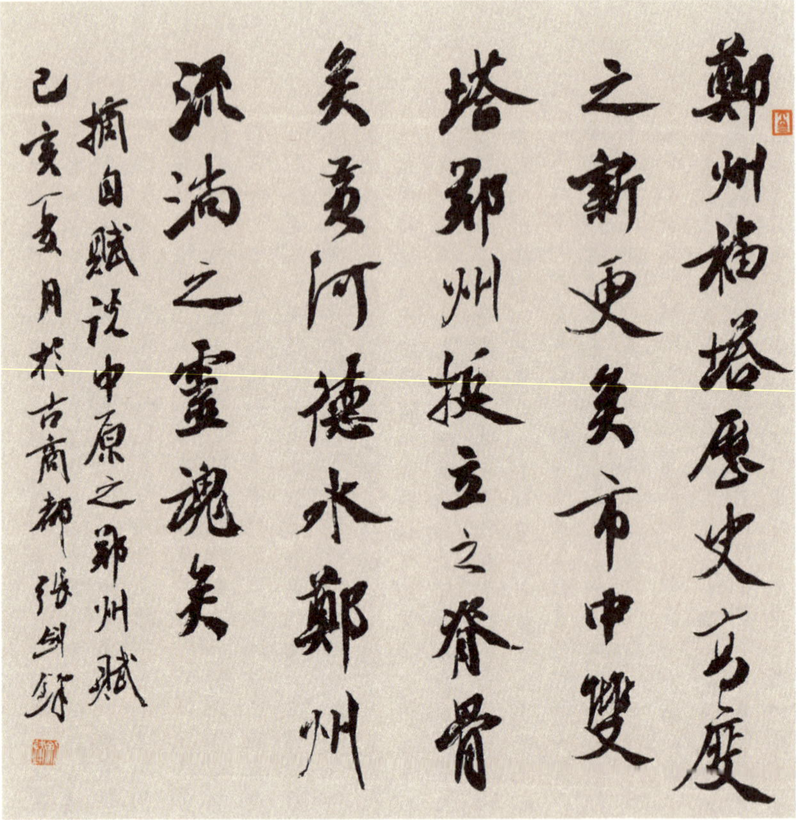

《郑州赋》摘句　**张剑锋**　书

注释：

（1）具茨：指具茨山，在今河南新郑、新密一带，古代为有熊氏部族的主要发祥及活动区域。《史记》载黄帝曾登此山，现代考古曾在此山发现有远古的神秘岩画、壮观城堡等。

（2）盘古：盘古开天辟地，是中国流传极广的神话传说。

（3）溱洧：溱水和洧水。溱水，古水名，发源于今河南省新密市白寨镇；洧水，古水名，发源于今河南省登封县阳城山。二水均为中国最古老之河流。溱洧二水在交流寨村汇流后称双洎河，最后随贾鲁河注入颍河。《诗经》郑风有一首诗即曰《溱洧》。

（4）有熊：上古时期黄帝部落生活及立国之地（即今河南新郑一带）。有熊国始于少典，传至黄帝时，相继战胜蚩尤与炎帝，遂成为华夏共祖。

（5）轩辕：一指轩辕丘（即有熊），一指轩辕黄帝。

（6）嫘祖：轩辕黄帝的元妃。因其发明了养蚕缫丝，为后人尊称为"光蚕娘娘"。《史记·五帝本纪》记载："黄帝居轩辕之丘，而娶西陵之女，是谓嫘祖。"

（7）嫫母：相传嫫母貌丑而有德，被黄帝着意娶为次妃，在元妃嫘祖逝世后专门掌管后宫。

（8）夏禹都阳地，成汤而都亳：夏商两朝都曾在郑州地区建都。商汤原在商丘建都，后迁至郑州，两地均称为"亳"。

（9）三千六百：据考证，郑州的商代城墙距今已有三千六百年以上的建城史。

（10）达摩面壁：达摩原为印度高僧，北魏时期曾来到中国的洛阳、嵩山一代传授禅教。传说他曾在嵩山西麓五乳峰上的一个天然洞穴中面壁十年悟道。如周恩来诗云："面壁十年图破壁，难酬蹈海亦英雄。"

（11）十三棍僧：指唐代少林寺十三位僧人出手帮助唐王攻克洛阳并奠定大唐统一基业的故事。

（12）三教合一图碑：指“混元三教九流图赞”碑。图成圆形，正面是一位双手捧着“九流混元图”的佛祖释迦，但在佛祖左耳处，是头着道冠的道家老子侧身像，其右耳处是头着儒冠的儒家孔子侧身像，全图圆润相融地体现了佛、道、儒三教共荣共生的和谐思想。此碑刻立于嘉靖四十四年（1565年），现存嵩山少林寺。

（13）普京、连战、罗格分别于2006年3月22日、2007年4月17日和2007年8月11日参观访问了嵩山少林寺。

（14）周公庙：位于登封市东南告成镇，又名测景台。“八尺表”是我国当时用土圭测影、验证时令的仪器。每到夏至这一天，测景台的长度正好与下面石座北上沿的长度相吻合，所以测景台又称“无影台”。人们认为只有位于天地之中的地方才会出现这个奇观，所以就有了“中州”“中原”之类的称呼（可参阅《告成赋》有关内容及注释）。

（15）义山别上夕阳楼：“义山”即唐代诗人李商隐，他曾留下《夕阳楼》：“花明柳暗绕天愁，上尽重城更上楼。欲问孤鸿向何处？不知身世自悠悠。”夕阳楼始建于北魏，原址在郑州市荥阳一带。

（16）哺育：指黄河风景名胜区的“哺育”雕像。

（17）炎黄：指黄河风景名胜区的“炎黄二帝”巨型塑像。

（18）半纪安澜：1952年10月31日，毛泽东主席亲临郑州邙山视察黄河，并留下“你们要把黄河的事情办好”的谆谆嘱托。周恩来总理也十分关心黄河的治理工作。从此以后，黄河彻底摆脱了“三年两决口，十年一改道”的悲惨历史，并开始为两岸人民造福。

（19）双影见证第一桥：黄河风景名胜区东北侧，两条黄河铁路大桥横跨天堑，既是中国近代史的见证，也是景区的一大景观。老桥始建于清朝光绪年间，于1905年建成，由比利时和法国联合承建，是万里黄河上第一座钢体结构大桥。新中国成立不久，国家先后拨款对大桥进行了5次加固，运输能力比新中国成立前提高了36倍。1960年，为适应新的历史发展，新中国自行设计的一座新的黄河铁路大桥，在老桥西侧500米处建成通车。大桥双轨复线，全长2895米，气势宏伟，颇为壮观。

（20）乐天：唐代诗人白居易的字。他在《与元九书》中说："自登朝来，年齿渐长，阅事渐多……始知文章合为时而著，歌诗合为事而作。"

（21）郭守敬，字若思，我国元代著名天文历法学家。他主持完成的一部新历法，由元世祖忽必烈定名"授时历"。《授时历》推算出一年为365.2425日，与现代天文学家用精密仪器测出地球绕太阳一周的实际时间只差26秒，也比格利高里历早了三百年。李明仲，即李诫，郑州管城县小乔（今属新郑市小乔乡）人，乃我国北宋杰出的建筑学家。他受命重新编修的《营造法式》一书，总结了我国自周代《考工记》以来建筑科学及当时多方面学科成就及经验，不仅成为当时官方建筑的规范，而且对后世的建筑发展产生了划时代的深远影响。

（22）《红》《白》《花》：豫剧大师常香玉的保留剧目《拷红》《白蛇传》《花木兰》。

（23）刘洋：1997年毕业于郑州十一中之后，以高分考入空军长春飞行学院。2012年6月以史上第一位升空女航天员的身份搭载"神舟九号"进入太空。

（24）郑州国家高新技术产业开发区创办于1988年。

（25）河南博物院：始建于1927年，旧址位于开封市龙亭区三胜街31号。1961年迁至郑州，新馆于1998年5月1日在郑州市农业路落成开放，并且升格为国家博物院。

（26）天兆吉祥：丙戌年（2006年）新郑首次举行拜祖期间，天空突然出现太阳与长虹并现的天象奇观。

（27）世界客属：指世界客属文化中心。

（28）艺术中心：位于郑东新区CBD蝴蝶造型的河南艺术中心。开工于2003年12月12日，竣工于2007年11月29日。整体由大剧院、音乐厅、小剧场、美术馆、艺术馆五个单体建筑组成。

（29）一百强：《大河报》连续多年位列全球报业一百强，已经成为河南的一张文化名片。

（30）中原经济区：是指以河南省为主体，包含山东、安徽、河北、山西共涵盖5省32市的综合性区域经济区。这里是中华民族和华夏文明的重要发源地，地理位置重要，经济总量宏大，市场潜力巨大，文化底蕴深厚，在全国改革发展大局中具有重要战略地位。其战略定位为：国家重要的粮食生产和现代农业基地，全国工业化、城镇化和农业现代化协调发展示范区，全国重要的经济增长板块，全国区域协调发展的战略支点和重要的现代综合交通枢纽，华夏历史文明传承创新区。2012年11月17日由国务院正式批复。

（31）中原航空港：国务院在批复《中原经济区规划》的同时，同意规划建设郑州航空港经济综合实验区。2013年3月7日，国务院正式批复了《郑州航空港经济综合实验区发展规划（2013—2025年）》。规划明确提出，郑州航空港经济综合实验区的战略定位为国际航空物流中心，以航空经济为引领的现代产业基地，内陆地区对外开放重要门户，现代航空都市，中原经济区核心增长极。这是全国首个上升为国家战略的航空港经济发展先行区，将使郑州成为前所未有的大枢纽、大都市，成为引领中原经济区发展、服务全国、连通世界的开放高地。

（32）2017年9月29日，第十一届中国郑州国际园林博览会正式开幕，轩辕阁为园博园中文化地标性四层仿古建筑。此《郑州赋》即镶嵌在轩辕阁上以供长期展出。

（33）2016 年底，在国家发改委印发的《促进中西部地区发展的十三五规划》中，郑州被确定为国家中心城市。2017 年 3 月 31 日，国务院新闻办公室举行新闻发布会，宣布河南省正式成为国务院自由贸易区。

（34）郑州舰：全称“郑州号驱逐舰”，舷号 151。2008 年 12 月 16 日由上海江南长兴造船厂开工建造，2013 年 12 月 26 日入役。这是隶属中国人民海军东海舰队的一艘 052C 型导弹驱逐舰，是由中国自行研制、设计、生产的新一代导弹驱逐舰。其装备的多套新型武器装备均为自主研发，安装有四面主动相控阵雷达，采用防空导弹垂直发射系统，可单独或协同海军其他兵力攻击水面舰艇、潜艇，具有较强的远程警戒探测和区域防空作战能力。被外界誉为“中华神盾”。

（35）本赋首段和尾段所引用的两首词，分别为作者自己创作的度词《钟声远 · 登郑州二七纪念塔》和新词《马蹄骄 · 为郑州四桥一路竣工命笔》。

2007 年 8 月 20 日　定稿于中州知时斋
2013 年 12 月 1 日　修订于中州知时斋
2017 年 10 月 5 日　修订于中州知时斋
2019 年 7 月 8 日　修订于中州知时斋

（原载于 2008 年 2 月 5 日《光明日报》“百城赋”系列；2013 年 12 月悬挂在东海舰队最新服役的“郑州号”新型导弹驱逐舰上；2017 年 9 月镶嵌在郑州园博园轩辕阁顶层四楼；2018 年 4 月 8 日在轩辕阁举行落成揭幕仪式）

郑州高新区赋

——纪念郑州国家高新技术产业开发区成立二十周年

王国钦

热土拓荒

回眸岁序戊辰，记得龙跃神州。恰逢开放十年，英雄壮志当酬。新姿初展，绿城无愧黄帝故里；中原腾飞，省会欲占高新鳌头。市府决策：擒龙必擒科技；新区初建：奠基时在深秋。位居市区西北，快速路、西四环双双纵贯；南映西流湖水，陇海线、航空港各决胜筹。筹建组组长张以祥，热情似火；办公室主任杜祥琛，后乐先忧。规划评审，黄河饭店尝甘苦；架线送电，老两河上月如钩。瑞达路破土动工，主干道似一支生花妙笔；洽谈会首开成功，中原人初结识海外同俦……热土肥沃，此处正好拓荒创业；万事俱备，商城昂首再上层楼。希望在前，

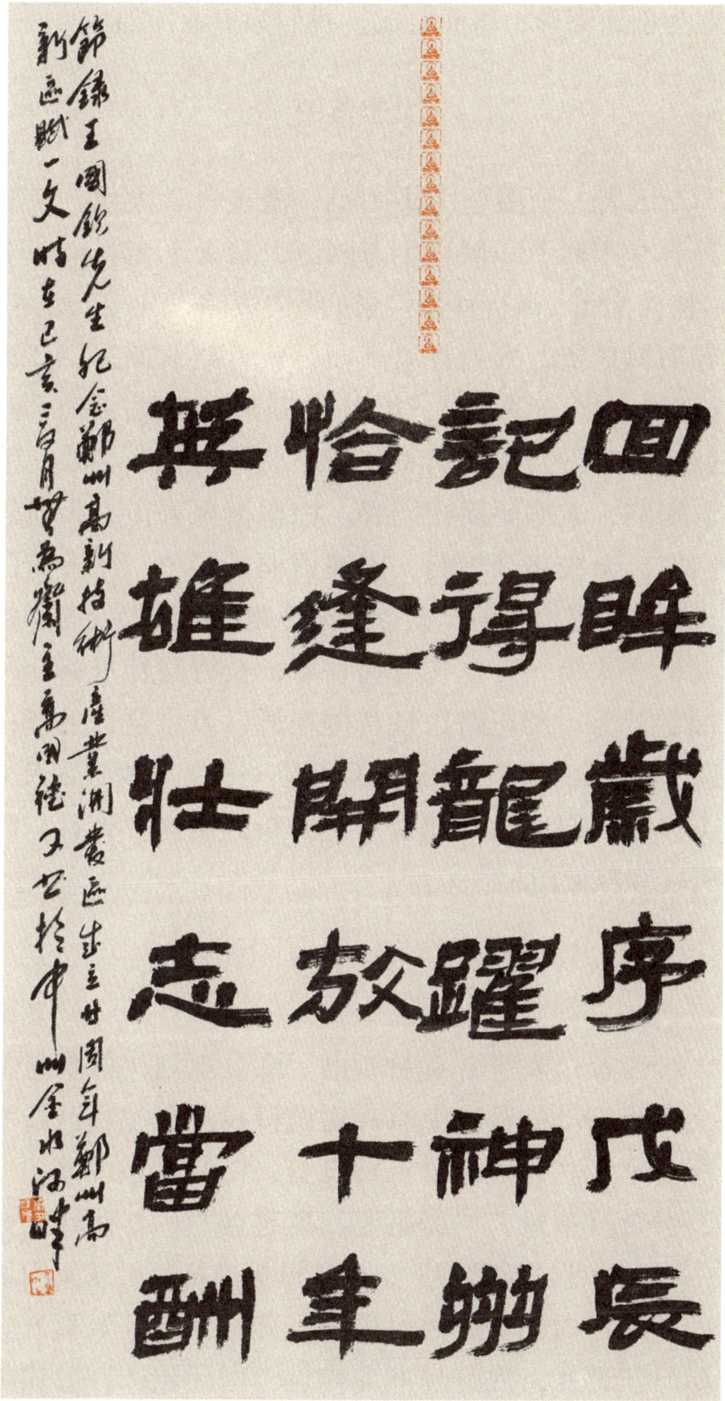

《郑州高新区赋》摘句　乔国强　书

朋友为创新喝彩；事业有成，我们为事业加油！

生态蓝图

新区者，画图蓝图雄图也。漫步科学大道，观旭日东升看夕阳西下；惬意生态园区，聚天下光彩染四季花香。横向为街，街行移步换景；纵向成路，路人亦幻亦真：迎春街枫杨街，人人春风满面；紫竹路紫楠路，日日紫气氤氲。文竹街翠竹街，竹影家家摇曳；檀香路荷香路，馥郁阵阵香云。莲花街玉兰街，名花与异草相映；垂柳路雪松路，老柳间新松同馨。棕榈街枫香街，店铺旌旗自招客；金梭路金柏路，国槐梧桐景难分。红梅街白梅街，相伴青绿梅争俏；银杏路银屏路，清洁处处亮如银。金菊街合欢街，月季冬青拥苍翠；长椿路牡丹路，月桂水仙竞芳芬。樱花路边且赏樱花舞，风景这边独好；海棠路上难得海棠醉，靓丽古都逢春……前人栽树后人凉，东方风来满眼春。君知否：会当新区明珠含笑日，四海雄鹰喜登凯旋门！

中原追梦

新区者，革新更新鼎新也。愿景规划，着眼高新基地、产业航母；逐鹿中原，建设科技平台、和谐新城。工行首家入驻，激活千年腾飞梦；镕基总理视察，“火炬”引燃改革风。“高速度、高起点”，方针既定惊海内；“大跨度、超常规”，内陆擎起航标灯。筑巢引凤，让世界高科同创业；内引外联，喜姊妹园区架彩虹。擦亮郑州新名片，视野瞄准现代化、国际化；打造郑州新靓点，城建定位生态型、科技型。加强成果孵化，让技术产业大发展；坚持承诺服务，看百家万邦舞巨龙。江总题词：为振兴中原做贡献；名校入迁，使教研合作育群英。本科生、硕士生、博士后站，学者专家兼日夜；研究所、研究院、研究中心，成果转化输精诚。放眼望：四十八平方公里的热土啊，企业旗舰扬帆远航，一区多园和谐相处；天会更蓝，树将更绿，人已更美，月能更园，梦必更好，水也更清……

创造辉煌

新区者，国家高新技术产业开发区也。机构编制领先全国，改革试点；软件产业出口基地，早期确认。拓普原创轧钢，开创华人专利金奖史；郑州航天电子，敢教“神六”神奇叩天门。精密金属、超硬联盟，五大企业为骨干；人造金刚、磨料磨具，郑州产品不坏身。数字视频、流媒服务，首推威科姆；众生制药、拓洋生物，妙手能逢春。车辆定位，问雪城科技之导航系统；声像并茂，叹辉煌科技之现场视频。兴泰科技首定国家标准，小麦主食产业化；枫华实业字画清洗装置，填补空白无古人。不良信息屏蔽，金惠国内数第一；环保细雾灭火，高效节能更创新。榜样气体传感器，有汉威电子；豪华客车行四海，看宇通领军。光茂生电处处有；金苑面业家家亲……曾记否？《人民日报》告天下：今朝芽初绽，明日绿成林；看新区，四大支柱产业化：中原称硅谷，问谁堪比邻！

使命如山

二零零八，奥运年举世瞩目；改革开放，三十载腾飞入云。郑州东区，新星升起一片灿烂；高新西区，弱冠之年恰入阳春。新区者，新解放、新崛起、新跨越之先锋也。建区二十周年，借“五大工程”行“五大突破”；策御“三驾马车”，带三千企业要百炼成金。当此际，标兵身形渐远，责任兼使命同在；当此际，追兵声色俱近，挑战兼机遇并存。瞄准一流，拉高规划坐标；叫响品牌，强化自主创新。产业链招商，新材料、新能源、新项目必凸显特色；团队型上市，集群化、集约化、高端化须善于打拼。实行“阳光政务”，提高政府透明度；统筹城乡发展，加快建设新农村。完善机制，抢占河南人才高地；众志成城，打造卓越“高新精神”。扛鼎中原，尚须求高求变；和谐发展，应以科技为尊。中部崛起，“龙头”大郑州“同心山成玉”；文化强省，中原城市群“协力土成金”。开新局，高新人胸怀四海；当家者，张建国壮志凌云。前程阔，英雄策马天下；路高远，谈笑再举金樽！

2008年6月　于中州知时斋

告成赋（修订版）

王国钦

夫告成者，文化名镇，为华夏第一都也。君不见字圣先师兮，曾居此所号仓帝；君不见治水大德兮，受禅登位于阳城。阳城者，王城也。忆尧、舜、禹三代帝王，遗址无声，文化上承之裴李岗；历夏、商、周三朝风雨，周公摄政，营洛专筑其测景台。春秋更迭，武则天八登嵩岳；封禅功竣，古阳城易名告成。而后至今，隶郡归府，告成已辖属于郑州市也。

夫告成者，南北东西，诚天地之中心也。天圆地方，九州豢豫，测景台为帝王治国地之胆；地久天长，众星北拱，周公庙乃握发吐哺天之心。八尺之表量天地，表纵圭横，立竿见影，以丈夫志探寻未知宇宙；百万余日合阴阳，日升月落，计漏刻晷，于方寸间实录过眼沧桑。苍天神授君权，是谓“道通天地有形外”；俗世民为邦本，实乃“德蕴阴阳无影中”。盖“中”者，已涵纳政治、天文、地理、生态诸文化之意蕴也。中原、中国、中华，无不因之而缘起；中土、中庸、中和，从此广布而流传。中州大地“中不中”之俗语，乃“天中”语言之活化石也。

夫告成者，春夏秋冬，曰天文之圣城也。颛顼历、太初历，四季四灵、五行五谷，早根植之中原农耕生产；大衍历、授时历，子丑寅卯、甲乙丙丁，已服务于天下官府黎民。观天象持续千秋，从日食到月食，日月经天，测景台首创历法验证之本；定时令绵延万里，从气候到物候，双候行地，天之中曰二十四节气之源。于是乎，春、夏、秋、冬界分于四立、双至，耘、种、收、藏区别于三象、两分。品行高迈僧一行，遣南宫说将土圭木表新更为石；四海测验郭守敬，筑观星台创七应之法广授天时。董作宾调查天中呈报告，把握昨天之星移斗转；伊世同筹建天文博物院，敲响今日之鼓韵钟声。古人云：“为天地立心，为生民立命，为往圣继绝学，为万世开太平。”入选非遗，二十四节气尤为世界叹惊不已也！

夫告成者，天中原点，谓文化之灵魂也。庚寅六月，“天地之中”凡十一项古建筑申遗成功。经两千数百年风雨，此诚中华民族种类最全、跨代最多、内涵最丰之建筑群落也。中岳庙、少林寺、会善寺，国家寺庙之展示、皇家园林之呈现也；太室阙、少室阙、启母阙，祭祀文化之凸显、山岳崇拜之见证也；嵩阳书院、嵩岳寺塔，儒家理学之发源、筒体塔建之滥觞也。然则，“天地之中”灵魂者何？观星台是其原点与核心也！

夫告成者，承古向今，乃钟灵而毓秀也。嵩高维岳，颍水西来，夏、商、周叠加王城岗；峻极于天，箕山南耸，郑、韩、秦走马阳城关。胸怀鸿鹄之志，陈胜王敢问那王侯将相宁有种？为官刚正清廉，杜周甫不屑于谨小慎微若寒蝉。忆老祖之鬼谷授徒，土窑洞中，山曰云梦传道法；思武皇之石淙会饮，三阳宫里，崖摩水秀尚高吟。彼冶铁遗址兮，存几多秦汉炉渣与模范；此曲河瓷窑矣，证当日唐宋釉彩高水平。箕阴方避暑，久远诗情当继续；垂钓说玉溪，而今画意已传承。徐霞客果若重生再访，则益能妙笔生花矣！遥想多少仁人志士，居天下之中，知八方稼穑，梦九州致富，卷四海云烟。呜呼，立天中眺望天下兮，啸海腾龙、龙马新途、百业正兴堪告慰；快哉，自天下回眸天中兮，植桐引凤、凤凰涅槃、万象更新再成功。

注释：

（1）字圣先师：指仓颉，曾于阳城自立为部族之王，被后人称为仓帝。治水大德：指大禹。大禹因治水有功，舜帝将帝位禅让给他。“禹于是遂即天子位，南面朝天下。”（见《史记·夏本纪》）

（2）遗址：指王城岗遗址，属龙山文化。中华文明探源工程首批重点六大都邑之一，新石器时代城址，位于登封市告成镇八方村东侧的土岗上，当地群众称“望城岗”。1975 年至 2005 年的三十年间，河南省文物考古研究所、北京故宫博物院、北京大学考古博物院等专家，先后主持在此发掘的两座小城和一座大城，1988 年已被国务院公布为全国重点保护单位。

（3）裴李岗：我国早期的新石器文化，其发现地在郑州的新郑裴李岗村。这个遗址的发现，填补了我国仰韶文化以前新石器时代早期的一段历史空白，证明汉族先民们早在八千年前已在中原地区定居，并从事以原始农业、手工业和家畜饲养业为主的氏族经济生产活动。

（4）周公：姬姓，名旦，为周文王姬昌第四子、周武王姬发之弟。因其采邑在周、爵为上公，人称周公（可参阅《郑州赋》有关内容及注释）。

（5）测景（音 yǐng，通影）台：周成王继位后，受命摄政的周公遵照武王遗嘱营建新都洛邑，并通过圭表之法“测土深、正日影、求地中、验四时”，发现登封阳城夏至时表影长一尺五寸，恰在地球南北的中心点上，于是就认定这里为天地宇宙之中心。

（6）告成：原谓阳城。约公元前 2070 年，大禹即在此建立我国历史上第一个王朝——夏。经中国古都学会权威认定的西安、洛阳、南京、北京、开封、杭州、安阳、郑州等八大古都，郑州建都最早，而郑州之建都史即从告成开始。武则天在位期间，曾先后八次游历登封。公元 696 年，武则天为庆贺封禅大功告成，当即改嵩阳县为登封县，改阳城县为告成县。

（7）天圆地方：我国古代朴素的天文宇宙观，认为天是圆的、地是方的，因而才有了周公的影测地中之说。九州：大禹当时所划分之冀、兖、青、徐、扬、荆、豫、梁、雍，而豫州恰居于九州之中心位置。

（8）天心地胆：告成谚云“天有心地有胆，天心地胆在告县。”众星北拱：我国古代认为北极星为众星之王。周公庙：周公祠之又称。握发吐哺：成王封伯禽于鲁，周公诫之以“一沐三握发，一饭三吐哺”，劝其勤恳理政、重视人才。

（9）八尺之表：指八尺高的表竿，测景台不仅在夏至、冬至测量日影长短，而且持续进行日常观测活动，所以又称“量天尺”。表纵圭横：最初在地上以土筑建的横向短墙为圭，固定于土圭上的木质竖竿为表。立竿见影：树起表竿就能看到竿影，测景台表竿即成语立竿见影最初之来历。

（10）百万余日：从测景台建立至今，已经历四千多年历史。按每年三百六十五日计算，大约为一百五十多万天，故称之。计漏刻晷：漏即古代计时之漏壶；晷即依照日影测定时刻之仪盘。

（11）道通天地有形外，德蕴阴阳无影中：测景台背面所刻的一副对联。

（12）颛顼历：秦献公于公元前 366 年测制，在秦始皇一统天下之后施行，至西汉太初历制定之后废用。太初历：我国古代第一部比较完整的汉族历法，也是当时世界上最先进的历法。

（13）四季：春夏秋冬为四季。四灵：又称四象，即传说中的四种神兽——青龙、白虎、朱雀、玄武。五行：金、木、水、火、土。五谷有两种说法：一种指稻、黍、稷、麦、菽，一种指麻、黍、稷、麦、菽。由于我国古代的经济文化中心在黄河流域，所以早期应该是指有麻无稻的五谷。

（14）大衍历：僧一行（673—727）于唐玄宗开元十五年（727年）间创制，因立法依据《易》象大衍之数而得名。后经张说、陈玄景整理，开元十七年（729 年）颁行，使用到天宝十年（751年）。开元十二年（724 年），根据修改旧历的需要，僧一行组织领导了我国首次、世界罕见的全国天文地理大测量工作。

（15）子丑寅卯：代指十二地支。甲乙丙丁：代指十个天干。月食日食：自然天文现象，是各种历法中重要的计算及预测对象。气候：是大气物理特征的长期平均状态，以冷、暖、干、湿这些特征来衡量，在二十四节气中如小暑、大暑、小寒、大寒等。物候：是动植物生长、发育及活动规律与非生物变化对节候的反映，在二十四节气中如小满、芒种、惊蛰、清明等。2016 年 11 月 30 日，二十四节气申报世界非物质文化遗产成功。当年阴历冬至，由文化部和中国农业博物馆联合举办的庆典活动在登封告成镇举行。

（16）四立：立春、立夏、立秋、立冬。双至：夏至、冬至。三象：星象、气象、物象。两分：春分、秋分。

（17）南宫说（生卒年不详）：唐代天文学家，曾将测景台原来的土圭木表更换为石圭石表。郭守敬（1231—1316）：元代著名天文学家，为观星台的主持修建者，并受命主持了全国范围的大规模天文测量工作，后世称之为四海测验。七应之法：《授时历》中提出的七应（气应、转应、闰应、交应、周应、合应、历应）。为表彰郭守敬的天文学成就，国际小行星中心于1977年3月将2012号小行星命名为“郭守敬星”；国际天文学会于1981年又以郭守敬的名字为月球上一座环形山命名。

（18）董作宾（1895—1963）：著名甲骨文学者，1937年5月受命撰写出《周公测景台调查报告》。伊世同（1931—2008）：著名天文学家，曾在观星台筹建中国天文博物院并任院长，1992年由时任国家科委主任宋健题写院名。

（19）庚寅六月：公历2010年8月1日（农历六月二十一日），“天地之中”历史建筑群八处十一项建筑申报世界文化遗产成功。

（20）中岳庙：其前身为太室祠，始建于秦。少林寺：始建于北魏太和十九年（495年）。会善寺：其前身为北魏孝文帝的一所离宫。太室阙：位于登封市城东四公里嵩山南麓中岳庙前五百米处，原为汉代太室山庙前的神道阙。少室阙：位于登封市嵩山南麓邢家铺（即今西十里铺）村西，是汉代少室山庙的神道阙。启母阙：启母庙前的神道阙，它与太室阙、少室阙并称中岳“东汉三阙”。

（21）嵩阳书院：位于登封市城北三公里峻极峰下，因坐落在嵩山之阳故得名。嵩岳寺塔：位于登封市城西北五公里嵩山南麓嵩岳寺内，是我国现存最早的筒体砖塔。

（22）嵩高维岳，峻极于天：语出《诗·大雅·嵩高》。颍水：

颍河，发源于嵩山支脉阳乾山南麓，经登封过告成，向东南注入淮河。阳乾山是汉代山名，在登封市西北部、君召乡北境、少室山西侧，以其处古阳城之乾方（西北方）而得名。

（23）箕山：位于告成镇南部，传说为许由及巢父归隐之处。阳城关：又名石羊关，位于今河南登封市告成镇。北魏孝昌二年（526年）置此关，名阳城关。元至正六年（1346年），改阳城关为石羊关。以关口有怪石如羊而得名。

（24）鸿鹄之志：《史记·陈涉世家》："嗟乎！燕雀安知鸿鹄之志哉！"王侯将相：《史记·陈涉世家》："王侯将相宁有种乎！"杜周甫：即杜密，与陈胜同为阳城老乡，因为官清廉，得罪宦官被免职回到老家后，仍然对国家十分关心，并批评太守刘胜退职后对政事不闻不问，像冷天之蝉一样畏手畏脚。

（25）鬼谷授徒：鬼谷子在云梦山土窑洞中演兵授徒，相传孙膑、庞涓、苏秦、张仪等即在此拜鬼谷子为师学习兵法和纵横术。石淙会饮：嵩山石淙河边的玉女台下有一石淙洞，水击石响，淙淙有声，故名"石淙河"。女皇武则天曾多次到石淙河游乐，两次令群臣当场赋诗，之后便摩崖刻石，史称"石淙会饮"。

（26）冶铁遗址：位于告成镇冶上村冶上河南岸的半坡地上，中岳庙四大镇库铁人应为此处冶铁铸造。曲河瓷窑：遗址位于告成镇东两公里的曲河村，创烧于隋唐，全盛于宋，衰落于金元。

（27）箕阴避暑：嵩山八景之一，相传汉武帝经常在这里乘凉避暑。玉溪垂钓：相传姜子牙不愿在朝为官，遂隐居于玉溪湖畔并经常在这里钓鱼。所谓直钩垂钓、愿者上钩的故事，就发生在这里。后周文王发现了姜太公，于是便亲临颍水，迎太公入朝为相。

（28）徐霞客（1587—1641）：明末著名旅行家和文学家，经四十年考察撰写有达二百六十多万字的《徐霞客游记》。1623年年初，他从郑州到石淙河，游石淙会饮，看卢崖瀑布，并游览嵩山其他名胜。

（29）稼穑（jià sè）：分别指播种、收获，后泛称农业劳动。《诗经·伐檀》："不稼不穑，胡取乎三百廛兮？"

（30）凤凰涅槃：东西方有多种传说。流传最广的传说是：天方国有对神鸟，雄为凤雌为凰。每五百年，凤凰便要集香木自焚，然后在烈火中得以重生。

2018年7月26日　二十五稿于中州知时斋

（原载于2018年8月27日《郑州日报》、2018年第9期《中华辞赋》；由书法家薛明辉书写并悬挂在告成镇政府一楼大厅）

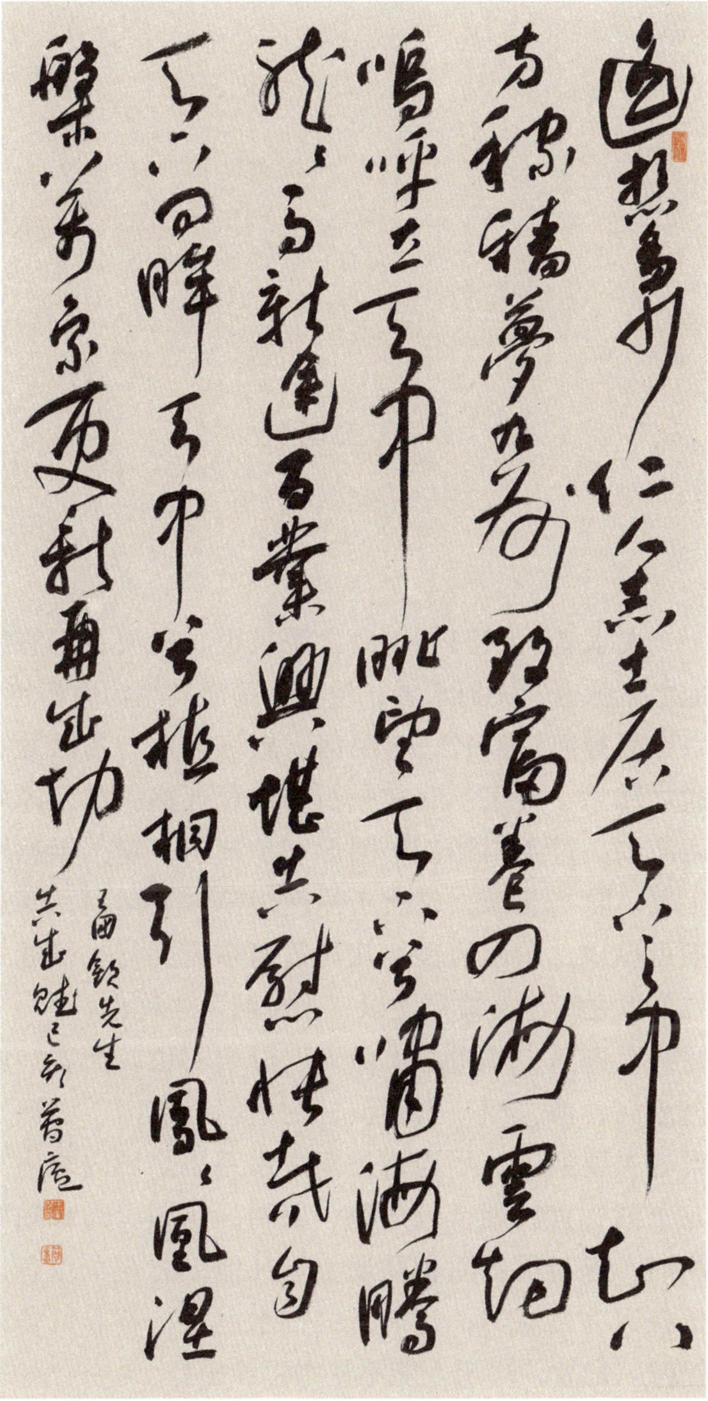

《告成赋》摘句　王军杰　书

贾鲁河赋

王国钦

夫水者，汩汩兮生命之源泉也。夫河者，悠悠哉大地之血脉也。夫河水者，泱泱乎荡涤其垢污腐朽也。

贾鲁河，曾名之惠民河、惠济渠也。其源发嵩山北麓之冰泉、暖泉，北来东折，曲臂环抱。纳荥泽水、经西流湖、过圃田泽，半圆形守护郑州，越千年惠泽之民生也。时当北宋，仅次于汴河为第二大运河，漕运之功不可没也。东西河段，几与黄河东流并行。接近处不足二公里之距，又被冠之以“小黄河”之称也。

贾鲁河，郑州之生命河、母亲河也。何者？域内之金水河、熊二河、索须河、七里河、魏河、潮河、东风渠等主要河渠，尽为贾鲁河之水系也。域内之中央湖、龙子湖、官渡湖、天翔湖、象湖、龙湖、秀水湖等主要湖泊，皆与贾鲁河相联通也。凡地上之花草虫鱼，多赖贾鲁河为之滋养；凡地下之排水泄洪，若非贾鲁河无以保障。是故，郑州人能不饮水思源乎！

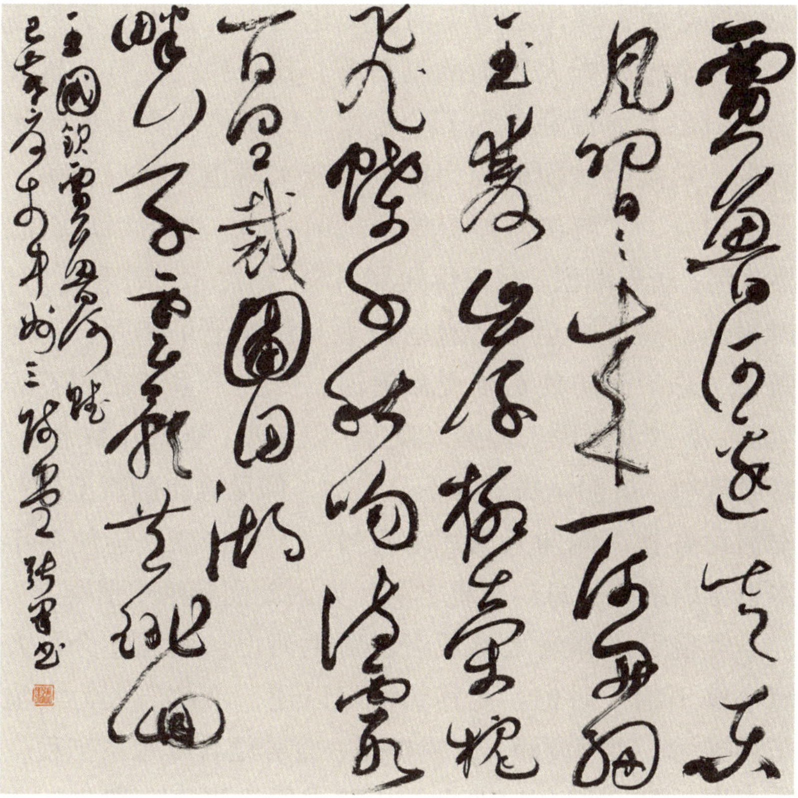

《贾鲁河赋》摘句 张菓 书

贾鲁河，郑州之历史河、文化河也。昔者，子产高贤逝无余财，国人哀捐欲以助葬。其子弗受，负土自葬于陉山之上。百姓感念子产之德，纷纷将所聚金银倾入河水，粼粼金波便形成为后世之金水河也。楚汉相争，天下中分，“鸿沟”即贾鲁河之前身也。魏晋以后，此称蔡河，唐末渐淤。北宋年间复引溱、洧之水，则重现“舟楫相继，商贾毕至”之漕运繁华。元朝至正年间，工部尚书、总治河防使贾鲁受命治河，历数千里考察而不辞劳苦，率数十万民工皆夙兴夜寐，以疏浚、壅塞并举之法，修堤筑坝，沉船堵决。人不分老幼，仰见旌旗翻舞上下；岁何论春秋，侧闻人马往来呼号。大功告成，遂使多年水患得以最终平息。贾鲁之名，亦因此而彪炳史册矣。

贾鲁河，郑州之景观河、新生河也。民国迄今，大疏小修不绝于时也。尤其新世纪以还，市政府大力实施防洪排污、架桥洞涵、植树护堤、管养结合等水系工程。其点源治理、综合治理力度，随中原经济区、郑州航空港之建设而步步提升。将“一河”辟设“两区”兮，溯“三源”浪飞“七湖”；观“八景”重忆千秋兮，“十中心”服务市民。水系新生，即贾鲁河新生，亦郑州市新生也！南水北调，尤为郑州水系锦上添花矣！

夫贾鲁河者，郑州之项上珠链也！每见其朝日东出，映波光百里游粼；花红柳绿，闻千声鸟语啼娇。复待其夜月西行，听河水静静流玉；春宵一刻，沐两岸习习清风。至若其河长新政，既要生态治水，亦须标本兼问，欲让百姓抚掌，更使官民举杯，岂非乃郑州之幸也！呜呼，观贾鲁河赏郑州之美，品贾鲁水知天下之清，岂非乃历史之幸也！

丁酉金秋，喜与多位诗家聚会；情理同心，匆匆领命撰得此赋。赋毕，意犹未尽，复有同韵组诗《贾鲁河边走》五首流出笔端也：

其　一

贾鲁河边走，东风习习来。
一河舟网玉，双岸柳牵槐。
飞蝶千秋吻，流霞百里裁。
圃田湖畔草，云影共徘徊。

其　二

贾鲁河边走，南方有客来。
情抛新郑泪，魂种索须槐。
悄把乡音正，欣将塔影裁。
象湖情未了，窗月独徘徊。

其　三

贾鲁河边走，夕阳楼上来。
鸿沟分楚汉，荥泽赏梅槐。
玉壁龙湖画，云光秀水裁。
桨声灯影里，争楫莫徘徊。

其　四

贾鲁河边走，北疆闻友来。
大河星溅浪，高岸雾笼槐。
斗柄京华动，春风惠济裁。
云帆沧海济，行远岂徘徊。

其　五

贾鲁河边走，中州德水来。
文明天下梦，葱郁枕边槐。
玉米迎风长，鸿图信手裁。
黎民居广厦，工部喜徘徊。

注释：

（1）贾鲁（1297—1353）：字友恒，河东高平（今山西晋城）人，是元代著名的河防大臣和对黄河治理卓有建树的水利专家。

（2）荥泽水：据《禹贡》载，古济水经武陟（后移今温县东南）流过黄河至南岸，接纳了由广武山上流下来的柳泉和广武涧两股小水，流过敖山与荥渎相汇，其后再转向东南流入荥泽，起到了储水和调节济水的作用。古荥泽经过沉淀，泥沙减少，水质变清。但同时也因为泥沙淤积，加速了荥泽淤塞，最终导致荥泽在汉代湮塞、消失。

（3）圃田泽：故泽在今河南郑州、中牟之间，北魏曾经为“东西四十许里，南北二十许里”之规模。后因泥沙淤积，先后被分隔成二十四个浅狭湖泊。它北通黄河，东连济水、蒗荡渠，“水盛则北注，渠溢则南播”，成为黄河和鸿沟（即贾鲁河）水系之间调节流量的水库。金代以后，随着汴河的淤废，圃田泽不断受到黄河灌淤，经明、清两代以后渐被垦为农田。

（4）子产：春秋时期郑国的政治家和思想家，在郑国为相数十年。他仁厚慈爱，轻财重德，推行法治，安抚百姓，保持了国内政局的长期稳定。据传说，因为一生清廉，所以在死后其子无力将其安葬。郑国百姓纷纷捐赠金银，但其子坚辞不受。百姓感念其德，便将这些捐赠的金银珍宝倾入河中，粼粼金波便形成为后世至今的金水河。

（5）沉船堵决：至正四年（1344 年），河水决堤，泽国千里，民不聊生。至正十一年（1351 年）四月，贾鲁受命于危难之中，出任工部尚书、总治河防使。他征发河南、山东 15 万民工和 2 万士兵，采取疏浚和堵塞并举的方法，并首次采用沉船法，将 27 艘大船捆绑在一起，装满石头固定于决口处，之后在船体上凿洞使之沉没，最终堵住决口，将水重新逼入故道。至十一月，所有土木工程完毕，大功告成。后人为纪念贾鲁，便将此河称为“贾鲁河”。

（6）在郑州市《贾鲁河生态水系公园》规划中，“一河”指把贾鲁河打造成“安全之河、生态之河、人文之河、休闲旅游之河、景观之河、经济之河”；“两区”指“两岸生态休闲观光区，两侧各一公里建筑景观控制区”；“三源”指贾鲁河的水源“黄河水、再生水、循环水”；“七湖”指西流湖、荥泽湖、贾鲁湖、祥云湖、象湖、圃田湖、官渡湖；“八景”指“在贾鲁河两岸重建郑州明清时期的古代八景，包括古塔晴云、凤台荷香、圃田春草、汴河新柳、龙冈雪霁、梅峰远眺、卦台仙境、海寺晨钟”；“十中心”指“沿贾鲁河两岸建设十处市民服务中心”。

（7）河长新政：2016 年 12 月，中共中央办公厅、国务院办公厅印发《关于全面推行河长制的意见》并发出通知，要求各地区、各部门结合实际认真贯彻落实。即由各级党政主要负责人担任“河长”，负责组织领导当地相应河湖的管理和保护工作。“河长制”工作的主要任务包括六个方面：一是加强水资源保护，全面落实最严格水资源管理制度，严守“三条红线”；二是加强河湖水域岸线管理保护，严格水域、岸线等水生态空间管控，严禁侵占河道、围垦湖泊；三是加强水污染防治，统筹水上、岸上污染治理，排查入河湖污染源，优化入河排污口布局；四是加强水环境治理，保障饮用水水源安全，加大黑臭水体治理力度，实现河湖环境整洁优美、水清岸绿；五是加强水生态修复，依法划定河湖管理范围，强化山水林田湖系统治理；六是加强执法监管，严厉打击涉河涉湖违法行为。

（8）同韵组诗《贾鲁河边走》：这组五律组诗，不仅同韵，而且同律。各篇首句相同，而且五首作品分别表现东、南、西、北、中五个方位的特色，并对应木、火、金、水、土五行。其五“玉米迎风长”中的“玉米”，指东区 CBD 的千禧塔，民间戏称“大玉米”；“黎民居广厦”之“广厦”，指诗圣杜甫的名句“安得广厦千万间，大庇天下寒士俱欢颜”；“工部”指杜甫。

2017 年 9 月 10 日　竣稿于中州知时斋

（选入郑州市人民政府2017年9月编印的诗集《郑风·古韵》）

天下诗林颂

王国钦

时逢甲午，节至清明。大河南岸，天下之中。中州诗家，义树吟旌。仙客来访，八方嘤鸣。中华诗词，组团北京。追慕前贤，来谒焦桐。尉氏兰考，循迹采风。

觅春归来，驻骖郑州。杨柳依依，河水悠悠。情怀天下，足越鸿沟。诗林奠基，且放吟喉。李杜苏辛，翘指点头。歌德青眼，胡适回眸。之高之远，后乐先忧。

和诗手植，绿影绵延。风扶雨润，指日参天。北依燕赵，西望长安。欧美英俄，竞上骚坛。地球一村，以诗结缘。佳句共吟，好梦同圆。画图并绘，四海安澜。诗林大会，年复一年。铭石纪胜，再谱新篇。

2014 年 4 月　于天下诗林

（本篇与方伟合作，碑刻在天下诗林）

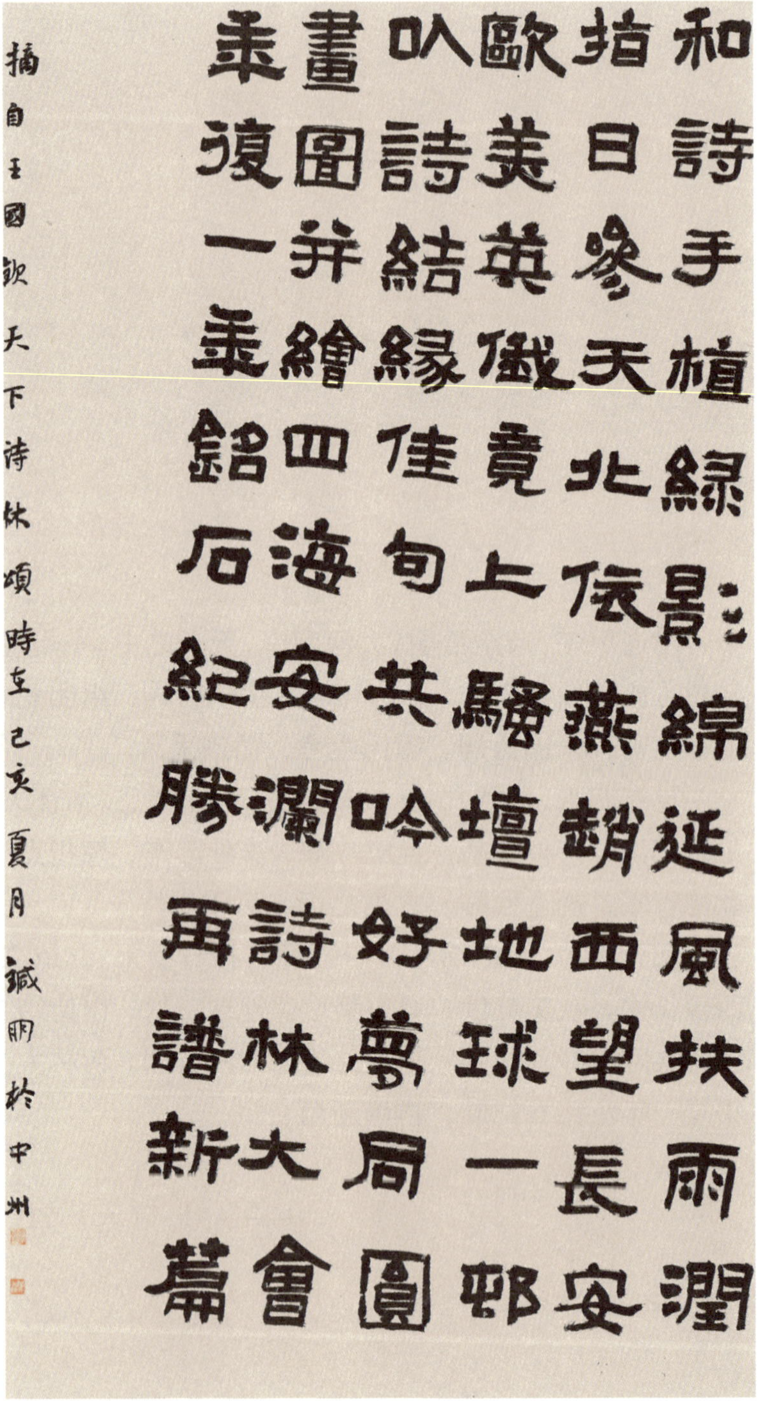

《天下诗林颂》节录　王针朋　书

河南出版产业园赋（修订版）

王国钦

中原者，天下之中也。郑州者，河南省府也。新区者，郑州新城也。出版园者，其位居郑东新区，遥望商务中心，近邻高铁东站，与省府新楼路隔金水南北，诚可谓中原之中也。

居天下之中，华夏文明滥觞大河两岸；揽四海之灵，悠久文化凝聚九州精华。龙腾于轩辕之丘，具茨山诞生中华始祖；址选乎殷墟之乡，博物馆成就文字胜地。文化积淀，文物典籍之数居全国之首；朝代更替，帝王兴衰之酒已陈酿三千。道圣老子、科圣张衡、医圣张仲景，孰人不仰？诗圣杜甫、文圣韩愈、画圣吴道子，谁个不钦？而呼唤新圣、以文化人、塑造新贤、再谱新章者，乃中原出版集团之企业责任也。

道道光标闪烁心灵之律动，方方胶片珍藏历史之云霞。传华夏文明，探索新世纪出版之路；承甲骨风韵，张扬大中华文化之旌。团结创新兮质量为先，以人为本兮读者至尊，诚信守法兮精细严实，追求卓越兮双效一流。吾有诗云："形影已残铅与火，风华更淬电和光。两肩道义从龙首，一片冰心化乳香。"出好书，将中国图书做到最好最美；济天下，谱文化乐章汇集八方佳作；求精品，新时代风景请君再看中原。大象无形，农家书屋一幢幢建设方兴未艾；洛阳纸贵，求知读者看芸芸景象蔚为壮观。多媒体形式并举，中原出版应支撑中部崛起；再转型产业升级，文化兴国已氤氲文化馨香。呜呼，其根植中原沃土、创新当代文化、重现凤凰涅槃者，岂非中原出版集团之历史担当、文化使命乎？

庚寅之秋，沃野流金，稻菽飘香，出版园工程铿然告竣也。集团中心、编辑中心、报刊中心，品字型格局呈现于世，经典而文雅，稳健而大方，凸显园区之建设品格、员工品味及文化品质也。辛卯岁末，大地传媒成功上市；己亥岁初，出版单位联袂入园。于是乎，翠柳鸣黄鹂，花园百花早；青天来白鹭，书园漾书香。河南出版产业园，则缘此辞旧迎新、万象更新矣。入园首唱，乃《刘运来艺术工作室成立志贺》也："旗帜飘飘誉九州，高歌一曲上层楼。窗前鹤驾祥云过，笔下神来好运留。莫道书装天地小，且看文创画图牛。霞飞七彩心飞月，种段春风收段秋。"

旧岁除夕，恰逢立春；新年首日，有幸轮值。难得有暇，推窗远眺，则不禁激情澎湃矣。遂不计工拙，呵气成虹，即兴吟得七律一首以作纪念也：

开门今日是新年，幸与阳光并值班。
云望飘飘轻舞至，歌闻阵阵好风还。
三千编辑怀天下，无限风光看这边。
接福迎春眉眼笑，书香袅袅在窗前。

嘻嘻，出版园者，中原出版传媒集团之百代基石、千秋基业、文化作坊、精神家园也。吾从一而终且引以为豪者何？陶醉于为人作嫁、钟情于文艺文化、创造于中原出版园也！

注释：

（1）殷墟：中国历史上第一个有文献可考并且为考古学及甲骨文所证实的商代晚期都城遗址，为 20 世纪中国 100 项重大考古发现之首。从某种意义而言，甲骨文的大量刻制，其实就是中国最早有组织、有规模的文化出版现象。

（2）文字圣地：指建于安阳的“中国文字博物馆”。

（3）“出好书，济天下”：中原出版集团之出版理念。

（4）洛阳纸贵：据《晋书 · 文苑 · 左思传》：“于是豪贵之家竞相传写，洛阳为之纸贵。”记载了当时文学家左思所作《三都赋》在历经十年写成之后广受欢迎的盛况。

（5）书园：在出版园 B 座与 C 座之间的空地，现已画龙点睛般营建成小桥逶迤、流水潺潺、亭台错落的花园式休闲场所，并名之曰“书园”。

（6）刘运来艺术工作室：中原出版集团成立以来首个以个人名义命名之艺术工作室，设立在河南文艺出版社。

壬辰新春　初稿于中州知时斋

己亥初夏　定稿于河南出版产业园

（原载于 2019 年第一期《创新出版》，收入本书时内容及标题略有修改）

支撐中部崛起再轉型産
業升級文化立國發騰舞
豫版書香鳴響其根植
中原沃土創新當代文化
重現鳳凰涅槃者豈非
中原出版集團之歷史擔
當文化使命乎

節錄王國欽先生河南出版産業園賦
己亥夏月 李[illegible]

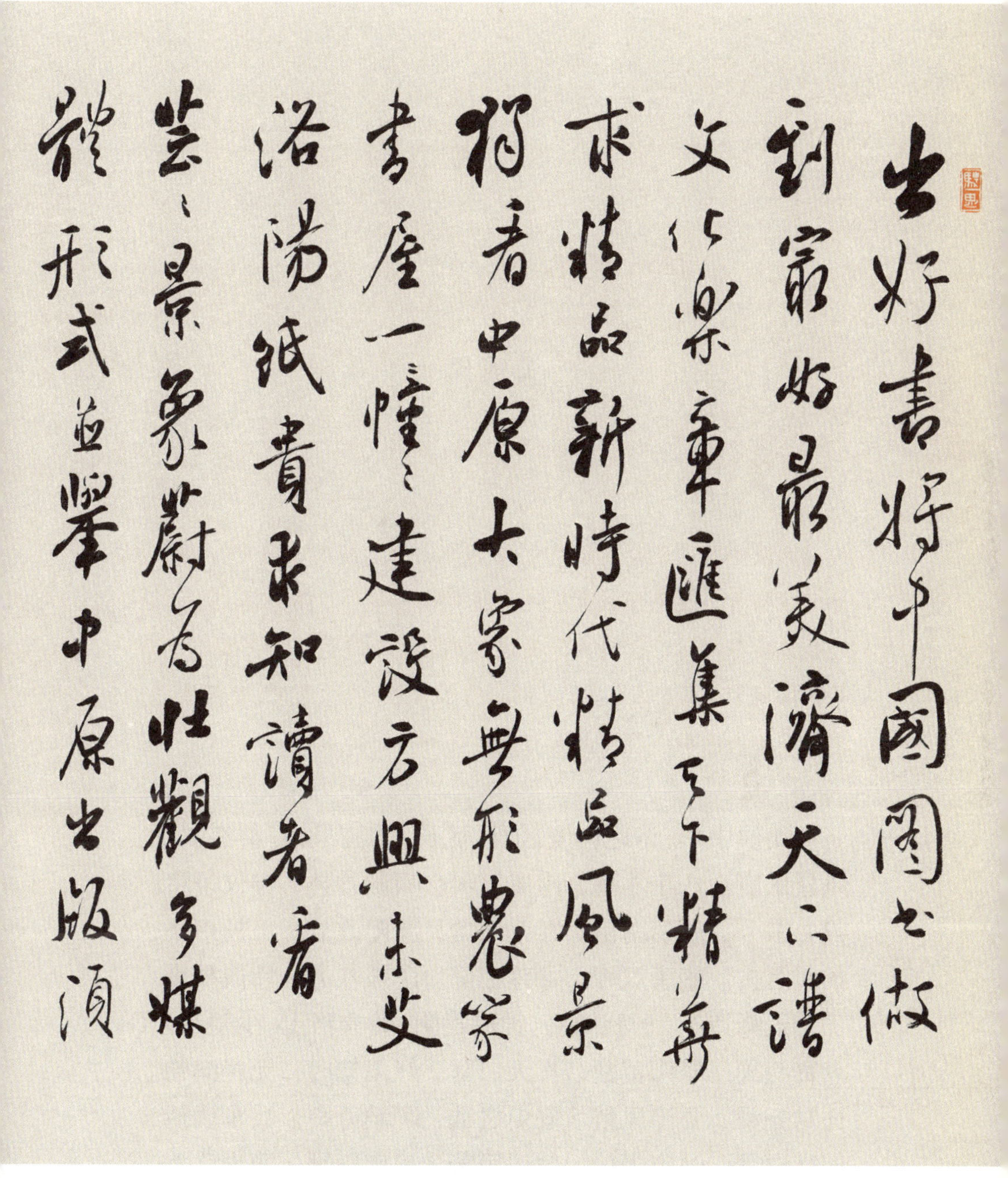

《河南出版产业园赋》节录　**李志强**　书

拜诗圣文（己亥版）

王国钦

恰逢中华人民共和国成立70周年，杜甫故里诗词大会以“传承家国情怀，逐梦民族复兴”为主题隆重举办；第五届“天下诗人拜诗圣”活动，同时在己亥之春继续进行。天下诗人词家，纷纷闻风而至；八方社会贤达，翩翩携手而来。我心澎湃，旨酒奉香，并天下诗人拳拳之情诚献于诗圣堂前——

泱泱中华，诗之国度。源远流长，吟旌早树。群怨兴观，风骚乐府。八斗才高，诗成七步。啸傲竹林，丰仪争睹。归去来兮，采菊南亩。春草池塘，新阳改故。王杨卢骆，江河万古。盛唐双峰，青莲工部。泽被八方，伟哉杜甫。

天降诗圣，千秋仰慕。钟灵嵩阴，毓秀洛土。少望东岳，老寓西蜀。翠柳黄鹂，青天白鹭。好雨知时，无声润物。怀君尧舜，要淳风俗。安史之乱，凋敝万户。兵车辚辚，道横白骨。酒肉朱门，孰识民苦？三吏三别，丽人犹舞。恨别长安，颠沛之路。奔走陇右，秦州同谷。飘泊西南，秋风茅屋。寒士广厦，愿得庇护。滚滚长江，萧萧落木。沉郁顿挫，华章自赋。野老布衣，葵藿性固。忧国忧民，史诗实录。溅泪感时，长歌当哭。天下襟怀，真情太朴。

近体大成，吟家踵武。律完唐格，式行宋谱。世界名人，文化嘉澍。笔架山前，馨香一炷。鼓瑟吹笙，如泣如诉。酒奠三巡，乾坤肃穆。思君无邪，情关黎庶。颂其善美，斥彼硕鼠。大爱真情，甘霖似乳。滋润心田，无论寒暑。广厦千间，情追老杜。遥望苍天，龙翔凤翥。好雨当春，载歌载舞。

己亥清明，吾来典汝。家国情怀，圆梦心笃：入新时代，走特色路。脱万家贫，谋百姓福。寒士新居，风雨永固。康庄大道，趋之若鹜。妙笔新章，志若鸿鹄。韵继盛唐，义无反顾。歌为民作，诗为国著。高原高峰，绵绵情愫。溱洧泱泱，歌吟故故。诗词大会，集合队伍。断档空白，我们来补。向往前贤，班门弄斧。嵩岳比高，大河如注。蓝图已就，腾龙跃虎。左看三秦，右观齐鲁。化雨春风，天地同曙。海晏河清，皇天后土。来格来歆，呜呼尚飨！

注释：

（1）拜诗圣文：自乙未、丙申、丁酉至戊戌连续四年的清明节前夕，由海内外诗人参加的“天下诗人拜诗圣”等一系列诗词活动已持续举行四届。此为第五届己亥版《拜诗圣文》。

（2）八斗才高，诗成七步：《蒙求》：“谢灵运尝云：‘天下才共有一石，曹子建独得八斗，我得一斗，自古及今共用一斗。’”而曹植的《七步诗》，恰恰印证了谢灵运对曹植的美誉。

（3）啸傲竹林，丰仪争睹：指以“竹林七贤”为代表的“魏晋风度”，为时人及千秋后代所景仰。

（4）归去来兮，采菊南亩：《归去来兮辞》为东晋陶渊明所作抒情小赋；“采菊东篱下，悠然见南山”为陶渊明《饮酒·之五》名句。

（5）春草池塘，新阳改故：“池塘生春草，园柳变鸣禽”“初景革绪风，新阳改故阴”，均为南朝·宋谢灵运《登池上楼》名句。

（6）王杨卢骆，江河万古：“王杨卢骆当时体，轻薄为文哂未休。尔曹身与名俱灭，不废江河万古流。”（杜甫《戏为六绝句·其二》）

（7）盛唐双峰，青莲工部：指唐代伟大的浪漫主义诗人李白（号“青莲居士”）、伟大的现实主义诗人杜甫（曾任校检工部员外郎）。

（8）钟灵嵩阴，毓秀洛土：杜甫出生地窑湾，位于中岳嵩山北麓，古代属洛阳管辖。

（9）少望东岳，老寓西蜀：杜甫青年时期最早的一首代表作为《望岳》；老年时期寓居在蜀地成都“草堂”。

（10）翠柳黄鹂，青天白鹭：“两个黄鹂鸣翠柳，一行白鹭上青天。”（杜甫《绝句》）

（11）好雨知时，无声润物：“好雨知时节，当春乃发生。随风潜入夜，润物细无声。”（杜甫《春夜喜雨》）

（12）怀君尧舜，要淳风俗：“致君尧舜上，再使风俗淳。”（杜甫《奉赠韦丞丈二十二韵》）

（13）安史之乱：指唐玄宗末年至唐代宗初年（755—763）由安禄山、史思明发动的叛乱战争，造成了唐朝社会由盛转衰的重大历史变化。杜甫全程经历了这次叛乱战争，并因此颠沛流离大半个中国，感慨颇深。以下作品，多为这一时期之代表作。

（14）兵车辚辚，道横白骨：“车辚辚，马萧萧，行人弓箭各在腰……君不见青海头，古来白骨无人收。”（杜甫《兵车行》）

（15）酒肉朱门，谁识民苦：“朱门酒肉臭，路有冻死骨。”（杜甫《自京赴奉先县咏怀五百字 》）

（16） 三吏三别，丽人犹舞：“三吏三别”指杜甫的著名诗篇《新安吏》《石壕吏》《潼关吏》及《新婚别》《垂老别》《无家别》；“丽人犹舞”指杜甫《丽人行》中的名句“三月三日天气新，长安水边多丽人。”

（17）恨别长安，颠沛之路：乾元二年（759）秋天，在历经战乱及国难民苦之后，杜甫放弃华州司功参军的职务，从秦州（今甘肃省天水一带）、同谷等地几经辗转到了成都。他一路颠沛流离，先后创作了数十首反映底层百姓疾苦的诗篇。

（18）飘泊西南，秋风茅屋：在成都期间，时任成都尹的朋友严武帮助杜甫在城西浣花溪畔建成了一座草堂，世称“杜甫草堂”，也称“浣花草堂”。次年，草堂因一场秋风所毁，便成就了杜甫的名篇《茅屋为秋风所破歌》。

（19）滚滚长江，萧萧落木：“无边落木萧萧下，不尽长江滚滚来。”（杜甫《登高》）

（20）野老布衣，葵藿性固：杜甫自称“杜陵野老”。“葵藿倾太阳，物性固莫夺”为杜甫《自京赴奉先县咏怀五百字》名句。

（21）忧国忧民，史诗实录：杜甫在中年之后的作品，以沉郁顿挫、忧国忧民为主要特点，其笔触主要表现当时的政治黑暗、社会动荡、百姓疾苦及个人的忧患意识、家国情怀。因而，其作品才被后世称为“诗史”；其个人更被后世尊为“诗圣”。

（22）溅泪感时，长歌当哭：“感时花溅泪，恨别鸟惊心。”（杜甫《春望》）

（23）天下襟怀，真情太朴：作者曾有文章曰《中国诗圣的襟怀》；太朴原意为“原始质朴的大道”，这里指杜甫真诚纯朴的诗歌作品。

（24）近体大成，吟家踵武：近体诗，是由杜甫在唐代最终完善并推向格律极致的一种诗歌体裁。后来至今，创作近体诗并取得成就的诗人摩肩踵武。

（25）律完唐格，式行宋谱：近体诗的严谨格律在唐代得以完成，至宋代又开始了按谱填词的另一种创作形式。

（26）世界名人，文化嘉澍：1962 年，杜甫被世界和平理事会推选为世界文化名人。澍（shù），及时雨。

（27）笔架山前，馨香一炷：杜甫诞生窑，就在其故乡窑湾的一座“笔架山”下。

（28）鼓瑟吹笙，如泣如诉：“呦呦鹿鸣，食野之苹。我有嘉宾，鼓瑟吹笙”，见《诗经·小雅·鹿鸣》。这里指杜甫故乡热情欢迎海内外参加“天下诗人拜诗圣”活动的嘉宾。

（29）家国情怀，圆梦心笃：己亥年杜甫故里诗词大会的主题为：“传承家国情怀，逐梦民族复兴。”

（30）入新时代，走特色路：中国共产党第十九次全国代表大会报告指出，中国特色社会主义建设已从此进入了新时代。

（31）脱万家贫，谋百姓福：根据国家“十三五”发展规划，确保 2020 年农村实现彻底脱贫，确保全面实现建成小康社会。而 2019 年，无疑打响了实现脱贫最艰巨的攻坚战。

（32）寒士新居，风雨永固：杜甫在《茅屋为秋风所破歌》的结尾写道：“安得广厦千万间，大庇天下寒士俱欢颜。风雨不动安如山。呜呼，何时眼前突兀见此屋？吾庐独破受冻死亦足。”此处意在告慰诗圣。

（33）妙笔新章，志若鸿鹄：为了推动当代诗词创新的事业发展，中华诗词创新研究会于 2015 年在郑州成立，作者时为执行会长。

（34）歌为民作，诗为国著：作者曾在文章《“诗言志”之“言”在当代》中，将白居易的“文章合为时而著，歌诗合为事而作”，更为“文章合为国而著，歌诗合为民而作”。

（35）高原高峰，绵绵情愫：2014 年 10 月 16 日，习近平总书记在主持召开文艺工作座谈会时发表的重要讲话中指出：“在文艺创作方面，也存在着有数量缺质量、有‘高原’缺‘高峰’的现象。”但无论是“高原”“高峰”，都应该以人民情感为主要的表现中心。

（36）溱洧泱泱，歌吟故故：溱（zhēn）洧（wěi）是发源于河南中部的两条河流，溱洧泱泱是作者的网名之一；故故，这里是象声词，指鸟的鸣叫声。陆游《晚起》诗：“雏莺故故啼檐角，飞絮翩翩堕枕前。”

（37）诗词大会：泛指由中央电视台主办的“中华诗词大会”及由巩义市委宣传部主办的杜甫故里诗词大会等全国各式各类的诗词大会。

（38）断档空白：自 20 世纪初“五四”运动以来，传统的诗词歌赋形式出现了长达百年的发展阻滞。

（39）向往前贤，班门弄斧：作者曾有句云“信乎弄斧到班门”（《甲戌年春龙虎山诗会有寄》）。这里是鼓励同仁敢于“在鲁班门前弄大斧”的勇气。

（40）海晏河清，皇天后土：习近平总书记在十八届中央纪委五次全会上指出：“腐败没有铁帽子王，反腐败绝不封顶设限……一定能够打赢党风廉政建设和反腐败斗争这场攻坚战、持久战，迎来海晏河清那一天。”

己亥清明　于中州知时斋

（2019 年 4 月 29 日，第五次在“天下诗人拜诗圣”及“杜甫故里诗词大会”开幕式现场诵读）

泱泱中華，詩之國度，源遠流長。吟旌早樹，群怨興觀。風騷樂府，八斗才高；詩成七步，嘯傲竹林。丰儀爭睹，歸去来兮，採菊南畝。春草池塘，新陽改故。王楊盧駱，江河萬古。盛唐雙峯，青蓮工部

河南省文学院

澤被八方。偉哉杜甫，天降詩聖。千秋仰慕。鍾靈嵩陰，毓秀洛土。少望東嶽，老寓西蜀。翠柳黄鸝，青天白鷺。好雨知時，無聲潤物。懷君堯舜，要淳風俗。安史之亂，凋敝萬户。兵車轔轔，道橫白骨。酒肉朱門，孰識民苦？三吏三别，麗人猶辭

河南省文学院

恨别长安，顛沛之路，奔走隴右。秦州同谷，飄泊西南，秋风茅屋寒士。廣廈願得庇护，滚滚长江，蕭蕭落木，沉鬱頓挫。華章自賦，野老布衣，葵藿性固，憂國憂民，史詩實録。濺淚感时，长歌當哭。天下襟懷，真情太樸。近體大成，吟家鍾式，律完唐

河南省文学院

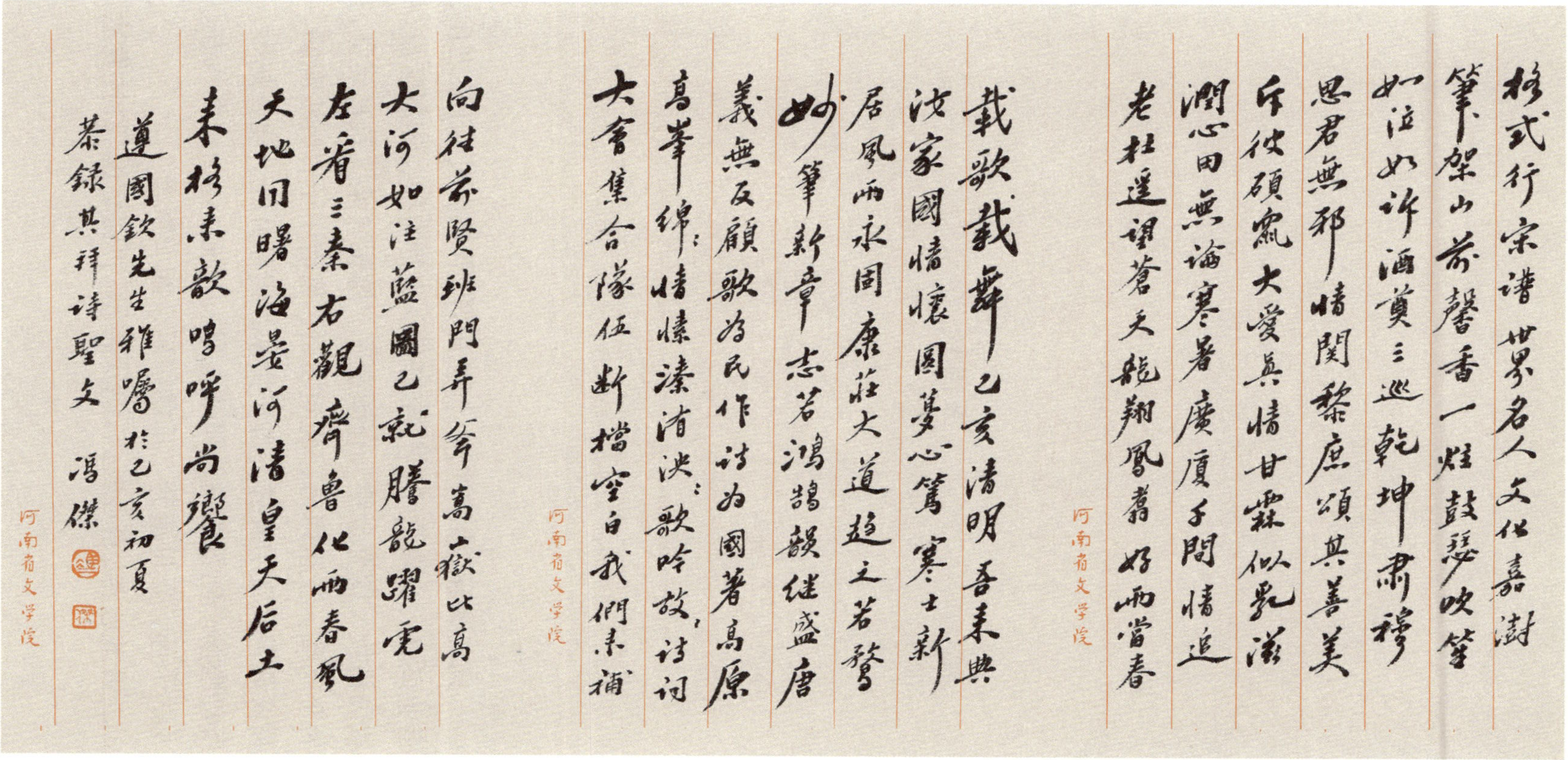

《拜诗圣文》 王国钦 撰 冯 杰 书

丁亥年黄帝故里拜祖大典拜祖文

王国钦

维公元 2007 年 4 月 19 日，岁次丁亥年三月初三。当此甲辰之月，癸未之日，千里中原惠风和畅，万民膏沐丽日荣光。时任中共河南省委书记、河南省人大常委会主任徐光春，在古都新郑、中华人文始祖轩辕黄帝故里，代表 9700 万河南人民拜祀始祖黄帝。拜祖文曰：

具茨巍巍，溱洧泱泱。仰圣思贤，开拓洪荒。轩辕之丘，帝业皇皇。少典之子，气宇轩昂。定都有熊，创制度量。教民耕牧，食有余粮。仓颉造字，嫘祖育桑。筑宫建室，暑避寒藏。音正律吕，药问岐黄。肇启甲子，历法滥觞。礼仪渐备，文明发祥。舟车指南，铸鼎开疆。鹿姿蛇影，狮舞鹰扬。创新图腾，和谐立邦。一统宇内，威震八方。龙的子孙，百世流芳。瓜瓞绵延，四海飘香。

开放改革，百业其昌。薪火传承，再铸辉煌。科技发达，神舟翱翔。和平崛起，献瑞祈祥。科学发展，虎跃龙骧。经济繁荣，国富民强。改善环境，鸟语花香。和谐社会，兰蕙芬芳。以民为本，以法为章。知荣知耻，正气昭彰。盛德重义，天下飞觞。两岸一家，骨肉情长。四海同胞，神采飞扬。寻根问祖，归我故乡。

杨柳依依，河水汤汤。豫州故土，佑于炎黄。轩辕至今，多少沧桑。几曾落伍，几度彷徨。中部崛起，正道康庄。追星赶月，气韵铿锵。志酬三农，广储粮仓。全国率先，蠲免皇粮。优秀传统，源远流长。文化兴省，由大入强。英雄辈出，感动上苍。立民立命，无愧先皇。持续发展，人神共襄。伏惟祝告，尚飨尚飨！隆情厚意，尽付宫商！

2007年4月　于中州知时斋

（本文乃与他人合作，2007年由时任河南省政协主席王全书在丁亥年黄帝故里拜祖大典上诵读）

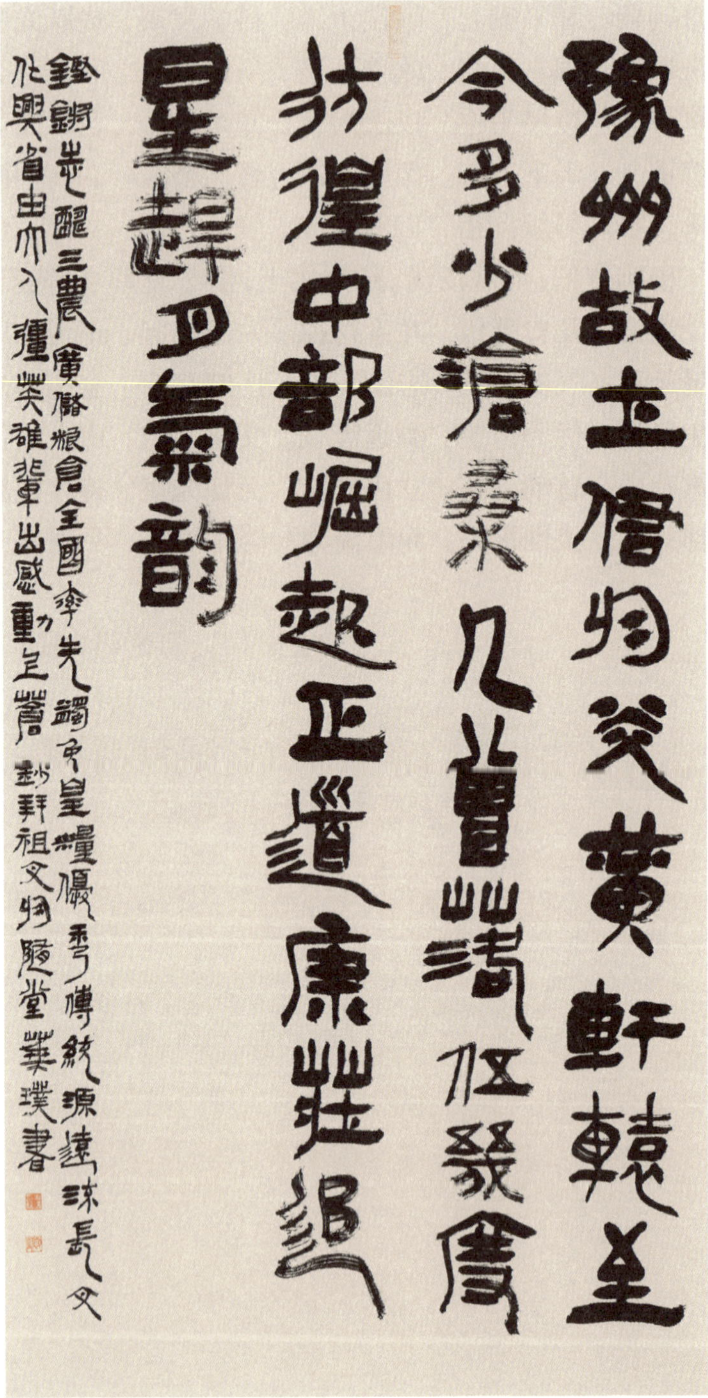

《丁亥年黄帝故里拜祖大典拜祖文》摘句 田华璞 书

如 意 赋

王国钦

所谓如意，长约三尺，状似七星。初为爪杖，身体扁平。前端以指为形，搔抓脊背手所不到之痒，俗称之“不求人”也。论其材质，有竹、木、骨、角、铜、铁、石、玉等不一而足，可随地而取也。或佛家子弟录记经文以备宣讲，或阵前武将端然手持以麾进止，或仕女书生装点兰室以显品位……如意者，原本之器物也。

如意又名“执友”“谈柄”“握君”，经典式样如天官、三镶、灵芝也。天官式，简朴直柄，线条简单而威严。三镶式，细密繁复，翠绕玉嵌而尊贵。灵芝式，雅致曲颈，造型流畅而祥和。或祝福个人前程似锦，或寓意国家政通人和，或祷之友邦情谊长存……如意者，文化之宝物也。

至于造型，常于柄首饰以祥云，多以善意赋其内涵，复雕以桃果、蝙蝠、花卉、龙纹等，千百年良好愿望之承载也。若配以铜钱状、蝴蝶形之中国结，不惟观之雅致、感之和谐，而且悟之如意、配之福寿矣。或王侯献于皇室，或后宫赐予臣公，或民间祈乎福安……如意者，传统之祥物也。

流光飞逝，纪元布新。岁届庚辰，河南省时任省长李克强，立足于新世纪，着眼乎高起点，擘画之大郑州。宁将“一张蓝图绘到底”之决心，胸怀“经济文化相伴生”之梦想，追寻“自然生态共和谐”之境界，彰显“传统现代须并存”之时尚……于是乎，CBD奠基于机场旧址，中央商务区宏图大展，十数春秋忽忽矣拔地而起焉。城画双圆，乃黑川纪章之杰作也。六十栋高端建筑序列环立，高大尚名企相互媲美；六十层千禧宝塔广场雄镇，大玉米夜来流光溢彩；数十条玉带马路往来交错，辐射性纵横八方。知否其艺术中心乎？是为卡洛斯之手笔也。采撷中州音乐之传统要素，状形于展翅高翔之蝴蝶，灵感于陶埙、骨笛、石排箫也。忆之当年，曾口号一绝为之赞曰：

艺术神工起殿堂，春风蝴蝶靓新妆。
金歌银舞来天外，赢得郑州梦也香。

锦上添花者，CBD与副中心以一运河链接。运河之状，恰如一流动之巨型如意也。如意湖畔，会展中心展览乎多彩世界；绿树丛中，粮食期货搏动之环球市场。金融、商务、办公、住宅，楼宇栉次鳞比；旅游、娱乐、信息、研究，服务设施齐全。“四合院”布局之运河两岸，“九宫格”演绎出生活魔方。假日闲暇，则可登宝塔俯仰观光矣：阳春朝迎旭日，仲秋暮送夕阳，凭高晴眺黄河，依栏雪映商城。间或丹尼斯购物、内外环漫步、咖啡厅晤谈，无不身心俱爽、心旷神怡、悠然而自得……如意者，郑州之景物也。

新区初成，如意湖办事处应运而生矣。其状若飞碟，取名于运河之形、吉祥之意，辖管于双城之际、两水之间，位居于金融中心、商务腹地，负责于基层党建、文明创建、社会事务及街道环卫也。诸社区特色，鲜明彰显；9 字形 LOGO，旌旗飘扬。以先导区、示范区、核心区为指向，转作风、办实事，建设如意团队；谋发展、聚有型，树立如意品牌；图高效、讲和谐，创新如意文化；思进取、比奉献，恪守如意精神。足立东区，心系郑州，看身边百姓笑颜如花；便事利民，达情如意，已燃亮千家灯火璀璨；圆中国梦，奔新征程，愿新创事业如御风而行……如意者，精神追求之境界、美好生活之目标也。

注释：

（1）七星：北斗七星，俗称杓子星。

（2）麾（huī）：古代军队令旗，所谓“令行禁止”即因之而行。

（3）兰室：椒兰之室，指充满椒兰气味的居室。比喻贤雅人士所居之处。

（4）执友、谈柄、握君：皆为如意之别称。

（5）中国结：中国特有的手工编织工艺品，有双钱结、纽扣结、琵琶结、团锦结、十字结、吉祥结、万字结、盘长结、藻井结、双联结、锦囊结等多种结式，寓意着团结、幸福、平安，在民间深受人民大众的喜爱。

（6）纪元布新：公元 2000 年，新纪元之年。

（7）擘画（bò huà）：大型规划筹谋、经营之意。语出《淮南子·要略》：“财制礼义之宜，擘画人事之始终者也。”

（8）CBD：英语“Central Business District”之简称，意为“中央商务区”。特指一个国家或一个城市进行商务活动的主要地区。

（9）机场：郑州 CBD 在原来郑州军用机场原址上建设而成。

（10）黑川纪章：日本著名国际建筑规划大师。“郑东新区 CBD”为其代表作品之一，获得世界建筑师联盟年会“城市规划设计杰出奖”。

（11）千禧宝塔：又称千玺宝塔，仿登封嵩岳寺塔筒体外形而建。该塔原非黑川纪章设计，乃后来所新增加，耸立于 CBD 千禧广场。该塔实际五十九层，六十层为其约数。夜间灯光下的千禧塔通体黄色，俗称之为“大玉米”。

（12）艺术中心：河南艺术中心，为加拿大著名设计大师卡洛斯·奥特作品。其造型为一个翩翩飞舞的蝴蝶，灵感来源于在河南出土的文物乐器陶埙、石排箫和贾湖骨笛。

（13）会展中心：郑东新区 CBD 三大标志性建筑之一，由郑州香港会展管理有限公司负责管理及营运，是一处集会议、展览、文娱、招待、餐饮和旅游观光为一体的大型展览场所。

（14）粮食期货：郑州粮食批发市场成立于 1990 年，1993 年成立郑州商品交易所，正式推出小麦、玉米、绿豆等粮食期货交易，结束了中国没有粮油期货批发价格的历史。而“郑州价格”的产生，逐渐成为中国乃至世界粮食市场的“晴雨表”。2006 年，原郑州粮食批发市场更名为郑州国家粮食交易中心并迁入郑州 CBD 营运。

（15）四合院：指郑东新区 CBD 四合院特色的商住区。

（16）九宫格：指郑东新区 CBD 九宫格特色的建筑群。

（17）丹尼斯：在郑东新区 CBD 的内外环之间，北起商务西一街，南至商务西八街，为亚洲最长的大型零售业所在——丹尼斯七天地。

（18）飞碟：从地图上看，如意湖办事辖区状宛若一个从天而降的外星飞碟，动感极强。

（19）双城：以中州大道为界，其西为郑州旧城区，其东即为新城区。

（20）两水：指CBD北部的东风渠、南部的熊耳河。

（21）9字形LOGO：CBD所在辖区——如意湖办事处为进一步提升区域形象和影响力，2016年3月面向社会公开征集办事处标识，“9”字形的LOGO最终在评选中胜出。该标识以蓝、绿色双色为基调，将“如意之水”与商务内、外环路巧妙地融入其中。整个图形呈开放式“如意”形状，体现了郑州“绿色、开放、共享”的发展理念，突出了新区水域靓城的生态特色，彰显了如意湖办事处坚持以人为本、全心全意为人民服务的工作作风。

（22）御风而行：庄子《逍遥游》云：“夫列子御风而行，泠然善也……”据此，如意湖办事处大门西边，即立有一尊“列子御风而行”的雕塑。列子：郑州圃田人也。

（23）美好生活：2012年11月15日，习近平总书记在中央政治局常委与中外记者见面时的讲话中指出：“人民对美好生活的向往，就是我们的奋斗目标。”

2019年1月22日　定稿于中州知时斋

2019年2月9日　修订于中州知时斋

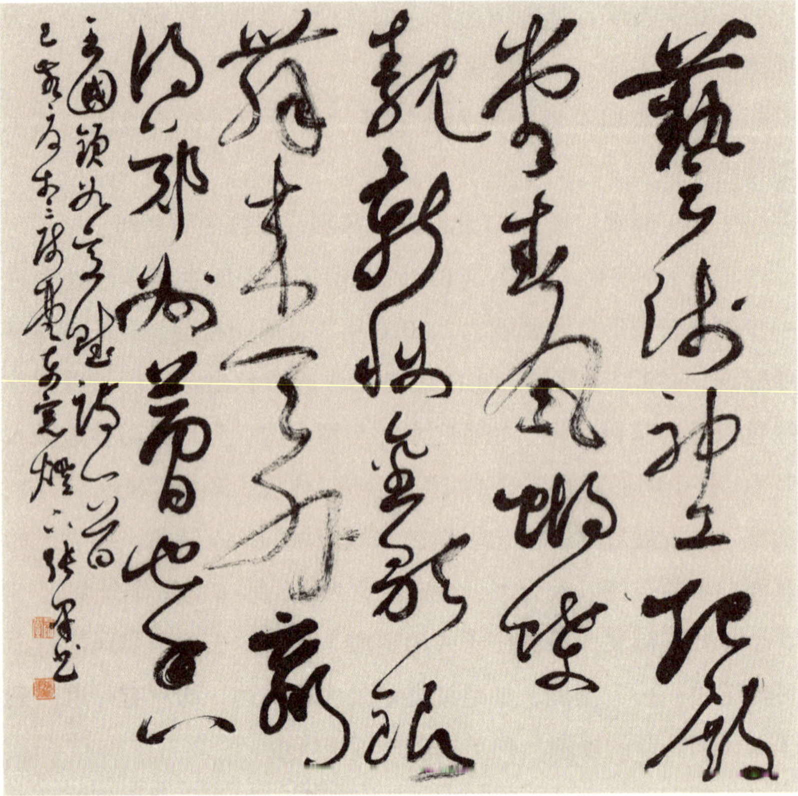

《如意赋》摘句 张菓 书

荷　花　赋

王国钦

四季名花，各有所长。春得赏兰姿之可人、幽香之清雅，秋思慕菊品之端正、馨香之远播，冬尤钦梅影之横斜、暗香之浮动……必欲优而选之，吾更爱夏荷德品之高尚、清香之入心也。

荷花者，园林名花也。其风姿绰约，花硕色丽，翠盖凌波，随景成画。既能广植湖塘，蔚为壮观，又可盆栽瓶插，别具情趣，古来即宫廷苑囿或私家庭园之水生花卉也。夏秋之日，则处处见其倩影矣：自荷钱出水，便缀点清波；及劲叶既生，则日高一日。绿水扶高茎，环游鱼虾以为戏；碧风承玉露，得润天地之精华。曲径雕栏，福乡梦水，引多少风雅宾客；一枝入镜，十里成图，藏三五荡舟美眉。孰云能不爱之乎？

荷花者，文学名花也。从“江南可采莲，莲叶何田田”，到“制芰荷以为衣兮，集芙蓉以为裳”；从“览百卉之英茂，无斯华之独灵；结修根于重壤，泛清流而擢茎”，到“荷叶罗裙一色裁，芙蓉向脸两边开”；从“小荷才露尖尖角，早有蜻蜓立上头”，到“接天莲叶无穷碧，映日荷花别样红”；从“出淤泥而不染，濯清涟而不妖”，到“棹将移而藻挂，船欲动而萍开”……其间诸多之荷花形象，使人眼观荷而心得句，情忆花则口生香，几人能不倾心乎？

荷花者，宗教名花也。婆罗门教神话云：世界起源于荷花，天下皆水，有莲生出水面。是时巨神居于阴间，经莲茎出至水上，以荷花为座。是故在佛教中，传佛祖悉达多初生落地即行七步且步步生莲，莲亦成佛祖诞生之象征。在佛教中，更将佛国称“莲界”，将佛经称“莲经”，将佛寺称“莲宇”，将佛座称“莲台”，将僧舍称“莲房”，将袈裟称“莲衣”等。在佛教中，荷花既是四大吉花之一，又是八宝之一，也是九大象征之一，教众岂不尊之乎？

荷花者，生活名花也。君知之否？莲被称为“活化石”，乃起源最早之被子植物也。据《本草纲目》载：荷花周身皆宝，凡莲子、莲衣、莲房、莲须、荷叶、荷梗、藕节等，各具生津止渴、养心益肾、去湿消风、补脾涩肠、活血止血、解热解毒之功能。尤其莲子粥、莲房脯、莲子粉等，迄今亦为百姓喜爱之滋补佳品。至其下生淤泥而藕自洁，中空茎直而性则耿，上结莲房而苦亦香……如此可观可赏可品可画可食可药之锦绣名花，至今堪有其二乎？

荷花者，又名莲花、菡萏、芰荷、芙蓉、芙蕖、子午莲，实乃文化名花也。“荷”者，“和”也、“合”也；“莲”者，“联”也、“连”也。是故，莲花兼具和平、和谐、合璧、合欢、联系、联袂、连理、连心等丰富之文化内涵。我国早有春天折梅赠远、秋天采莲怀人之传统，所谓“莲开并蒂”“步步莲花”“百年好合（荷）”“连（莲）年有余（鱼）”等成语、典故、诗词、剪纸、年画、工艺品，历来为民间所挚爱也！近代以来，“大千荷”为国人颜面增色，“孙文莲”成中日友谊象征。澳门之区旗、区徽，更寄予国家团结、永久和平之期盼，不亦与时俱进乎？

吾爱荷，初缘于朱自清《荷塘月色》之美文，情系于杨万里“风光不与四时同”之佳句，观止于周敦颐不过百余言之《爱莲说》，亦赏心于季羡林之《清塘荷韵》也。至有幸参加淮阳荷花节，更知羲皇已渔猎结网、食莲赏花并协和万邦于上古，吾爱莲之心尤甚矣！

注释：

（1）江南可采莲，莲叶何田田：见汉·乐府《江南》。

（2）制芰荷以为衣兮，集芙蓉以为裳：见屈原《楚辞·离骚》。

（3）览百卉之英茂，无斯华之独灵；结修根于重壤，泛清流而濯茎：见曹植《芙蓉赋》。

（4）荷叶罗裙一色裁，芙蓉向脸两边开：见王昌龄《采莲曲》。

（5）小荷才露尖尖角，早有蜻蜓立上头：见杨万里《小池》。

（6）接天莲叶无穷碧，映日荷花别样红：见杨万里《晓出净慈寺送林子方》。

（7）出淤泥而不染，濯清涟而不妖：见周敦颐《爱莲说》。

（8）棹将移而藻挂，船欲动而萍开：见朱自清《荷塘月色》。

（9）佛教四大吉花：优昙华、曼陀罗花、荷花和山玉兰。

（10）佛教八宝：宝伞、金鱼、宝瓶、荷花、法螺、吉祥结、宝幢、法轮。

（11）佛教九大象征：塔、法轮、荷花、光相、“卐”字符、念珠、菩提树、曼陀罗、六色旗。

（12）被子植物：植物界最高级的一类，也是植物界进化最高级、种类最多、分布最广的类群。

（13）大千荷：近代国画大师张大千乃著名“荷痴”，他常说自己“赏荷、画荷一辈子都不会厌倦”。当他 35 岁作品《金荷》被法国政府购藏时，徐悲鸿说：“张大千的荷花为国人脸上增色。”

（14）孙文莲：1918 年孙中山先生在日本下关居住时，曾得到邻居田中隆先生的照顾和帮助，就把辽东半岛普兰店出土的四粒古莲子送给了他。后来，日本古生物学家大贺一郎博士鉴定出这是千年以上的古莲子，便苦心培育并使其中一株发芽开花。大贺将这古莲新花与鉴真播种的“唐招提寺莲”进行杂交培育获得成功，并将之命名为“孙文莲”。

（15）河南淮阳因太昊陵而被称为羲皇故都，首届“中国·淮阳龙湖赏荷旅游活动月”于 2007 年 7 月 22 日正式启动，此后每年一届，至今已成为当地的一个盛大节日。

戊子初冬　于中州知时斋

（原载于《周口晚报》2018 年 2 月 5 日）

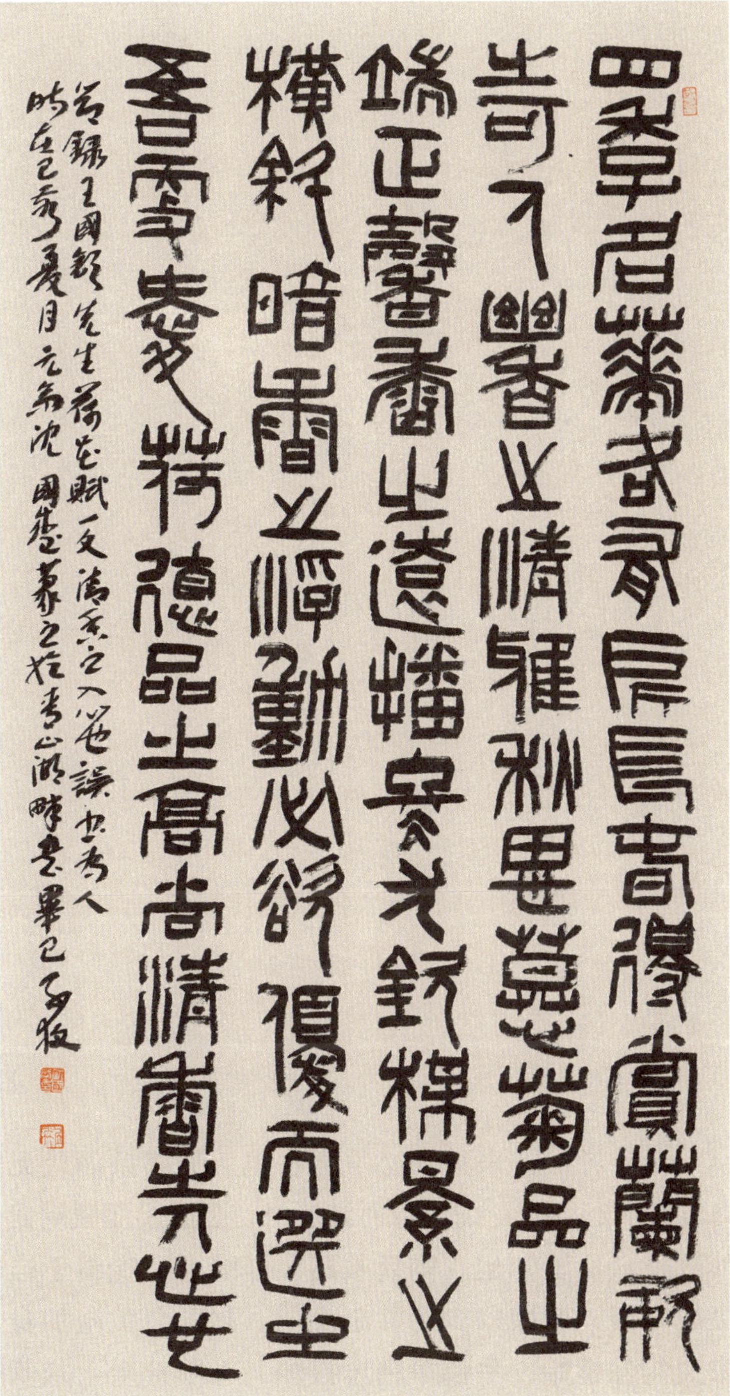

《荷花赋》摘句　沈国盛　书

新　乡　赋

王国钦

新乡，是中华文明发祥地之一，新石器时期就有先民在此活动。古称鄘国，春秋隶卫，战国属魏，汉为获嘉，自隋文帝开皇六年（586年）置县，至今已1400余年。1949年5月7日和平解放，1949年8月至1952年11月曾为平原省省会。其建制、区划屡更，现辖二市、四区、六县。近年来，先后荣获国家卫生城市、国家园林城市、国家森林城市、中国优秀旅游城市、中国竞争力百强城市、全国文明城市创建先进城市、中国十佳和谐可持续发展城市、《福布斯》中国大陆最佳商业城市、中国金融生态城市等光荣称号。

新乡者，古来兵家必争之乡也。战鸣条而伐无道，终夏桀而起商汤；征牧野而绾恶纣，盟诸侯而成周武——其故事众所皆知也。围魏救赵，孙膑大败庞涓于桂陵；决战官渡，曹操以少巧胜于袁绍。赵匡胤黄袍加身，大宋文化陈桥始；岳鹏举精忠报国，义军抗金十八营……

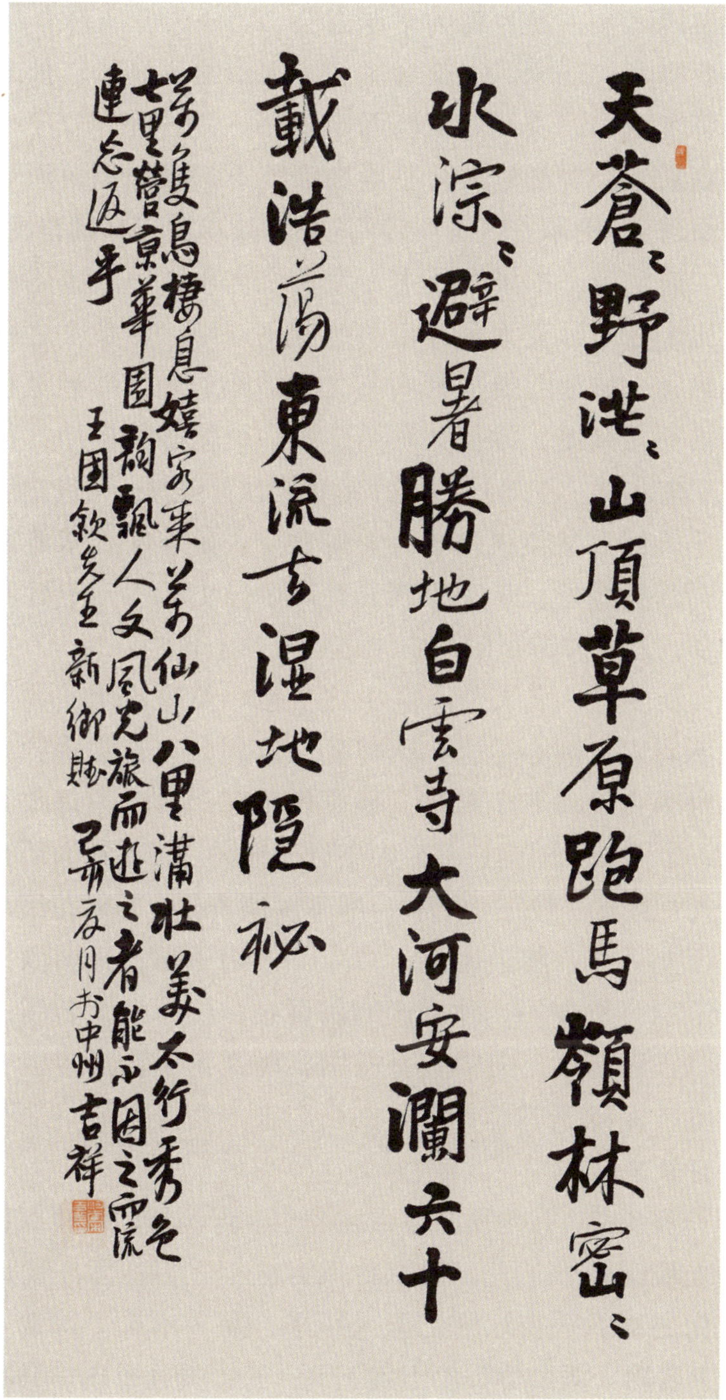

天蒼蒼野茫茫山頂草原跑馬嶺林密密水淙淙避暑勝地白雲寺大河安瀾六十載浩浩蕩蕩東流去濕地隱秘
王国欽先生新鄉賦
吉祥

《新乡赋》摘句　宋吉祥　书

新中国之初，新乡曾为平原省会，当下乃十五项国家荣誉获得者、国家二级交通枢纽、河南之省辖市、豫北之经济重镇也。其北邻安邑而南望郑汴，古都鼎立于外而内获新生。登巍巍太行乎居高而临下，瞰滔滔黄河兮达古而通今。更东鲁西晋壤接两省者，鼓双翼正翩翩奋飞也。

新乡者，中华姓氏主要发源之乡也。周武王赐林姓于比干之子，姜太公庇祖荫兮尊享双姓。传黄帝之师建都封父，始为封姓；有周公之子被赐胙地，胙姓见称。辉县原乃共城，姓衍共洪龚恭段；伯倏被封延津，国开曾立南北燕。叔郑封毛，后有毛遂勇于自荐；司寇捐躯，封丘长留牛父英灵。知否季亹食宁，始有宁氏双雄起；且看获嘉城外，长立蒙族五姓碑……史载六十七姓源出新乡，乃海外游子问祖中原之主要热土也。

新乡者，名人荟萃辈出之乡也。英雄治水，共工怒触不周山；剖心尽忠，国神复封忠烈公。直钩垂钓，吕尚得遇文王；名士遁世，孙登长啸苏门。辅国理政，原阳一十四相；同门三宰，人杰更显地灵。张苍精通历算，《九章算术》校正功千载；邵雍发愤苦读，《梅花组诗》预言九百年。解道闲愁，古今一场梅子雨；报国歌头，北宋唯有贺方回。孙奇逢躬耕百泉，位列三大名儒；李敏修宣讲新学，力倡教育救国。嵇文甫堪称学界巨子；徐世昌保持气节暮年……古往今来，新乡人能不油然而生自豪之情乎？

新乡者，文化积淀厚重之乡也。青铜器商代铸双壁，国之最圆鼎号子龙。汲冢竹书为纪年之祖；孟庄遗址乃文化之尊。登杏坛则忆圣人风采，品《木瓜》得赏《诗经》名篇。鎏金兽头出土魏王墓；三晋贵族重现车马坑。

祖辛提梁卣堪称国宝；战国铸铁窑陶范水平。竹林七贤、李白高适、苏轼岳飞、元好问、郭小川、刘知侠、刘震云等名流隐士、墨客文人，或生于斯或游于斯，皆留下千古佳话矣。成语如天作之合、脱颖而出、歃血为盟、善始善终、运筹帷幄、细柳屯兵，以及没心菜、孟姜女、相思树、香泉寺、柳毅传书、翟母进饭之传说等，亦典出新乡之地或新乡之人也。流连于仰韶文化遗址，吟咏于龙山文化遗存，可观原生之民歌民舞，可玩创新之民间剪纸，复可赏传统之民戏民居……八方来者，亦将因祥符调、二夹弦之美妙乐曲而陶然乐矣哉！

新乡者，文化名胜俊游之乡也。太公庙庇护牧野大地，君子尊崇；比干庙彰表谏臣极则，妈祖归根。武王伐纣盛会同盟山；张良椎秦名噪博浪沙。三善难尽蒲邑之美；奇兽见证潞王奢华。三石坊勒石两代；千佛塔雕佛千尊。魏长城宏伟当年，遗迹已存两千载；中药材百泉大会，海内交易六百秋。太极书院，理学渊薮成风景；关山地貌，雄深险峻叹奇观。彭了凡瓮葬饿夫墓；陈玉成铁骨傲英魂。破司马迷魂兮忆故城络丝，望鸿门夜月兮染五陵晓色；赏李台晚照兮思牧野春耕，观原庄夏景兮漾卫水金波。平原省委旧址，记录辉煌历史；文化步行新街，彰显古贤精神。天苍苍野茫茫，山顶草原跑马岭；林密密水淙淙，避暑胜境白云寺。大河安澜，六十载浩荡东流去；湿地隐秘，万只鸟栖息嬉客来。万仙山、八里沟，壮美太行秀色；七里营、京华园，韵飘人文风光……旅而游之者，能不因之而流连忘返乎？

新乡者，堪谓中原美食之乡也。农博会金奖双获，原阳米无愧第一；原产地认证独颁，金银花绽放中原。

封丘芹菜石榴，明清享用宫廷；辉县山楂香稻，今已惠及百姓。黄河鲤鱼跳龙门，双须赤尾；新乡熏枣益健康，色泽鲜明。肥而不腻乎罗锅酱肉；酥香软烂者新乡烧鸡。松酥起层，缠丝烧饼牛忠喜；长垣尚厨，中国烹饪第一乡。他如红焖羊肉、延津菠菜等亦远近闻名也……海内愿饱口福之欲者，新乡岂非中州首选乎？

新乡者，创新更新鼎新之乡也。忆当年人民公社，曾领先时代，留几多思辨；看今日城乡统筹，再与时俱进，敢万里弄潮。刘庄群众感念史来贺，几多传奇色彩；太行公仆碑树吴金印，一段岁月流金。刘志华好个巾帼英雄，缔造乡村都市；张荣锁梦圆挂壁公路，致富且看回龙。耿瑞先宏图大展领头雁；裴春亮富而思源惠乡邻……群星灿烂兮典型辈出，为民服务兮感动中国，风流人物兮还看新乡。

新乡者，和谐奉献崇文常新之乡也。季候分明兮冬寒夏热，人民勤劳兮春早秋凉。矿藏丰富兮振兴经济，土地肥沃兮图画粮棉。人才战略兮持续强市，机械制造兮海内闻名。战略重组，产业升级，集群发展迈新步；铜管铜业，冰箱冰柜，金龙新飞两夺冠；白鹭化纤，华兰生物，产品崛起赖创新。与祖国同行，破茧催生新乡模式；让新乡常新，改革成就新乡精神。机遇和挑战并存兮，路漫漫其修远；牧野兼榴花火红兮，泪盈盈而沾襟。

注释：

（1）鸣条之战：我国军事历史上一个辉煌杰作，是商汤胜于夏桀的关键之战，也是我国古代通过全面运用“伐谋”“伐交”“伐兵”“用间”以最终达到战争速胜的最早成功战例。鸣条即今封丘县东部一带。

（2）牧野之战：周武王率八百诸侯会盟伐纣的牧野（今淇县以南卫河以北地区）大战，是中国历史上以少胜多的一次著名战争，不但终结了555年的殷商王朝，而且标志着统治近800年大周王朝的诞生。

（3）围魏救赵：战国时魏将庞涓率军围攻赵国都城邯郸，赵求救于齐。齐王以田忌为主将、孙膑为军师，带兵直接攻打魏国都城大梁。魏军从邯郸撤军回救大梁，路经桂陵（今河南长垣西北）要隘时遭齐兵截击几乎全军覆没。避实就虚，围魏救赵，这一战法被列为《孙子兵法》三十六计中的重要一计。

（4）官渡之战：建安四年（199年）6月，历史上袁绍与曹操之间的“官渡之战”拉开序幕。同年10月，袁绍所运粮草屯积在袁军大营以北约20公里的故市（今河南延津县内）、乌巢（今河南延津东南）。曹操接受袁绍来奔谋士许攸建议，亲率步骑五千夜袭乌巢并火烧全数粮草。曹军先后歼灭和坑杀袁军七万余人，从而以少胜多赢得了战争的胜利。

（5）陈桥兵变：公元960年春，时任殿前都点检、归德军节度使的赵匡胤，谎称北汉和辽国军队联合南下攻打后周，后周王朝遂命赵匡胤率兵北上抗敌。2月3日，军队行至陈桥驿（今河南封丘东南陈桥镇）时，在赵普、石守信等人的策划下，授意士兵为赵匡胤黄袍加身并拥立他为皇帝，史称“陈桥兵变”。赵匡胤也因建立宋朝，后被称为宋太祖。

（6）十八营：北宋末年，金兀术兵犯中原，率30万金兵横冲直闯到新乡城内安营扎寨。抗金名将岳飞带领岳家义军在金兵眼皮底下纵横扎下18个营盘，构成了一道阻击金兵南渡黄河的强大防线并大获全胜——这就是在民间流传的“小冀到新乡，一溜十八营”的佳话。

（7）林姓：商朝末年，帝辛（纣王）暴虐荒淫。太师比干叹曰："主过不谏非忠也，畏死不言非勇也，过则谏不用则死，忠之至也。"遂至摘星楼强谏三日。纣怒曰："吾闻圣人心有七窍，信有诸乎？"遂剖比干之心。比干夫人妫氏甫孕三月，逃出朝歌于长林石室生男名坚，周武王建立东周后赐坚"林"姓，后来又衍出王、柴、孙、辜、李（李姓又一源）5姓。比干即太师祖。

（8）姜吕二姓：太公姓"姜"，名尚字子牙号飞熊，汲邑姜塬（今卫辉市太公泉）人。因其先祖佐禹治水有功被封于吕国（今河南南阳王村），缘从封而得姓，故又称"吕"尚。

（9）封姓：相传远古时炎帝的孙子矩是黄帝的老师，其夏代后人被赐建都封父（即今封丘）并以"封"为姓。

（10）胙姓：西周初年，周公旦的一个儿子被封到延津县北的胙国（今胙城乡），其子孙便以胙为姓，后人也有改"胙"为"作"者。

（11）共姓：西周共伯和居住辉县。春秋时，郑庄公之弟共叔段在母亲武姜的支持下谋反，被郑庄公打败后并赶到共城，其后代便分别以共、段为姓。再后，共姓后代因避仇分别在共字头上加"龙"为"龚"，字左加水为"洪"，字下加"心"为"恭"，因而"共、段、龚、洪、恭"5姓皆源于辉县。

（12）燕姓：黄帝后裔伯倏被封延津东北，称燕。因与周召公奭建都于蓟（今北京一带）之燕国同名，故史称一为北燕，一为南燕。两燕国后代，都有人以"燕"为姓。

（13）毛姓：周文王姬昌多子，其中姬发的弟弟叔郑在跟随武王伐纣后被封于毛邑（今河南原阳）。于是便"世为周卿士，食采于毛，子孙因以为氏。"毛遂故里即今原阳县师寨乡路庄村。公元前257年，毛遂因向赵国的平原君自荐说楚成功声名大振。成语"毛遂自荐""脱颖而出"的故事，均出于此。

（14）牛姓：春秋时期，在今封丘县境内曾发生一次大的战争，司寇牛父为国捐躯。其子孙便以“牛”为姓，牛父便成了牛氏的始祖。

（15）宁姓：公元前634年，卫成公的儿子季亹食采于宁（今新乡市获嘉县），其子孙就以“宁”为姓。宁氏有两个代表人物：一为春秋卫国人宁戚，扣牛角而歌，为齐桓公发现并被拜为上卿，再后又升为相国。另一为战国人宁越，从小就努力读书，在15岁时学有成就并被录用为官。

（16）五姓碑：今获嘉县黄堤镇狮子营可姓、丁村乡陈孝村张姓、城关镇大洛纣村冯姓共300多户、近2000人，系异姓同宗、源出一脉，实为元太祖宗室后裔。公元1368年明朝建立、元朝灭亡，其始祖睿公因无法迁回故乡便归顺了明朝，后被朝廷封为世袭百户。因明朝弘治十四年（1501年）孝宗皇帝诏告天下：凡归顺明朝的少数民族必须改称汉族姓氏，否则一律处斩。睿公之五世孙用公，便依次为五子改用汉姓：哈利改姓可，哒礼改姓王，忽泰改姓冯，失月改姓石，拔都改姓张。到清道光十年（1830年）已历经两朝329年，用公子孙决定在大洛纣村东地其始祖睿公墓地立碑撰文，铭记其源流宗脉以晓示后世子孙，于是便有了“五姓碑”。1978年十一届三中全会后，为贯彻党的民族政策，获嘉县人民政府根据史料考证，同意狮子营村可姓、陈孝村张姓、大洛纣村冯姓关于恢复蒙古族的要求，终于结束了他们几百年来对外隐瞒真实民族身份的历史。

（17）六十七姓：据太公庙侧“四十八姓碑”载，太公后人以食邑为姓者凡四十八：姜、吕、卢、崔、丁、高、申、穆、邱、章、柴、柯、厉、齐、贺、聂、桓、望、易、骆、年、魏、盖、查、阚、余、陆、右、明、景、许、谢、纪、戎、薄、平、麻、晏、封、连、绍、雍、饶、东郭、赖、毋、谷、牛；加之林（包括王、柴、孙、辜、李）、毛、封、汲、凡、共（包括龚、洪、恭、段）胙（作）、宁、燕等，计 67 个以上姓氏源于新乡。

（18）共工:《淮南子·天文》载:“昔者，共工与颛顼争为帝，怒而触不周之山，天柱折，地维绝。天倾西北，故日月星辰移焉；地不满东南，故水潦尘埃归焉。”

（19）国神：作为“亘古第一忠臣”，比干先被周武王封为比干垄（垄即国神），又被唐太宗下诏封谥“忠烈公”“太师”等。

（20）直钩垂钓：相传姜太公在磻溪垂钓三年，采取“直钩垂钓，愿者上钩”的方式，终于得遇周文王赏识。后来，姜太公便辅佐文王兴邦立国，并帮助周武王灭掉了商朝。在民间，姜太公的神奇和威严成为驱邪扶正的象征，被尊为“神祖”。后来便有了“宁可直中取，不向弯中求”理论，简单而自然！

（21）孙登：魏晋之际汲郡（今卫辉）人，多年遁世隐居辉县之苏门山，并因悲叹时世，常登台长啸（今啸台犹在）。所谓“啸”，乃古人的一种特殊习尚，在中古士林尤为风行。《晋书·阮籍传》载：“籍尝于苏门山遇孙登，与商略终古及栖神导气之术。登皆不应，籍因长啸而退。至半岭，闻有声若鸾凤之音，响乎岩谷，乃登之啸也。”后用为游逸山林、长啸放情的典故，乃“啸”的最高境界。

（22）十四相：从汉至宋，原阳曾先后有十四人为相。除汉代四相（张苍、陈平、周勃、周亚夫）、唐代韦门三相（韦思谦、韦承庆、韦嗣立）外，其他七相分别是南陈的毛喜，北汉的杨桧、唐代的张亮、娄师德、杨再思，宋代的李穆和万俟卨。

（23）张苍：原阳县富宁集乡张大夫寨人。博学多识，乃西汉初年著名的历算学家，提出和制订了一套比较完整的关于度、量、衡理论。他不仅提倡采用《颛顼历》，把算学研究成果直接用于国计民生，而且校正《九章算术》并收录 246 个数学问题。

其算法要比欧洲同类算法领先1500多年，对世界数学发展产生过重要影响。

（24）邵雍：字尧夫，北宋哲学家。随父移居共城20多年著书立说，晚年隐居洛阳，著有《铁板神数》和《梅花心易》。其《梅花组诗》十首以象征性隐语设喻，盖略言其身后1077年至1977年900年间中国世事，皆有暗合，殊可玩味。

（25）贺铸：字方回。卫州（今卫辉市贺生屯）人。其作品兼有婉约与豪放之长，如一阕《青玉案》使其获得“贺梅子”的雅称，其《六州歌头》也在北宋词坛上占有重要的文学地位。

（26）孙奇逢：字启泰，晚年与黄宗羲、李渔并称“清代三大名儒”。清顺治七年（1650年）奇逢南徙辉县之苏门，率子弟躬耕、讲学达25年。

（27）李敏修：汲县（今卫辉）人。光绪二十七年（1901年）在汲县创办经正书舍，一边讲学一边整理图书，先后收藏图书30多万卷并纂修中州文献，先后整理《中州先哲传》《中州诗征》《中州艺文录》等编著30余种。

（28）嵇文甫，著名哲学家和历史学家，卫辉城关西街人。1915年至1918年，嵇文甫在北京大学哲学系学习，受到新文化运动的影响。新中国成立后，嵇文甫当选为中国人民政治协商会议委员和全国人民代表大会代表。曾任河南大学校长和郑州大学第一任校长、河南省人民政府副省长。

（29）徐世昌：卫辉府汲县（今卫辉市）城内曹营人。徐世昌在晚清政府先后出任东北总督、军机大臣、太傅衔太保，民国两任国务卿（内阁总理），1918年10月，被皖系军阀操纵的安福国会选举为中华民国第五任总统。晚年，他拒绝参加由日军组建的华北傀儡政府，保持了民族气节。

（30）子龙鼎：已知的商末周初最大圆鼎，20世纪20年代出土于河南辉县，因鼎上刻有“子龙”二字而得名。与司母戊大方鼎一圆一方，堪称商代青铜器之双璧。

（31）汲冢竹书：西晋咸宁五年（279），汲郡（今河南汲县）一个名叫不准的人，在今卫辉市孙杏村镇娘娘庙村南盗掘了一座战国晚期的魏王墓，获得写在竹简上的各种书籍数十车——这就是被后人称为“汲冢竹书”，是中国历史上最早大批出土的战国时代简牍资料，也是目前发现最古老的编年体著作。史学界把“汲冢竹书”与西汉武帝时从孔子旧宅发现的古文《尚书》《论语》和殷墟发现的甲骨文、敦煌发现的藏经洞，并誉为中国文化史上的四大发现。

（32）孟庄遗址：位于辉县市孟庄村东。该遗址文化内涵十分丰富，遗址最下层是距今 8000 ~ 7000 年左右的裴李岗文化层，向上依次堆积为仰韶文化层、龙山文化层、二里头文化层等。尤为重要的，是遗址内发现了龙山文化、二里头文化及商代晚期三座相叠压的城址，为研究原始社会晚期向阶级社会过渡以及探索中国古代文明起源提供了实物资料。

（33）杏坛：据《名胜志》载，敬王二十四年（前 496 年），孔子周游列国，返回卫国时途经蒲邑停留月余，曾在县东北筑坛讲学。史称“除地为坛，环植以杏，名曰杏坛”。汉初有人在此建庙纪念，唐宋多次增修，遂逐渐成为豫北规模宏大的古建筑群，列长垣四十八景之首。每年农历三月十一日，四面八方的儒家弟子云集此地举行祭孔仪式，整个大殿里鼓乐齐鸣，香烟缭绕，呈现着一派尊孔、崇孔的炙热气氛。

（34）木瓜：《诗经·卫风》中的国风作品。《诗经》是我国最早的诗歌总集，其“鄘风”“卫风”等篇章均与新乡有着密切的关系。

（35）鎏金兽头：1950 年 10 月在辉县市固围村战国墓地魏

国王室墓地出土。特别引人注目的是同时出土了铲、锄、犁、斧、削等93件铁质生产工具——这是新中国建立后第一次成批出土战国铁工具。

（36）车马坑：1950年，新中国成立后首次在位于辉县市城东的琉璃阁战国墓地，考古发掘了已知的墓葬规格级别最高的三晋贵族墓地，并发掘出一座大型车马坑，出土车19辆和一些马骨，首次搞清了战国车马坑的形制。

（37）祖辛提梁卣：出土在辉县市城西的褚丘商代贵族墓，铸有6层纹饰，造型优美，工艺精湛，显示了商代高超的青铜铸造工艺水平，代表了商代青铜器的最高水平，堪称国宝。

（38）战国铸铁窑：1988年，考古工作者在辉县市环城路立交桥发现一处规模较大的古共城战国铸铁遗址，发掘了一座烘范窑址，出土了大量浇铸铁器使用的陶范模及铁、铁锄、铁梯形器、铁钩等铁器，证实了铁制生产工具在战国时期大量使用的历史事实，证实了新乡在战国时期较强的经济基础和较高的铸铁工艺水平。

（39）郭小川：我国当代著名诗人，代表作品有《甘蔗林——青纱帐》《祝酒歌》《秋歌》等。1975年11月在河南农村调查研究，他先后到当时的“农业学大寨”先进县——林县和辉县考察，创作出了《拍石头》《辉县好地方》等反映农村题材的好诗，传扬一时。

（40）刘知侠：卫辉市庞寨乡柳卫村人，著名作家。代表作有《铁道游击队》等。

（41）刘震云：新乡市延津人，著名作家。代表作有《一地鸡毛》《故乡面和花朵》等。

（42）翟母进饭：楚汉战争中，刘邦被项羽打败落荒而逃。路过延乡（今封丘县城西北），遇翟母赠饭解危，突围西遁，得免于难。刘邦称帝后，为感翟母之德，封之为封丘侯，设封丘县于延乡。

（43）新乡歌舞：新乡民歌大致可分为革命历史民歌、新民歌、号子、山歌、田歌、小调等几类。新乡民舞在20世纪80年代普查时，共有80余个舞种、120多个演出形式、400多个传统节目、3350多个演出班社，占全省舞蹈演出班社三分之一以上。其中鼓舞艺术渊源最为流长。在长垣县境内，有浮丘店仰韶文化遗址，大岗、宜丘、苏坟等龙山文化遗址等。

（44）太公庙：位于新乡卫辉市西北十二公里处的姜太公故里。这里至今保留着许多姜太公的历史遗迹，其中较为著名的有：姜太公墓、姜太公祠、姜太公庙、姜太公吕望表等。

（45）比干庙：这是我国第一座含墓祭人的重要建筑群，被称为“天下第一庙”。初建于北魏孝文帝，现存留的建筑群为明代弘治七年重建，为1996年公布的国家级重点文物保护单位，现已成为集墓葬、庙宇、珍贵历史文物为一体的旅游风景区。

（46）妈祖：姓林名默，又称林默娘。生于宋建隆元年（960年）农历三月二十三日，是比干的第87代后人。妈祖一生慈悲为怀，在大海中救难扶危，拯救过许多渔舟商船，被敬誉为“天上圣母，海上妈祖”。史载宋、元、明、清几代都对妈祖多次褒封，封号从“夫人”“天妃”“天后”到“天上圣母”，并列入国家祀典。农历戊子年三月二十三日，作为比干诞辰3100周年活动的重要组成部分，妈祖塑像从福建莆田湄洲的妈祖祖庙中迎驾归宗，安放在卫辉比干庙比干雕像一侧，极大促进了妈祖文化与中原文化的融合。

（47）同盟山：这里是周武王与八百诸侯伐纣时的会盟誓师之地，现有一处完整的明代建筑群——武王庙，殿堂40余间，供奉着周武王与西周开国先贤，为全国唯一祭祀周武王之场所，同时也是姬姓及姬姓所繁衍150多个姓氏的祭祖胜地。“同盟夕照”为获嘉县八景之一。

（48）博浪沙：公元前218年，秦始皇东游至阳武博浪沙（今原阳），原韩国贵族后裔张良结力士暗怀大铁椎隐于道旁袭击，误中副车使秦始皇幸免于难。周恩来《春日偶成》诗云：“极目青郊外，烟霾布正浓。中原方逐鹿，博浪踵相踪。”

（49）三善:《孔子家语·辩政》云: 子路治蒲三年，孔子过之。入其境曰：“善哉由也，恭敬以信矣。”入其邑曰：“善哉由也，忠信而宽矣。”至庭曰：“善哉由也，明察以断矣。”子贡执辔而问曰：“夫子未见由之政，而三称其善，其善可得闻乎？”孔子曰：“吾见其政矣。入其境，田畴尽易，草莱甚辟，沟洫深治，此其恭敬以信，故其民尽力也；入其邑，墙屋完固，树木甚茂，此其忠信以宽，故其民不偷也；至其庭，庭甚清闲，诸下用命，此其言明察以断，故其政不扰也。以此观之，虽三称其善，庸尽其美乎！”

（50）潞王：潞简王朱翊镠是明穆宗的第四子，死后葬于新乡凤凰山下潞王陵内。潞王陵建筑群规模宏大，气势磅礴，是我国目前保存最好、占地面积最大的明代藩王陵墓，新乡市政府正在积极申报世界文化遗产。尤其陵前的16对石人石兽，具有很高的艺术观赏价值。

（51）三石坊：功德坊、恩锡九源坊和七世同居坊。前两者建于明代，后一处建于清代。

（52）千佛塔：千佛塔在新乡旧城区的华藏寺内，始于明嘉靖十五年（1536年）八月二十七日，后寺院毁坏仅留下了千佛塔。塔身之上为仿木结构石雕，最上部为塔刹，雕立佛4尊。塔通身雕佛1004尊，刻工精细，线条流畅，对研究古代的建筑结构和雕刻艺术具有一定的研究价值。

（53）魏长城：新乡的古长城为战国时期魏国所筑，它基本上沿太行山脊以北向南盘曲逶迤而下，在新乡一段大致南北走向，北接林州市的赵南长城，经卫辉、辉县、直到新乡市北站区分将池村，绵延百余里。新乡古长城是中国最古老的长城之一，距今已有2350多年的历史。

（54）百泉药交会：辉县市地处河南省北部、太行山南麓，气候温和，四季分明，地形多样，独特的气候和土壤条件适宜多种中药材生长，全市共有中药材品种1017种，年产量达万吨以上，有“天然药库”之美称。其长达600年历史的百泉药交会，素有“春暖花开到百泉，不到百泉药不全”之美誉。2008年，百泉药交会被列入国家级非物质文化遗产名录，2009年1月，被国家有关部门批准为“中国中药材基地暨常年展”。

（55）太极书院：又名百泉书院，创建时间为宋，当时规模已非常宏大。明清时期，代有重修。

（56）关山地貌：太行山南麓的辉县市上八里，是一处25亿年前山崩地裂形成的地质遗迹奇观。关山的地貌雄险壮观，其雄深之势非泰岳可比，其峻极之形与华岳抗衡，以大量的信息和实证准确地反映了关山地区地质的发展和地貌的演化历史，具有自然风光旅游和科普旅游的多重功能。

（57）饿夫墓：明代遗民彭了凡，痛惜于明朝灭亡，带着国破家亡的悲愤心情来到苏门山巅啸台前，说“能和孙登做邻居，一生足了”，遂仿效古代“伯夷、叔齐耻食周粟”绝食而死。彭了凡死后，当时在百泉书院讲学的大学者孙奇逢，按照遗愿用两口瓮上下扣在一起，将其尸体立身而葬在啸台左侧的半山腰上，并在坟前写下“饿夫墓”三字。

（58）陈玉成：原太平天国英王，1837年出生在广西滕县西旺村一个贫农家庭。1862年4月22日，陈玉成在延津西校场玉石关帝庙英勇就义，时年 26 岁。延津人民感其功德，偷偷掩埋其尸并筑土修墓，数月焚香不止。延津县人民政府于 1958 年 4 月 5 日在陈玉成就义处竖立墓碑以作纪念。

（59）司马迷魂、故城络丝、鸿门夜月、五陵晓色、李台晚照、牧野春耕、原庄夏景、卫水金波：旧称新乡八景。

（60）东方文化步行街：地处新乡市区，兴建于 2006 年 12 月，自东而西分布有圣贤广场、忠义广场和孝德广场，安置有 36 组 80 多尊具有深刻文化内涵的故事雕塑。

（61）跑马岭：跑马岭地质公园位于南太行东南隅文化名城卫辉市狮豹头乡境内，是国家 AA 级风景区，山顶的万亩草原东西绵延 8 公里，一片“天苍苍，野茫茫，风吹草低见牛羊”的北国风光。白云寺：位于河南省辉县市西 35 公里的白麓山下，境内林木茂密，翠竹葱笼，寺前古树参天，盛夏不见日色，为中原著名的避暑胜地。

（62）大河：黄河，素有“铜头，铁尾，豆腐腰”之称，在新乡境内流经原阳、封丘、长垣三县 165 公里，其中位居封丘的曹岗险工，便处在河水终年直冲大堤、夏秋险情不断的“豆腐腰”地段。它始建于乾隆十八年（1753 年），是黄河下游最为险要的堤防工程之一，既凝聚了古今劳动人民辛勤的汗水和智慧的结晶，同时也解除了沿岸百姓对黄河灾害的顾虑。

（63）湿地：泛指暂时或长期覆盖水深不超过 2 米的低地、土壤充水较多的草甸以及低潮时水深不过 6 米的各种沼泽地、湿草甸、湖泊、河流以及湖海滩涂、河边洼地或漫滩、湿草原等。黄河湿地鸟类国家级自然保护区位于新乡市东北部，始建于 1988 年，是我省建立的第一个国家级湿地生态系统自然保护区，每年冬季有数万只天鹅、丹顶鹤、灰鹤、大白鹭等珍禽栖息于此。

（64）万仙山风景区：位于辉县市西北部太行山腹地沙窑乡

境内，最高海拔1672米。景区里群峰竞秀，层峦叠嶂，沟壑纵横，飞瀑流泉，既有雄伟而苍茫的石壁景观，又有妙曼而秀雅的山乡风韵，集雄、峻、奇、险为一体，由影视村郭亮、清幽山乡南坪、人间仙境罗姐寨等景点组成。

（65）八里沟风景区：位于南太行山腹地，处于河南、山西两省交界。这里的森林覆盖率达90%以上，有植物种类1700余种，是一处“天然氧吧”。2002年成功申报成为省级地质公园，2004年成功申报成为河南关山国家地质公园。

（66）七里营：1982年，七里营人民开始实行家庭联产承包责任制。1983年11月7日，七里营撤社建乡。从20世纪70年代初，七里营就开始了创办工业的尝试……现已形成了以医药、造纸、机械为主的多产业互补的工业体系，造就了刘庄华星制药、新亚龙泉造纸、四达振动、华洋漆包线等骨干企业。还基本实现了老有所养、少有所学、贫困者衣食无缺的总体目标。

（67）京华园：京华园旅游景区是新乡县小冀镇的一处人文景观，始建于1992年4月，总占地面积300亩，是国家AAAA级景区（点）。它主题鲜明，构思巧妙，设置自然，亭台楼榭，曲径通幽，是一幅形象而简明展现祖国上下五千年优秀文化史及各民族之民俗、民情的优美画卷。

（68）原阳大米：曾荣获国家“七五”星火科技博览会金奖，两届中国农业博览会金奖，国际食品加工技术博览会金奖等多项国家、国际金奖，多次被誉为“新乡一绝”“中国第一米”。

（69）金银花：封丘栽培金银花已八十余年，司庄乡金银花基地始建于1980年，被国家确定为金银花生产基地。国家医药总局誉之为“中原二花甲天下”。

（70）封丘芹菜：俗称“封芹”。县城北以王村乡为中心的主要种植地1996年被确定为“封芹”生产基地。据《封丘县志》

记载："芹菜四季均有。而春种、夏移、冬成者，嫩而无渣，为封特产，远近驰名。"清乾隆皇帝曾御笔赞曰："封芹飘香宴佳宾。"封丘石榴：果大皮薄，色泽鲜艳，籽若宝石，晶莹透亮。集中产于临黄河大堤的裴楼、白寨、马张寨等村，远销北京、天津、香港及东南亚国家。

（71）辉县山楂：果实酸甜爽口，风味独特，含有丰富的营养物质，具有健胃、补脾、消积食、行结气等很高的药用价值。辉县市山楂种植始于清朝康熙年间，是全国五大产地之一。辉县香稻：我国水稻名贵品种之一，属于粳亚种糯变种香稻，在豫北太行山一带的泉水灌溉稻区种植历史悠久。其米呈短椭园型，色泽乳白，具有浓香味，可用于做汤园、八宝饭、米团和糕点等甜食，具有"一家煮粥全村香"的美誉。

（72）黄河鲤鱼：又名赤鲤、红尾鱼、龙门鱼等，鱼口有两对触须。新乡市是我国黄河鲤鱼主要产区之一，原阳、封丘、长垣三县沿黄的67公里河岸，河面宽，水流缓，饵料多，水质肥，是鲤鱼栖息繁殖的良好场所。新乡熏枣：新乡特产。熏枣味甘清香，有健脾、开胃、降火、滋阴的功效，吃时宜饮香茶用来帮助消化，对人体健康极为有益。

（73）罗锅酱肉：新乡"罗锅居"大楼的罗锅酱肉，色泽鲜艳，五香可口，肥而不腻，熟而不烂。新乡烧鸡：道口香酥鸡。道口烧鸡距今已有200余年的历史，传入新乡市也有60余年了，今已成为新乡的一种名牌产品。

（74）牛忠喜烧饼：牛忠喜烧饼是著名国家烧饼大师牛忠喜积60多年经验创造出来的饼制食品，形似糕点，松酥起层，香不腻口，冬季存放一个多月仍香酥不变味。

（75）烹饪第一乡：长垣自古就有尚厨之风。早在1100多年前的北宋时期，就已经形成了宫廷菜、官府菜、市肆菜、寺庵菜和民间菜五大菜肴体系，以厨师众多、技艺精湛著称，名厨大师之多居全国之冠。新中国成立后，长垣厨师的数量和厨艺日益剧增，并涌现出一大批享誉海内外的名师名厨。目前，烹饪业已经成为长垣经济发展的重要支柱产业。2003 年，中国烹饪协会正式命名长垣为首家“中国厨师之乡”。

（76）人民公社：1958 年 8 月 6 日，毛泽东视察新乡七里营人民公社之后，全国各地迅速兴起大办人民公社的热潮。到当年 10 月底，全国农村基本实现了人民公社化。但中央很快于 1958 年 11 月 28 日，在中共中央八届六中全会上通过了《关于人民公社若干问题的决议》，发现并逐步纠正了人民公社化运动中的错误。1961 年，毛泽东主持制定了《农村人民公社工作条例（草案）》，进一步明确了在现阶段人民公社实行三级所有、队为基础的制度，在一定程度上对克服农村工作中的“左”倾错误，调动广大农民的积极性，促进农业的恢复和发展起了积极作用。

（77）史来贺：从 1952 年当选刘庄村党支部书记到 2003 年去世，他在刘庄村党支部（后改为党委）书记这个位置上整整奉献了 51 年，曾与雷锋、焦裕禄、王进喜、钱学森一起，被中共中央组织部誉为新中国成立以来在群众中享有崇高威望的共产党员的优秀代表和“共产党人的楷模”。刘庄从 20 世纪 60 年代起成为全国的先进，到如今成为社会主义新农村建设的一面旗帜——史来贺和刘庄共同创造了一个新中国建设的农村传奇。

（78）吴金印：新乡卫辉人。在狮豹头乡党委书记的岗位上，他一干就是 15 年。期间，他在群众家住了 7 年，在治水工地上住了 8 年，带领群众凿了 7 个山洞，修了 85 道大坝，建了 25 座水库和蓄水池，开了 40 多公里的水渠，筑了 40 多公里的高标准山区公路，架了 8 座桥，造了 2400 亩田，奠定了农业生产的基础，解决了群众的吃饭问题，还根据实际情况走出一条封闭的自然农业逐步向开放型的市场农业过渡的路子。先后获得“全国优秀乡镇党委书记”“优秀党务工作者”等光荣称号。山区群众自发地在太行山上刻下“太行公仆”的巨字以示敬仰。

（79）刘志华：河南省京华实业公司党支部书记、董事长兼总经理，享受国务院特殊津贴专家。改革开放以来，她带领新乡县小冀镇100户380多位农民，经过30多年的艰苦创业，现已发展成集有色金属深加工、商业、旅游、疗养、宾馆、房地产、学校等11个经济实体为一体的河南省京华实业公司，人均拥有固定资产68万元，人均生活水平达7000元，带领村民走上了共同富裕的道路。1993年以来，刘志华先后当选为第八届、第九届全国人大代表，全国妇联第七届、第八届执行委员，出席了联合国第四次世界妇女代表大会。

（80）张荣锁：辉县市回龙村人。高中毕业后，参过军、经过商。他把个人的上百万资金交到村里，与群众一起在太行山绝壁上开山凿洞，为群众开出了一条生命路、致富路、幸福路，被群众称为“太行新愚公”。2002年2月7日，中共中央组织部、宣传部和全国农村“三个代表”重要思想学习教育活动联系会议领导小组联合作出决定，在全国开展向张荣锁同志学习的活动，并入选2002年第一届感动中国十大人物。

（81）耿瑞先：河南省优秀基层党支部书记、村委会主任，荣获全国劳动模范、中国“青年五四奖章”等称号。他担任新乡市凤泉区耿庄村党委书记以来，率先垂范，带领全村党员和群众在改革开放的大潮中大展宏图，把一个远近闻名的穷村、乱村、老大难村，建设成为年总产值8.4亿元、农民年人均纯收入1.36万元的全国文明村。

（82）裴春亮：辉县市张村乡裴寨村村委会主任。他从修理电器开始，如今已发展成为远近闻名的农民企业家。1999年至今，共捐款380多万元用于家乡修路、建学校、安路灯、打水井、购买大型农机以及医疗卫生、体育事业等。2006年，裴春亮个人投资3000万元，无偿帮助乡亲们建造160栋两层小楼及学校、敬老院、卫生院等配套设施。2006年12月，裴春亮被团中央、水利部、农业部等部委授予“中国十大杰出青年农民”；2007年，被中华慈善总会授予“中华慈善事业突出贡献奖”，当选“爱心中国——中华慈善人物”，还被提名为“全国道德模范”。

（83）金龙铜业：从1987年到1994年，从1994年到2000年，从2000年到2006年，金龙铜业分三个阶段完成了从中国第一、到亚洲第一、再到世界第一这个漂亮的三级跳。金龙集团董事长、高级工程师李长杰，同时兼任中国科学院精密铜管工程研究中心董事长、国际铜加工协会（IWCC）执行董事，为第十届全国人大代表，曾荣获全国五一劳动奖章、中国有色金属四大突出贡献人物等荣誉称号。

（84）新飞冰箱：中国最大的无氟冰箱生产基地。自1986年投产电冰箱以来，新飞冰箱已从投产之初的一个系列、三个品种，发展到现在的80大系列1000多个花色品种，产品涵盖直冷、风冷、风直混合制冷、无氟制冷、半导体制冷等多个领域，各项性能指标均居国内同类产品先进水平。目前，新飞产品已出口世界50多个国家和地区。

（85）白鹭化纤：我国生产化纤纺织原料的大型一类国有独资企业，是全国520家重点企业和河南省30家重点企业之一。公司的主要产品有粘胶人造丝、粘胶短纤维、锦纶民用长丝、涤纶民用长丝共四大系列100多个品种。集团公司相继荣获“全国五一劳动奖状”“中国明星企业”“全国环保先进企业”和“全国模范职工之家”等荣誉称号。

（86）华星制药：河南新乡华星药厂，以科技为先导，以质量求生存，以效益求发展，用户至上，质量第一，在厂长史世领的带领下，经过20年的发展，现已不仅是我国大型的肌苷和抗生素生产厂家之一，还是国内最大的青霉素原料药品生产基地之一，在全国医药行业同类产品出口创汇排名第一，在刘庄经济发展中起着十分重要的作用。

（87）新乡城市精神：厚善、崇文、敬业、图强。

（88）石榴花：新乡市市花。以中国红为主色调创作出的石榴花造型市徽，端庄、易识、生动、美观。盛开的石榴花，寓意着奋发有为、与时俱进，为勤劳的新乡人民昭示着一个繁荣富强、充满活力的未来。

2009年4月9日　竣稿于中州知时斋

（原载于2009年4月20日《光明日报》“百城赋”系列、2009年4月24日《新乡日报》、2009年4月25日《河南日报》，由李景旺先生主编的《牧野文化丛书》选用为序）

兰考赋（修订版）

王国钦

茫茫大中原，生民繁衍早。兰封与考城，合并称兰考。其东襟商丘兮西偎古汴，今属河南省府直辖；复南带民权兮北邻菏泽，位处豫东平原西方。陇海铁路呼啸，穿境横起一线；京广京九扶摇，飘舞左右双翔。连霍高速、日南高速翩然挽手；农品豫东、枢纽豫东欣然逞强。陆飞航空新郑港，海牵连云不冻港，其交通之便利已先机尽占矣。

荡荡大中原，星月何皎皎。熠熠耀明珠，悠悠说兰考。岁月匆促兮早留痕，三皇文明已于史前发轫；齐王葵丘兮曾会盟，诸侯气象尽显霸主英姿。孔仲尼周游列国，讲学日碑留请见夫子处；张佰行官清第一，解民难情秉公正善良心！汉初三杰，张良辟谷黄风洞；金元四医，从正祛邪救苍生。陈平、刘秀、杨廷弼，江淹、宋祁、张钦礼，灿灿然名家辈出者，岂非乃地杰人灵乎？

莽莽大中原，黄河更绵邈。福祸思并存，灾难忆兰考。

看九曲之河，于此处勾画出最后一曲；奈千年故道，向平原弥漫着无尽黄沙。有多少村庄失所流离？三害汹汹兮肆虐狼虎；曾无数父老别乡背井，四方漫漫兮欲归无家。红庙、小宋、东坝头，往昔土地之瘠薄已若梦魇；堌阳、南彰、张君墓，彼日生活之困厄厌闻寒鸦。吾多灾多难之兰考兮，盼只盼苦尽甘来、万里桑麻！

鼎鼎大中原，巍巍仰兰考。卿云灿烂兮，阳光更普照。毛泽东两度亲临东坝头，指点江山：把黄河的事情办好；焦裕禄立志改变旧容颜，宵衣旰食：引精神之旗帜飘飘。搏洪水、战风沙、植泡桐，以重病之躯，丈量遍寸寸兰考大地；入蓬门、嘘寒暖、送真情，用力行之美，绽放出朵朵生命花苞。从逃荒到制荒，兰考人把千秋宏图变为实践；从救灾到治灾，领路者为一段历史标出新高！“拼上老命大干一场，决心改变兰考面貌。”至今想起焦书记，老百姓依然会心潮澎湃、酹酒滔滔。君不见穆青之当年笔下，昂扬起英雄形象！君不见华夏之半纪风云，交织着苦涩歌声！笔者曾慨然而吟曰：“桐花朵朵溢香开，岁岁清明去又回。为济苍生心上愿，春风春雨拜公来。”

泱泱大中原，希望在兰考。天地正当春，旭日已杲杲。欣大纛之蹈舞兮，紫气氤氲；忆己丑之清明兮，东风骀荡。谒焦桐，植习桐，重温“唯独没有他自己”之公仆情怀。喜满庭之芬芳兮，麦田浪涌；忆甲午之焦林兮，念奴高唱。眺黄河，抒壮志，叩问“为后人留下什么”之初心追寻。惊万里之苍穹兮，彩虹飞起；叹甲午之初夏兮，甘霖再降。滋枯苗，润三江，重绘“敢教日月换新天”之宏伟蓝图。欲海晏之河清兮，且喜好雨知时节；种竹菊之梅兰兮，更裁锦绣造乾坤！君不见，大中原之桐花郁郁，志在青天，赢得春风化雨！君不见，大中华之雄风浩浩，“绿我涓滴，会它千顷澄碧！”君不见，千年穷帽已摘除，兰考明天将更好！

古语云：“郡县治，天下安。”夫兰考之追梦兮，欣慰沧桑正巨变；映古今之镜鉴兮，情怀富庶甲一方；更华夏之明天兮，莫忘民族之振兴。噫吁嚱，彼“焦桐”之如诗如画，公仆人人入画境；此“习桐”之闻鼓闻歌，党员个个踏歌行。面对于苍茫中原扪心试问：焦裕禄精神之源为何？十五年两进两出尉氏大地，蓬池为证；中国特色之精髓如何？新时代共同富裕社会主义，改革为先；党的新时代目标在何？人民对未来生活美好向往，莫忘初心！伫立于焦裕禄干部学院，我们情寄于衷：共产党人之品质如何？彼兰考百姓自有公正答案，共产党人之胸襟如何？此兰考精神自可重谱华章！

注释：

（1）相传，黄帝蚩尤曾途经当时此地，其儿子青阳氏死后埋葬在青陵岗，即今兰考县红庙镇青龙岗村。据境内及其附近伯牛岗、牛牧岗、窦固堆出土的石器、陶器等文化遗迹可知，远在五六千年前就有先民在这一带繁衍生息。

（2）春秋时期，诸侯大国争霸，兼并战争频仍。公元前651年，齐桓公在葵丘大会诸侯，参加会盟的有齐、鲁、宋、卫、郑、许、曹等国国君，周襄王也派代表参加，对齐桓公极力表彰。这是齐桓公多次召集诸侯会盟中最盛大的一次，标志着齐桓公的霸业达到顶峰，已成为中原的首位霸主。

（3）孔子，字仲尼，是我国古代伟大的思想家和教育家。

《兰考桐花》 马国强 画

陽光焦桐
焦裕祿同志於上世紀六十年代任兰考县委書記受命於危難之際面對内涝風沙盐碱三害带領全縣人民頑强斗爭奋力改变貧困面貌積劳成疾不幸逝世年僅四十二歲以实際行動譜寫了一曲共產党人的英雄壯歌鑄就了不朽豐碑成爲中華民族的寶貴精神財富而載入史册光照千秋激励后人
爲紀念焦裕祿同志逝世四十五周年而敬作斯圖
己丑年春月石品寫

《阳光焦桐》 石品 画

据《论语·八佾》记载：孔子周游列国，当时的仪封人请求接见。孔子接见并讲学的地方，被后人立碑“请见夫子处”。清代仪封人张伯行曾在此创建“请见书院”。

（4）张伯行，清河南仪封（今河南兰考）人，历任福建、江苏巡抚，官至礼部尚书。他曾在《却赠檄文》中说：“一丝一粒，我之名节；一厘一毫，民之脂膏。宽一分，民受赐不止一分；取一文，我为人不值一文。”从他文中“一”字的灵活使用中，读者可以感受到他那为民解难的一颗公正善良心！后来，他被康熙誉为“操守天下第一清官”。

（5）张钦礼，兰考南彰乡人，1945年参加革命。1954年兰封、考城合并成兰考县，受命为第一任县长。先后三次受到周恩来总理的接见、表扬与保护，也曾与焦裕禄同志一起为改变兰考面貌而共同奋斗。焦裕禄书记病逝后，张钦礼成为焦裕禄先进事迹最早的宣传者和焦裕禄精神最深的践行者。

（6）三害，即当年危害兰考百姓最重的“内涝、风沙、盐碱”三大自然灾害。

（7）卿云：据《竹书纪年》记载：《卿云歌》相传是帝舜禅位于大禹时同群臣的祝贺唱和之作，描绘了一幅政通人和、盛世清明的图景，表达了上古先民对人民美德的崇尚和对圣人治国理想的向往。

（8）1952年10月31日，毛泽东主席来到处于兰考境内的东坝头黄河段视察，发出“要把黄河的事情办好”的号召。1958年8月7日，毛主席再次乘专列来到东坝头，视察黄河治理和农田水利基本建设及沿黄人民的生产生活情况。

（9）焦裕禄，1922年8月出生于山东淄博博山县北崮村。1946年1月在家乡入党。1948年随工作队南下，1950年被任命为河南省尉氏县大营区委副书记兼区长。1953年任共青团郑州地委第二书记，同年 6 月调洛阳矿山机器厂任临时公路建设总指挥。1954 年 8 月起，相继在哈尔滨工业大学、大连起重机厂机械加工车间进修。1956 年底返回洛阳矿山机器厂，被任命为一金工车间主任、调度科长等职。1962 年 6 月调回尉氏县，任县委书记处书记。1962 年 12 月调到兰考县，先后任县委第二书记、书记。1964 年 5 月 14 日病逝于郑州，终年 42 岁。他临终前对组织上唯一的要求，是死后“把我运回兰考，埋在沙堆上。活着我没有治好沙丘，死了也要看着你们把沙丘治好”。

（10）宵衣旰食：南朝《陈文帝哀册文》：“勤民听政，旰食宵衣。”旰（gàn）：指天已很晚。天不亮就穿衣起床，天很晚才得以吃饭，形容为事民理政而勤恳工作。

（11）逃荒：由于灾害频仍，兰考百姓原来的逃荒现象比较普遍。制荒：兰考人民在焦裕禄书记的领导下制服灾荒。

（12）救灾：历史上对于兰考灾荒多为救助。治灾：焦裕禄担任兰考县委书记之后，一改单纯救助为综合治理，为兰考面貌的彻底改变奠定了坚实基础。

（13）“拼上老命干一场，决心改变兰考面貌”：这是焦裕禄写在自己笔记本上的一句誓言。

（14）1966 年 2 月 7 日，《人民日报》发表记者穆青、冯健、周原的长篇通讯《县委书记的榜样——焦裕禄》，在全国范围产生了重大影响，焦裕禄精神由此从兰考走向全国。

（15）2009 年 4 月 1 日（农历己丑年），时任中央政治局常委、中央书记处书记、国家副主席习近平第一次视察兰考，期间精心手植泡桐一株。“焦桐”是兰考人民对焦裕禄当年手植泡桐之爱称，“习桐”乃本文作者对习近平手植泡桐之敬称。

（16）“心里装着全体人民，唯独没有他自己”：穆青长篇通讯小标题之一。在焦裕禄干部学院，习近平在与兰考县部分乡村干部学员进行座谈时语重心长地指出，大家来这里学习，要深入思考这样一个问题：焦裕禄同志给我们留下了那么多精神财富，我们能为后人留下些什么？

（17）毛泽东七律《到韶山》有句云：“为有牺牲多壮志，敢教日月换新天”。焦裕禄当年病重期间，曾计划以《兰考人民多奇志，敢叫日月换新天》为题拟一个改变兰考面貌的战略规划，但由于病情恶化未能亲自完成就英年早逝了。

（18）2014年3月17日至18日（农历为甲午年），中共中央总书记习近平第二次视察兰考，深入指导兰考县党的群众路线教育实践活动。期间，习总书记不由地吟诵起自己1990年时任福州市委书记时有感而发所填写的词作《念奴娇·追思焦裕禄》：“魂飞万里，盼归来，此水此山此地。百姓谁不爱好官？把泪焦桐成雨。生也沙丘，死也沙丘，父老生死系。暮雪朝霜，毋改英雄意气！　　依然月明如昔，思君夜夜，肝胆长如洗。路曼曼其修远矣，两袖清风来去。为官一任，造福一方，遂了平生意。绿我涓滴，会它千顷澄碧。”

（19）据新华社消息：兰考县已于2017年3月宣布彻底脱贫。

（20）据《史记》载：“县集而郡，郡集而天下。郡县治，则天下无不治。”

（21）焦裕禄1947年随军南下被分派在尉氏县，先后在蔡庄区、彭店区、大营区从事剿匪反霸、土地改革、支援淮海战役等工作，发现、培养并树立了“河南省首届农业劳动模范”王小妹；1951至1956年，先后调到共青团陈留地委、共青团郑州地委和洛阳矿山机器厂工作，1962年重新调回尉氏任县委书记处书记。他朴实为官，真心为民，科学实践，甘当公仆，树立了大桥乡席苏村“倡导发展集体经济”的第一面红旗，推广了黄集公社卢家大队“大力植树造林、改变沙区面貌”的先进经验，1962年10

月 18 日《河南日报》头版头题进行了报道。1962 年 12 月被调至河南兰考，先后任县委第二书记、书记，至 1964 年 5 月 14 日因病逝世。因此，焦裕禄精神并不是凭空而来、突然出现的，而是早在尉氏及其他各地的长期工作中先后形成、逐渐体现并最后完善起来的。

（22）蓬池：尉氏境内自古形成的一个大型湖泊，位置在今城关东部，但大部分已被湮没。

（23）习近平同志在党的十八大、十九大报告中强调指出："人民对美好生活的向往，就是我们的奋斗目标。"2014 年 5 月 9 日，习近平同志第三次视察兰考，参加并指导兰考县委常委班子专题民主生活会。总书记三到兰考，不就是要从焦裕禄精神中寻找共产党人的初心吗？

（24）焦裕禄干部学院建成于 2013 年 7 月，是河南省委组织部重点建设的三所干部学院之一（其他两所分别是大别山干部学院、红旗渠干部学院），也是中组部确定的全国 13 所地方党性教育特色基地之一。学院位于兰考县城东北部、焦裕禄手植"焦桐"对面，占地面积 185 亩，建筑总面积 3.9 万平方米。

2017 年 7 月 10 日　初稿于中州知时斋
2017 年 10 月 28 日　定稿于中州知时斋
2018 年 9 月 16 日　修订于中州知时斋

（原载于 2017 年 9 月 2 日《大河报》，2017 年 9 月 29 日《开封日报》，2018 年《诗与远方》第一期。2018 年 9 月 19 日、2019 年 6 月 19 日，两次被河南炎黄文化网推荐为中共河南省委宣传部、组织部等党委部门"微型党课"参考阅读内容）

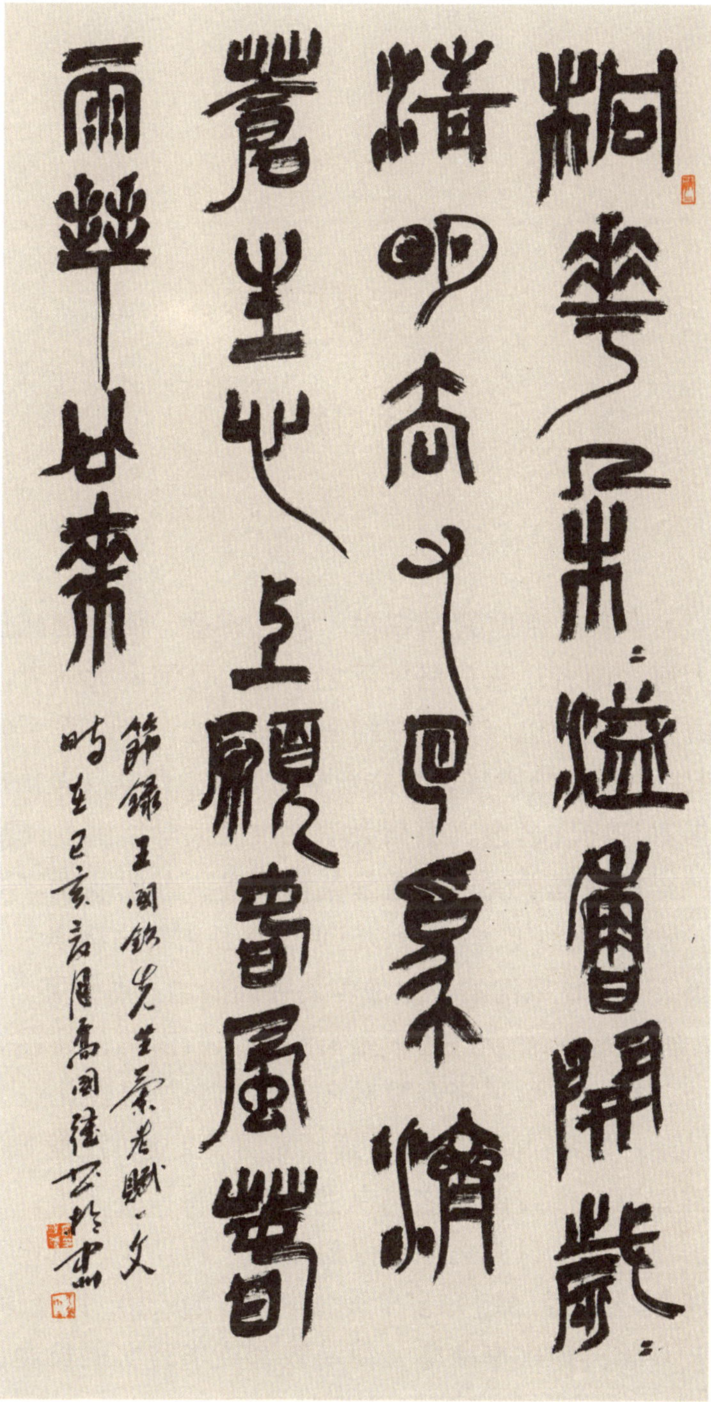

《兰考赋》摘句　乔国强　书

河南大学赋（修订版）

王国钦

大学者，所谓智国睿民、滋兰树蕙、传道解惑也。夫大河之南者，苍茫茫天下之中也；吾河南大学者，哗啦啦杏坛之旌也。奠基在河南贡院旧址，终结乎千年科举旧制，开创出中华教育之新学新风也。留学欧美预校，少年岁月之乳名也。中州大学、中山大学、国立河南大学、开封师范学院、河南师范大学等，九曲航途之塔灯也。誉满中原，铁塔巍巍，已见证八朝古都之物华天宝；名扬天下，雄风浩浩，更滋养菊香词韵之人杰地灵。

彼怀瑾握瑜兮，迓张张笑脸乎东西南北；其燃烛吐丝兮，授代代学子于春夏秋冬。林伯襄早已经化身为明伦风景；李大钊尚在博文楼播洒光明。文史哲江宽海阔、云涛澎湃，推波助澜之冯友兰、范文澜、嵇文甫；甲骨学山高岳壮、风光无限，浓墨重彩于傅斯年、董作宾、张邃青。饮水思源，知多少著名学者甘为人梯、镂金琢玉、德艺双馨。灼桃李之华，河南教育英华秀实展长卷；乘

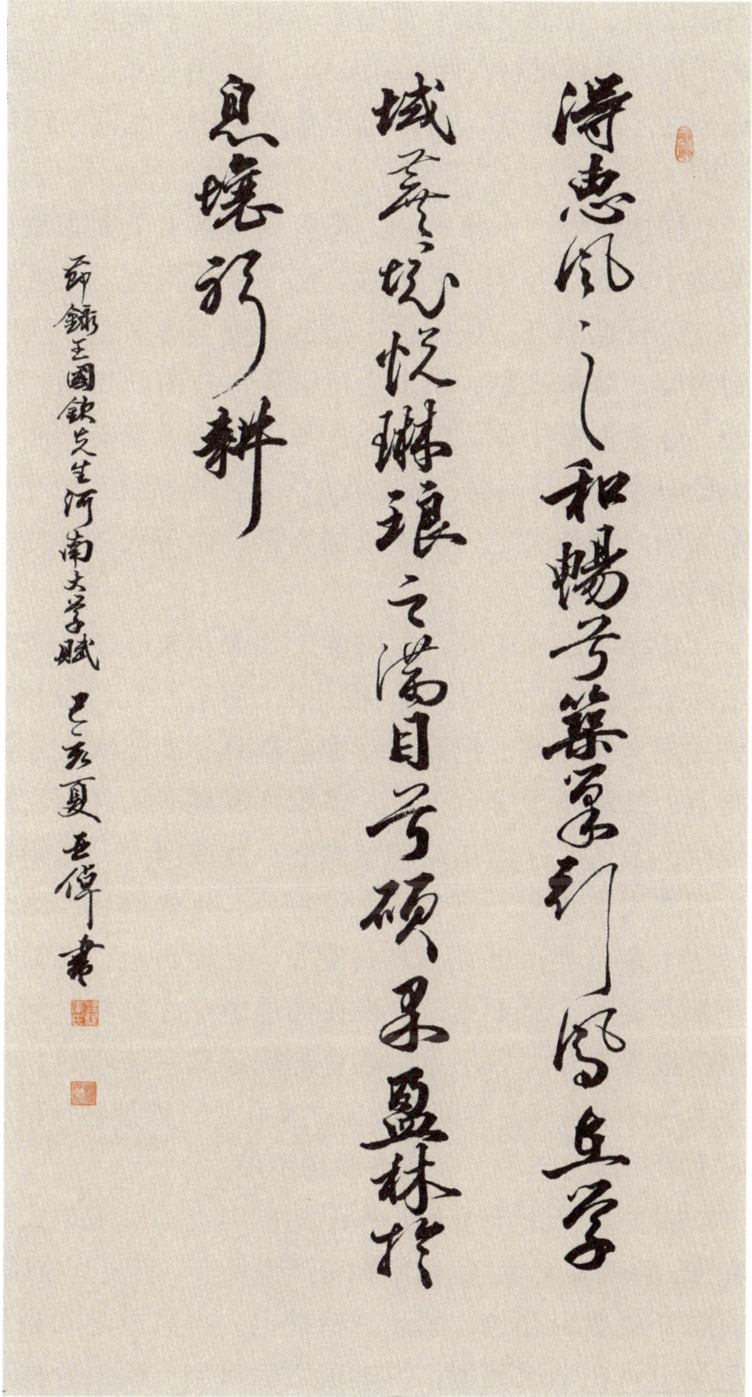

《河南大学赋》摘句　李亚倬　书

舟楫之浪，中州文坛后浪前涛弄潮行。十年树木兮，木高千尺当为栋梁材；百年树人兮，人行万里难忘母校情。遥想之宝岛木叶乎，曾经过沧桑兼风雨，尤期盼两岸起彩虹。

穆穆学府，八年抗战，路曼曼吾将上下而求索；莘莘学子，流亡办学，云渺渺长忆往来而飘蓬。从省立到国立，校歌嘹亮，危难之中塑造母校至尊名望；从国内到国际，绛帐高悬，学术为桥世界科技由此贯通。夫邓公、陈毅创办中原大学，数百师生硝烟里走向黎明。抗美援朝兮，两赴前线；战地救护兮，不避牺牲。噫吁嚱，家与国之相连矣，一次次以国为家；血与火之洗礼也，几回回涅槃重生。

其绿叶之成荫兮，大树参天几曾花繁叶茂；逢院系之调整兮，折枝成林毕竟同根并生。河南大学，风雨如磐，更扎根文化古城。纪元布新推窗邀月，高层次人才如云而至；开疆拓土综合办学，多校区发展齐头并行。猗欤母校，金明校区已描绘锦绣画卷；壮哉河大，郑州校区再图之大道新程。将专业之设置兮，承先启后，诸学科已达十余门类；更省部之共建兮，层楼再上，喜繁花盛开灿若群英。君不见，央视在内地遴选之高校，河大已跻身世界著名。君不见，教育部确定双一流学科，生物学学科榜上有名。知河大校园之文化兮，绵延各呈精彩；看羽帆诗歌之旗帜兮，青春飘扬不停。

明德新民止于至善，谆谆其校训也；民主是式科学允张，翩翩其灵魂也；团结勤奋严谨朴实，昭昭其校风也；前瞻开放兼容并包，耿耿其精神也。得惠风之和畅兮，筑巢引凤在学域蔗境；悦琳琅之满目兮，硕果盈林于息壤躬耕。夫河南大学者，千里之行，始于足下，从心而起；夫铁塔牌校友，厚积薄发，登高而招，扬帆远征。已得之地势坤兮，青出于蓝，劈波斩浪，师生当厚德载物；瞻神州天行健兮，薪火相传，敢为人先，看吾辈自强而行！

注释：

（1）滋兰树蕙：多用来形容学校或老师育人的高尚行为。滋，栽种；树，培养。兰、蕙，均指香草。语出《离骚》：“余既滋兰之九畹兮，又树蕙之百亩。”

（2）传道解惑：语出韩愈《师说》：“师者，所以传道授业解惑也。”

（3）杏坛：见《庄子·渔父》篇：“孔子游乎缁帏之林，休坐乎杏坛之上。弟子读书，孔子弦歌鼓琴。”后多指教书授学处。

（4）河南贡院：位于开封，1842 年由清政府重建。贡院北邻宋代铁塔，东依明代城墙，西傍惠济河，南至明伦街，占地 560 亩。贡院原有一万多间房屋，与北京顺天贡院、南京江南贡院、广州两广贡院一道并称全国四大贡院，是河南作为科举、乡试的考场。因北京顺天贡院在 1900 年被八国联军焚毁，故 1903、1904 年的全国会试改在开封河南贡院举行。1905 年，袁世凯等人联合奏请清政府取消科举获准，所以在河南贡院举行的这两次考试，便成为了中国历史上最后的两次科举考试。在河大明伦校区外语学院北侧两个四角碑亭里，分别保存一座清代河南贡院碑。其一为“改建河南贡院碑”，立于雍正十年（1732 年）；其二是“重修河南贡院碑”，立于道光二十四年（1844 年），碑文详细记载了河南贡院迁移和兴建的具体情况。

（5）科举旧制：科举是中国古代封建统治者为选拔人才而设置的一种官吏考试制度。由于采用分科取士的办法，所以称为科举。光绪二十九年（1903 年）初，署理两江总督张之洞会同直隶总督袁世凯，奏请变通科举，谓科举阻碍新式学堂的兴建，请按年递减中额，在数年之后彻底停止科举，重申“递减科举，注重学堂”。清政府允其所请，宣布递减科举中额。至光绪三十年（1905 年），列强侵凌日重，国内危机四伏，袁世凯会同赵尔巽、张之洞、周馥、岑春煊、端方等人，于八月初四日联衔奏请立即停止科举。清政府接受呈请，于当日谕告全国：“著即自丙午科为始，所有乡、会试，一律停止；各省岁、科考试，亦即停止。”从隋朝大业元年（605 年）开始，整整延续了一千三百年的封建科举制度，至此寿终正寝。

（6）留学欧美预校：河南大学前身——河南留学欧美预备学校。1910 年，正处于辛亥革命前夕的河南教育界，诸多有识之士极力呼吁创办大学，以改变河南教育的落后状况。当时的河南督军冯玉祥顺应时代要求，在从军阀赵倜家查抄的财产中拨出专款作为大学的筹备基金。1912 年 9 月 25 日，学校在河南贡院的旧址上正式诞生。从 1912 年到 1923 年，留学欧美预校存在了 11 年，先后毕业 286 名学生，其中考取美、德、法、比、日、苏等国留学生 91 人，在国内大学就读者 143 人。如中国卫星之父赵九章、建筑大师杨廷宝、水利泰斗阎振兴、地学巨子张伯声等，均毕业于预校。该预校与北京的清华大学堂、上海的南洋公学，时称为中国三大留美预备学校。

（7）中州大学：在河南留学欧美预备学校基础上建立，冯友兰为文科主任，曹理卿为理科主任。1923 年 3 月 3 日举行开学典礼。

（8）中山大学：1927 年 6 月，中州大学在将河南公立法政专门学校、河南省立农业专门学校并入之后，组建成国立开封中山大学（国立第五中山大学），同时增加了农科和法科，1928 年

9 月又增设医科。

（9）国立河南大学：1930 年 8 月，学校更名为省立河南大学。在此后的抗战时期，学校先后辗转于河南信阳、南阳、洛阳及陕西西安、宝鸡等地，坚持流亡办学不辍。1942 年，河南大学由省立改为国立，使办学经费有了保障。1946 年设立工学院，其后又将黄河水利工程专科学校并入。1949 年，原河南省人民政府以中原大学医学院、教育系师训班 500 余人和河南行政学院 400 多人为基础，加之迁徙到苏州的 1200 余名河大师生，重新组建河南大学，由省政府主席吴芝圃任校长，下设文教、农、医、行政 4 个学院。

（10）开封师范学院：1952 年全国大学院系调整时，河南大学农学院独立为河南农业大学；河南大学医学院独立为河南医科大学；河南大学行政学院独立为河南政法干部管理学院；河南大学水利系并入武汉大学；河南大学财经系并入中南财经学院；植物病虫害系并入华中农学院，其余的院级建制均改为系级建制。1953 年 8 月 6 日，国家教育部和政务院文教委员会决定：河南大学与平原师范学院合并，统称为河南师范学院，在开封、新乡两地办学，分称一院、二院。1955 年 8 月 16 日，中共河南省委对河南师范学院进行调整，决定将文科集中在开封办学，理科集中在新乡办学；1956 年 11 月，一院、二院分别独立为开封师范学院和新乡师范学院。开封师范学院设中文、历史、地理、外语 4 系。1959 年，开封师范专科学校并入学院，新增物理、化学、数学、生物 4 系，后又增设政教系和体育系。1962 年 7 月，河南艺术学院并入开封师范学院，建立艺术系；河南体育学院并入体育系；郑州大学地理系并入地理系。至此，学院有中文、历史、政教、地理、外语、数学、物理、化学、体育、艺术等 10 个系。

（11）河南师范大学：1979 年，开封师范学院增设教育系并更名为河南师范大学。1984 年 5 月，河南师范大学恢复原校名河南大学。此后，学校逐渐由师范院校发展成为河南省重点建设的综合性大学。

（12）铁塔："开宝寺塔"，位居河大校园北侧。建于北宋皇祐元年（1049 年），1961 年被国务院宣布为全国重点文物保护单位。该塔共 13 层，高 55.88 米，为等边八角形，虽经 1000 余年地震、河患、狂风暴雨与战火破坏，但至今仍巍然屹立。

（13）八朝古都：今日河南开封市。自公元前 364 年至公元 1233 年，先后有战国时期的魏、五代时期的后梁、后晋、后汉、后周，北宋、大齐和金定都于此，所以开封素有"八朝古都"之称。

（14）物华天宝：王勃《秋日登洪府滕王阁饯别序》云："物华天宝，龙光射牛斗之墟；人杰地灵，徐孺下陈蕃之榻。"

（15）菊香词韵：菊花为开封市市花，至今已连续 30 多年举办全国菊花花会；北宋曾有许多的诗人词家生活在首都开封，史称词都。

（16）怀瑾握瑜：瑾、瑜，均为美玉，这里喻指老师之美德。

（17）燃烛吐丝：烛为蜡烛，丝为蚕丝，这里喻指老师之奉献。

（18）林伯襄（1878—1954）：河南商城人，著名教育家。1912 年至 1916 年任河南留学欧美预备学校首任校长。

（19）李大钊（1889—1927）：河北乐亭人，中国共产主义先驱，马克思主义在我国的最早传播者。1925 年 7 月，李大钊受党的开封地下工作者和国民二军共产国际代表之邀请，以中共北方区委总负责人身份，在河南大学六号楼做了题为《大英帝国主义侵略中国史》的演讲，揭开了河大革命运动史上光辉灿烂的一页。

（20）冯友兰（1895—1990）：河南唐河人，我国著名哲学家、哲学史家、教育家。1918 年毕业于北京大学哲学门（系）。1919

年赴美留学，1923 年获哲学博士学位。1923 年回国，任中州大学第一任文科主任（即文学院长）兼哲学系主任、教授至 1925 年。

（21）范文澜（1893—1969）：浙江绍兴人，我国著名历史学家、文学家、教授，是中国马克思主义历史学的开拓者之一。1917 年毕业于北京大学后赴日留学，1936 年至 1938 年在河南大学文学院任教，1948 年 8 月任中原大学校长。

（22）嵇文甫（1895—1963）：河南汲县（今卫辉市）人，中国科学院学部委员，当代著名教育家、史学家、哲学家。1915 年考入北京大学哲学系，毕业后在河南留学欧美预备学校兼课。1933 年至 1956 年先后任文史系教授、系主任、文学院院长、河南大学校长。后担任筹建中的郑州大学校长。

（23）傅斯年（1896—1950）：山东聊城人，著名历史学家，中央研究院历史语言研究所创办者。1913 年考入北京大学预科，1919 年底赴欧洲留学，先后入英国爱丁堡大学、伦敦大学、柏林大学学习。1929 年秋，为协调中央研究院与河南省在殷墟发掘问题上的争议与纠纷，在河大 6 号楼做系列学术演讲，与董作宾一道促成河大师生参加殷墟发掘。

（24）董作宾（1895—1963）：河南南阳人，我国现代甲骨学与考古学奠基人之一。1925 年毕业于北京大学研究所国学门（系），1926 年任教于河南中州大学文学院。主持了安阳殷墟的首次发掘工作，1928 年 12 月在学校做专题报告，介绍殷墟甲骨文发掘的重要成就。1929 年秋，与傅斯年一起协调中央研究院与河南省在殷墟发掘问题的争议与纠纷，促成河大师生参加殷墟发掘，对河南大学考古学和历史学专业的发展均产生了深远影响。

（25）张邃青（1893—1976）：河南太康人，著名历史学家。1919 年毕业于北京高等师范学校（今北京师范大学），自 1927 年受聘于国立第五中山大学（河南大学前身）之后，终其一生任教于此，先后担任文史系主任、文学院院长、图书馆馆长等职。奠定了学校考古系的基础，开创了“中州文化史”课程，长期关注和保护了学校的两通清代贡院碑。

（26）灼桃李之华：语出《国风·周南·桃夭》：“桃之夭夭，灼灼其华。”灼（zhuó）：形容花朵美丽而繁盛。

（27）河南教育：在河南教育界，优秀教师多毕业于河南大学。

（28）中州文坛：在中州文坛，作家、诗人毕业于河南大学者枚不胜举。

（29）宝岛木叶：抗日战争胜利之后，河大有一批毕业生在当时政府的号召之下，前往刚刚回到祖国怀抱的宝岛台湾参加战后重建工作；国民党撤离大陆时，河大的部分师生由于各种情况也来到台湾从事各种文化教育工作。前后两批师生共有 326 位。

（30）穆穆（mù）学府：端庄恭敬的学府。

（31）上下求索：语出屈原《离骚》：“路曼曼其修远兮，吾将上下而求索。”

（32）莘莘（shēn）学子：众多的学子。

（33）飘蓬：飘飞的蓬草，多用以比喻飘泊无定。

（34）从省立到国立：河大 1937 年撤出开封流亡办学时，为省立河南大学。当 1945 年 12 月迁回开封时，学生人数已从离开时的 1000 多名翻倍到 2000 多名，并且从省立河南大学升格为国立河南大学。

（35）校歌：《河南大学校歌》诞生于 1940 年抗战最艰苦的历史关头，师生用高唱校歌方式，在阴霾的天空和血腥的环境中树起河南大学的猎猎校旗。嵇文甫、陈梓北受领重任，一人作词一人谱曲，让《河南大学校歌》响彻在伏牛山麓、伊水河畔。

（36）绛帐：喻指授业师长或授课处所。

（37）科学贯通：受英国皇家学会之命，英国著名生物化学专家、汉学家李约瑟（1900—1995）为援助战时的科学与教育机构，于1942年秋到中国进行实地考察。1945年在宝鸡访问河南大学时，曾与李俊甫、李丙寅、曹天钦等教授进行深入交谈，并为全校师生做了题为《科学与民主》的演讲。他于1954年出版的系列巨著《中国科学技术史》第一卷，以浩瀚的史料、确凿的证据向世界表明："现代科学技术登场前十多个世纪，中国在科技和知识方面的积累远胜于西方。"在这部巨著的前言中，还特别向中国科学家、河南大学李俊甫教授致敬并进行了较长篇幅的追述。

（38）邓公：邓小平。1948年国民党撤离大陆前夕，国立河南大学左右翼分裂，左派师生287人在嵇文甫、王毅斋、李俊甫、苏金伞等教师的率领下，从开封前往中共中央中原局驻地河南省宝丰县。在邓小平的主持下，以河南大学这批进步师生为基础，就地创办一所革命大学，由范文澜出任校长。为与原在开封河南大学区分，学校筹委会主任陈毅将其命名为中原大学。1948年11月至1949年5月，中原大学曾在河南大学原址办学半年之久。1949年5月至8月，中原大学迁往武汉，主要系科成为今天中南财经政法大学的前身和华中师范大学的主要基础。

（39）祖国黎明：1948年从开封迁往苏州的师生，在苏州掀起了参军参干热潮，先后有500多名河大师生从这里走上革命道路，迎接了全国解放的到来。

（40）抗美援朝：在这场新中国的援朝之战中，河南大学师生除了捐款捐物、报名参军之外，先后两次组织医护人员参加河南省抗美援朝医疗队，直接奔赴朝鲜前线开展救护工作，谱写了一曲爱国爱校的新篇章。

（41）噫吁嚱（yī xū xī）：叹词，表示惊异或慨叹。

（42）涅槃（niè pán）：凤凰涅槃。传说凤凰在经历烈火焚烧和痛苦考验之后获得重生，并将在重生中达到升华。寓意着凤凰义无反顾、不断追求、自我提升的执着精神。

（43）绿叶成荫：大树绿叶繁茂覆盖成荫。这里喻指河南大学当时已成中原地区规模及影响最大的综合性大学。

（44）院系调整：见注释（10）。

（45）折枝成林：“折枝”乃中国花鸟画的表现技法之一，因为画花卉不写全株，只选择其中一枝或若干小枝入画，故名。在这里是指河南大学被多次分解到多省市高校，使得从母校独立出来的学校及院系丛生如林。

（46）风雨如磐：形容风雨极大，形势严峻。磐，大石头。

（47）多校区：指开封明伦校区、开封金明校区、郑州龙子湖校区等。

（48）猗欤：叹词，表示赞美。《河南大学校歌》：“猗欤吾校永无疆！”

（49）明伦风景：指位于开封市明伦街的老校区；金明校区：指位于开封西区的河大新校区，奠基于 2001 年 10 月 15 日；郑州校区：指位于郑州龙子湖畔的河大国际学院校区，奠基于 2012 年 6 月 17 日。

（50）省部共建：2008 年 10 月 17 日，河南省人民政府和教育部在河南人民会堂签订省部共建协议，河南大学正式进入省部共建高校行列。

（51）2007 年由中央电视台和国家教育部联合制作的百集电视专题片《世界著名大学》系列片，挑选并介绍了国内外一百所著名大学，国外 90 所。国内的 10 所著名大学是：北京大学，清华大学，南京大学，复旦大学，浙江大学，四川大学，中国科技大学，厦门大学，同济大学，河南大学。

（52）2017 年 9 月 20 日，教育部、财政部、国家发展改革委员会公布印发了《关于公布世界一流大学和一流学科建设高校及建设学科名单的通知》，双一流大学名单最终确定。河南大学生物学学科，进入一流学科建设序列。

（53）羽帆旗帜：1983 年 3 月 10 日，以当时中文系学生王国钦为首的五位学生，组织创办了以诗歌创作为主的学生社团——羽帆诗社。至今，诗社仍在由一届又一届的学生传承和坚守着，堪称河大历史上坚持时间最长的学生社团。该诗社先后出版过《羽帆诗刊》《黄河风诗刊》等刊物，获得过全国十大优秀社团等荣誉。2012 年，河南大学出版社出版了由李伟昉、王国钦主编的《羽帆诗选》十卷，以纪念河南大学 100 周年华诞。

（54）明德新民止于至善：语出《礼记·大学》："大学之道，在明明德，在新民，在止于至善。"

（55）民主是式科学允张：语出《河南大学校歌》。

（56）蔗境：语出《晋书·文苑传·顾恺之》："恺之每食甘蔗，恒自尾至本。人或怪之，云：渐入佳境。"后多因以"蔗境"比喻先苦后乐，情况逐渐转好。

（57）琳琅满目：形容满眼都是珍贵的、美好的事物。琳琅指精美的玉石。

（58）息壤：一种传说中可以自动生长的土壤，见西汉刘安《淮南子·地形训》。

（59）躬耕：原意为古代帝王亲自率领大臣举行耕种仪式以劝农，后来泛指对事情的亲历亲为。

（60）千里之行，始于足下：语出《道德经·六十四章》："合抱之木，生于毫末；九层之台，起于累土；千里之行，始于足下。"

（61）铁塔牌：多年以来社会各界对河南大学毕业生的昵称。

（62）厚积薄发：语出苏轼《杂说送张琥》："博观而约取，厚积而薄发，吾告子止于此矣。"厚积：指充分地积蓄；薄发：

指少量地放出。意思是经过长时间有准备的积累，最终才能够大有作为。

（63）登高而招：语出《荀子·劝学》："吾尝跂而望矣，不如登高之博见也。登高而招，臂非加长也，而见者远；顺风而呼，声非加疾也，而闻者彰。"

（64）地势坤：语出《周易·坤》："象曰：地势坤，君子以厚德载物。"

（65）青出于蓝：语出《荀子·劝学》："青，取之于蓝而青于蓝；冰，水为之而寒于水。"

（66）厚德载物：语出《周易·坤》："君子以厚德载物。"指看重品德修养，才能像大地一样容纳承载万物。

（67）天行健：语出《周易·乾》："象曰：天行健，君子以自强不息。"

（68）薪火相传：语出《庄子·养生主》："指穷于为薪，火传也，不知其尽也。"后人多用来比喻学问和技艺的代代相传。

壬辰年丙午月甲子日　初稿于中州知时斋
壬辰年戊申月辛丑日　十六稿于中州知时斋
戊戌年辛酉月丙申日　修订于中州知时斋

（河南大学100周年之际，本赋原载于2012年10月25日《河南大学》校报。2018年10月25日，《河南大学》校报又以整版篇幅重新刊登本赋"修订版"，以纪念河南大学诞辰106周年）

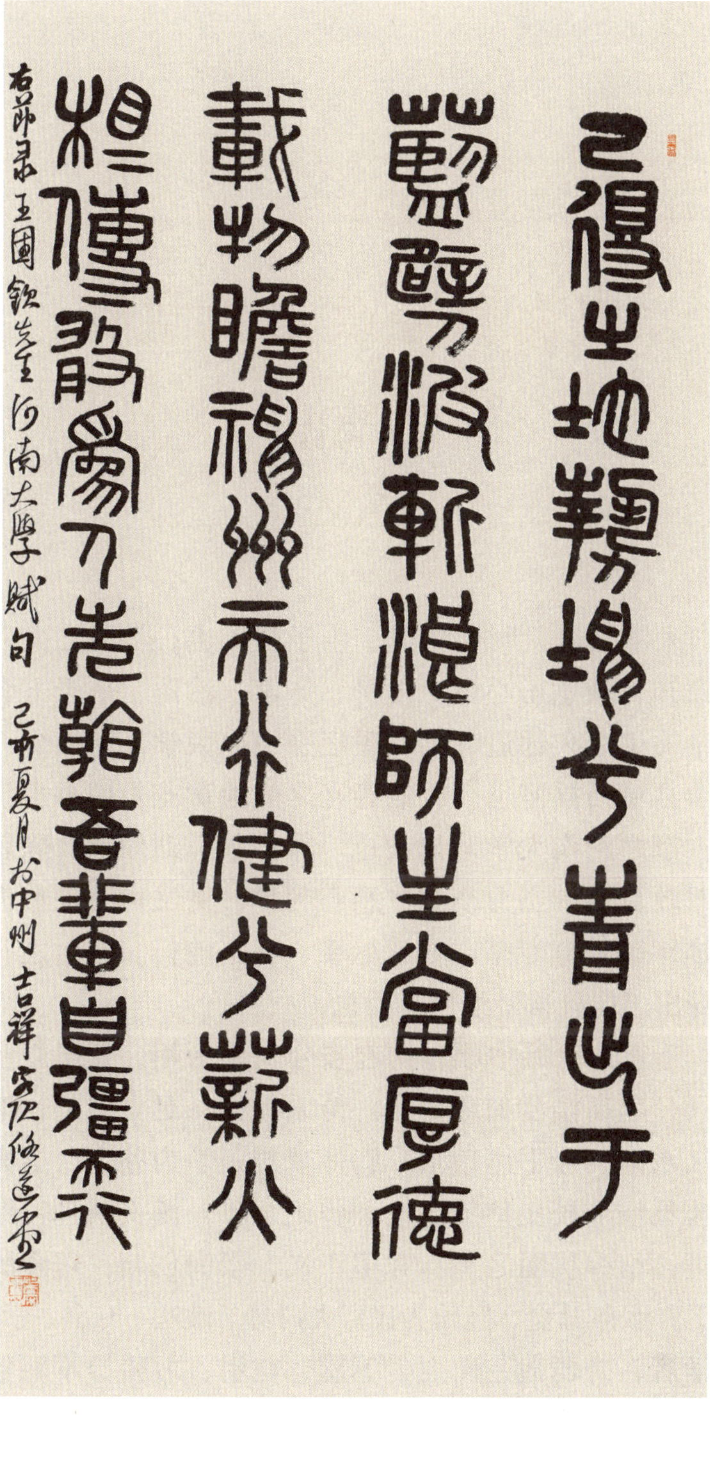

《河南大学赋》摘句　宋吉祥　书

中南财经政法大学赋

王国钦

大学之道，明德新民、止于至善也；学子之义，格物致知、诚意正心也。修身、齐家、治国、平天下者，古今师生之久远追寻矣。遥忆乎中原大学，炮火纷飞之宝丰县城乃摇篮也，胜似春光之战地黄花乃襁褓也，八朝古都之河南大学乃兄长也。邓小平、刘伯承、陈毅诸位军政首长，亲力亲为、悉心呵护；嵇文甫、王毅斋、潘梓年等教育专家，尽情尽智、引路前行。诞生之日，已身出名门且自带红色基因也。

千里之行始中原，初起步兮为学为用；九层之台筑武汉，起高楼兮如琢如磨。情系家国，足立中南，滚滚长江水但闻兮书声琅琅；胸怀梦想，学为苍生，巍巍黄鹤楼见证兮校史悠悠。校训曾记之乎？博文明理，厚德济世；精神犹明之乎？守望正义，崇尚创新；理念尚知之乎？服务社会，报国为民。夫财经、政法、专科、学院、大学者，乃弱冠、而立、不惑、花甲、古稀等不同年龄

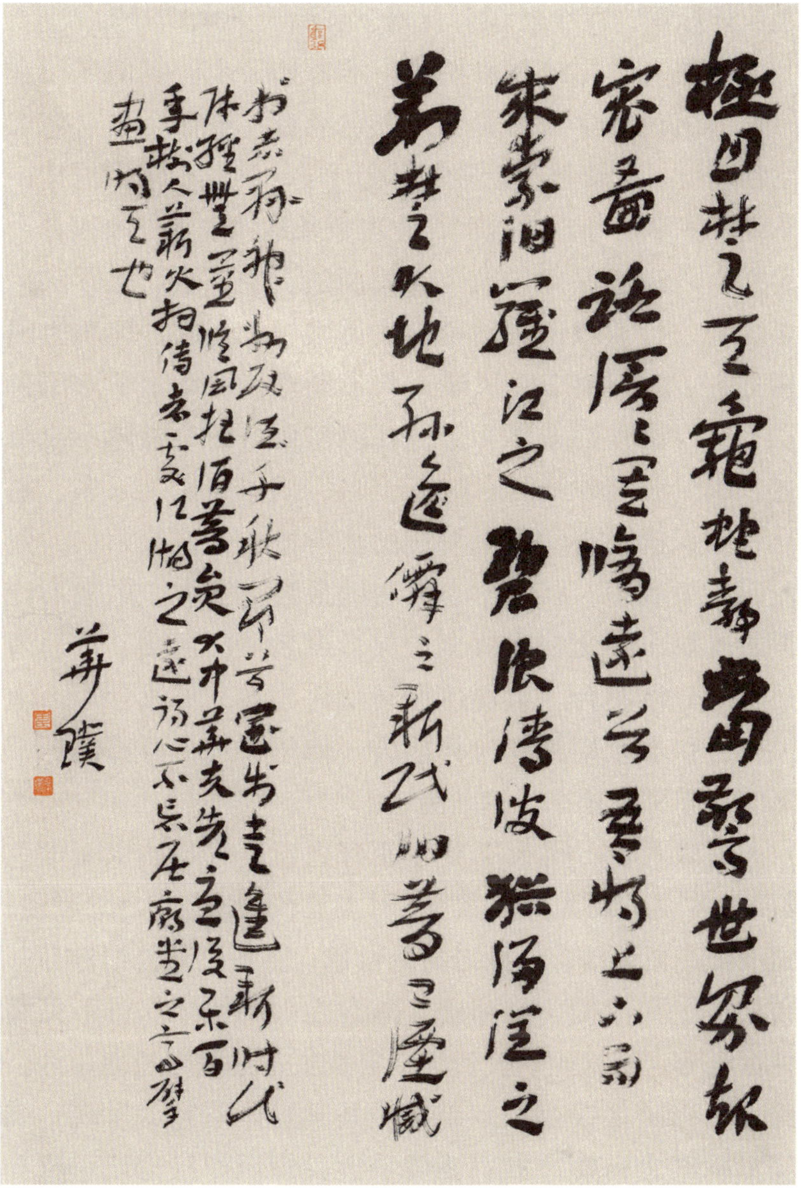

《中南财经政法大学赋》摘句　田华璞　书

之成长标识，而今已辐射九州、誉满天下也。

何谓大学？曰大家如林、学者如云也。何谓名校？曰授者出色、学子出彩也。夫财经者，将社会之财富规范管理也。财政学、金融学、会计学，执学门门因国计；学经济、学税务、学管理，业理条条达民生。夫政法者，为社会之进步保驾护航也。民商法、经济法、国际法，立法为公行款款；法财税、法诉讼、法行政，理政为国惠方方。九州桃李春风暖，衣带渐宽，罗章龙学术深耕三十载；首立勤诚奖学金，杜鹃啼血，杨时展体系改革老三门。海内外最具影响五十名，滔滔高论吴汉东，邀产权知识携手讲学中南海；民法学博士钓鳌数第一，侃侃而谈王利明，以学术心声襄助最高决策人。巾帼不让须眉，郑小瑛交响指挥全世界；声名早已远播，古远清文学研究港澳台。重规律促转型树旌旗，见风骨却不随风倒，张卓元精神源自孙冶方。仰望苍穹，群星闪烁，诸学者亦分别领军学术前沿也。

夫教育者，得天下英才而育之也。时光如水而本色不改，岁月如酒而陈酿弥香。君不见校区建筑兮，文潭楼、文波楼、文泰楼，彰显之文化特色；君不见范公铜像兮，文泉楼、文治楼、文澜楼，蕴含之人文情怀。君不见海外留学兮，交换生、公费生、自费生，兰蕙之遍地花开。此首义思园之银杏，年年见证其学科体系完美呈现；彼晓南湖畔之杨柳，岁岁婆娑乎世界知识产权论坛。噫吁嚱，两校区南北呼应，相得益彰，似云鹤献财经翩跹七省，若鲲鹏擎政法扶摇九霄也。

从中原到中南，云来风起，激荡财经，江水涛声排万里；从名家到名校，风卷云舒，温情政法，知时好雨润千秋。跻身二一一工程高校，名列九八五优势学科，入选双一流学科建设，岂非“四项工程、三种特色、两大改革、一个目标”之累累硕果乎？中俄江河联盟、影响一带一路，华丽丽国际名片也。雪莲花志愿服务队，发端于第一位少数民族支教博士也。

极目楚天龟蛇静，当惊世界起宏图。“路曼曼其修远兮，吾将上下而求索。”汨罗江之碧浪清波，犹浸润之荆楚大地；孙逸仙之新民旧梦，已湮灭于赤县神州。政法千秋，昂首阔步走进新时代；财经无量，临风把酒梦圆大中华。夫先忧后乐、百年树人、薪火相传者，处江湖之远初心不忘、居庙堂之高擘画明天也！

注释：

（1）明德新民，止于至善：语出《礼记·大学》：“大学之道，在明明德，在新民，在止于至善。”

（2）格物致知，诚意正心：语出《四书·大学》：“物格而后知至，知至而后意诚，意诚而后心正，心正而后身修，身修而后齐家，齐家而后国治，国治而后天下平。”2014年5月4日，习近平在北京大学考察时讲话指出：“中国古代，历来讲格物致知、诚意正心、修身齐家、治国平天下。”

（3）中原大学：1948年8月2日成立于宝丰县城北大白庄之武庙，8月7日正式开课。9月5日迁往宝丰县城东街之文庙。11月29日迁往位于开封之河南大学校园。1949年5月14日至8月17日迁往武汉黄鹤楼下，结束了在河南的历史时期。1952年，高等教育在全国范围内开展大规模院系调整，河南大学经济系、中华大学经济系合并到中原大学。

（4）胜似春光：语出毛泽东《采桑子·重阳》：“不似春光，

胜似春光，寥廓江天万里霜。”

（5）八朝古都：指我国八大古都之一开封。这里迄今已有4100余年的建城史和建都史，春秋之魏国、五代之后梁、后晋、后汉、后周以及大辽、北宋、金朝等八个王朝先后在开封定都，故有八朝古都之称。

（6）邓小平（1904—1997），时为中共中央中原局第一书记。陈毅（1901—1972），时为中共中央中原局第二书记、中原大学筹委会主任。1948年8月2日，中原军区暨中原野战军司令员刘伯承（1892—1986）庄严宣布中原大学正式成立。

（7）嵇文甫（1895—1963），著名教育家、史学家、哲学家，曾任河南大学、郑州大学校长，中国科学院学部委员，中共早期党员。王毅斋（1896—1972），1928年毕业于维也纳大学，获经济学博士学位。曾任河南大学教授、中南军政委员会委员、河南省政协副主席等职。潘梓年（1893—1972），著名的哲学家和杰出的新闻斗士，1948年辗转于郑州、开封、武汉筹办中原大学，先后任副校长、校长、党委书记。1948年7月初，嵇文甫、王毅斋等287名河大师生及社会青年，在华东野战军政治部赖少其等人率领的部队护送下投奔豫西解放区，并成为中原大学得以建立的最初人员基础。

（8）红色基因：中原大学成立之后，当即开设“新民主主义革命理论”课程，由中共“七大”中央委员、时任中共中央中原局第三书记邓子恢亲自主讲，既具备了高校党史课程的雏形，培养了一大批党史教育人才，也为后来中共党史专门史的研究做了突出贡献。

（9）千里之行：语出老子《道德经·六十四章》：“合抱之木，生于毫末；九层之台，起于累土；千里之行，始于足下。”

（10）如琢如磨：语出《诗经·国风·卫风》：“有匪君子，

如切如磋，如琢如磨。”从古代汉语的意义而言，骨曰切，象曰磋，玉曰琢，石曰磨。以此比喻经过以上的过程使凡物成为宝器。

（11）黄鹤楼：在湖北省武汉市长江南岸，相传始建于三国。唐代诗人崔颢“昔人已乘黄鹤去，此地空余黄鹤楼”之诗句，著名诗人李白“眼前有景道不得，崔颢有诗在上头”之诗句，先后使得黄鹤楼声名鹊起。中原大学首迁武汉，校址恰居于黄鹤楼下。

（12）财经、政法、专科、学院、大学：中原大学迁往武汉后，曾因各种原因先后经历了“中南财经学院、中南政法学院（1953—1958）”“湖北大学、湖北财经专科学校（1958—1978）”“湖北财经学院（1978—1985）”“中南财经大学、中南政法学院（1984—2000）”等不同的历史阶段。2000年至今，始定名为“中南财经政法大学（以下简称“该校”）。其中，1949年6月成立的文艺学院，是中原大学成立最早的一个新型院校，崔嵬为首任院长。

（13）弱冠、而立、不惑、花甲、古稀：分别代指一个人的二十岁、三十岁、四十岁、六十岁、七十岁。这里喻指“该校”的不断壮大、成熟。

（14）罗章龙（1896—1995）：1918年与毛泽东一起发起成立新民学会，后在北京大学积极投身五四运动，参加发起北京大学马克思学说研究会，经李大钊指导参加创建北京共产主义小组，是中共创建时的党员和中共早期领导人之一。1934年起，担任河南大学经济学系教授。1953年至1980年，在中南财经学院任教近三十年。主要著作有《中国国民经济史》《欧美经济政策研究》《经济史学原理》及《国民经济计划原理》等，总计近百万字。

（15）杨时展（1913—1997）：“该校”会计学专业博导，我国会计学家界的一代宗师，美国会计学会（AAA）、国际内部审计师协会（IIA）、国际会计研究生教育协会（IAARE）成员。他治学严谨，创新求实，著述颇丰，成就非凡，所提出的受托责任理论、会计控制系统观点、差异分析不连锁观点以及审计建制民主化的思想，为国际会计界所公认。他还提出我国大学会计学系的第一个教学改革方案，将新中国成立以来的“老三门”体系改为以财务会计、管理会计、审计学、电算化会计为主的新体系。在 20 世纪 90 年代，他把自己一生节衣缩食积攒并向子女借钱凑足的十万元，设立“勤诚”奖学金以专门帮助贫困学生。

（16）吴汉东：“该校”原校长，中国法学会知识产权法研究会会长，2009、2011 年曾被英国《知识产权管理》杂志两度评选为“全球知识产权界最具影响力 50 人”。他认为中国知识产权事业的未来发展，应包括中国创造、中国创意和中国形象三个方面，并分别从“中国创造：专利战略与国家科技竞争力”“中国创意：版权战略与国家文化软实力”“中国形象：商标战略与国际品牌影响力”三个方面，对中国知识产权事业的未来发展做了高屋建瓴的分析：中国知识产权事业的未来发展，关系到中国创新型国家建设目标的实现。曾为中央政治局、商务部、国家知识产权局、国家版权局及其他政府机关做过近百场知识产权讲座，在中国知识产权制度的发展历程中具有重要影响。

（17）王利明，“该校”77 届法律系毕业生，新中国第一位民法学博士，中国人民大学常务副校长，长江学者，博士生导师，国务院学位委员会法学学科评议组成员兼召集人，中国法学会民法学研究会会长，国务院学位委员会第六届学科评议组成员，中国国际经济贸易仲裁委员会副主任。曾多次走上共和国的最高讲坛，为中央政治局和全国人大常委会做法制讲座，表达自己的学术见解。

（18）郑小瑛：中华人民共和国第一位交响乐女指挥家，也是第一位登上外国歌剧院指挥台的中国指挥家。1949 年先后在开封和武汉的中原大学（现中南财经政法大学）文工团工作。1994

年夏，赴美在威斯廉大学和哈佛大学讲学，获哈佛大学校长特别感谢荣誉证书。

（19）古远清：1964 年毕业于武汉大学（即“该校”）中文系。历任“该校”教授、台港澳暨海外华文文学研究所所长、国际炎黄文化研究会副主席等。著有《中国大陆当代文学理论批评史》《台湾当代文学理论批评史》《香港当代文学批评史》《海峡两岸诗论新潮》等。

（20）张卓元：1954 年毕业于“该校”，历任中国社科院财贸经济研究所、工业经济研究所、经济研究所所长，孙冶方经济科学基金会秘书长，《经济学文摘》主编等。数十年坚持“稳中求进”的改革发展思路，长期从事社会主义市场经济理论研究并参与重要决策，初步总结了中国国企改革 30 年的“七条经验”，系统研究了中国经济学研究 60 年的“六大进展”，进一步归纳了社会主义市场经济体制的内涵和若干规律。2018 年 1 月 27 日，在《孙冶方文集》新书发布会上的讲话中提出：“不要随风倒，这是做科学研究的一个非常重要的原则”，并说明自己学习孙冶方的体会之一就是“奋不顾身地坚持真理的崇高精神”。著有《论社会主义经济中的生产价格》《社会主义经济中的价值、价格、成本与利润》《论孙冶方社会主义经济理论体系》《社会主义价格理论与价格改革》等。

（21）孙冶方（1908—1983）：著名经济学家，老一辈无产阶级革命家。孙冶方经济科学奖设立于 1985 年，每两年评选、颁发一次，是迄今为止中国经济学界的最高奖。主要著作有《关于国民经济建设和国家资本主义》《关于改革我国经济管理体制的几点意见》《社会主义经济论》《社会主义经济的若干理论问题》《孙冶方选集》等。

（22）文潭楼……文澜楼：“南湖校区”多有以“文”字开头、

与带三点水偏旁之字组词建筑群，体现了学校在人文建设方面的特色与内涵。其中“文澜楼”即为纪念范文澜而建。

（23）范公：“该校”首任校长范文澜（1893—1969），1925年出版中国最早的文学评论著作《文心雕龙注》，1936年至1938年在河南大学文学院任教，1941年在延安编写中国共产党干部教材《中国通史简编》，1945年执笔《中国近代史》（上册），成为新中国历史学界的重要学者。1948年担任华北人民政府委员和中原大学校长。其雕像于2008年10月25日在“文澜楼”前揭幕。

（24）海外留学：“该校”留学生教育开始于1950年，接受来自越南的文艺、音乐、美术、编剧各专业学生11人。2006年6月，“该校”正式成为中国政府奖学金项目高校，并取得“来华留学公费生”招生资格；同年，与境外大学的交换生项目进入实际运作。至今，“该校”先后有来阿富汗、美国、德国、法国、俄罗斯、蒙古、老挝、塞内加尔、韩国等50多个国家及港澳台地区的留学生前来求学，其中包括了留学生、交换生、公费生、自费生、语言生、学历生、本科生、研究生等多种形式，呈现出多种学历的立体化、完整化格局。

（25）兰蕙：两种香草。屈原《离骚》云：“余既滋兰之九畹兮，又树蕙之百亩。”以此比喻学校或老师教书育人的高尚行为。

（26）学科体系：经10年左右的努力，“该校”构建了以经、法、管为主体，以哲、文、理为支撑，兼有历史学、教育学以及其他人文社会科学学科的，结构比较完整、综合创新强劲、实力雄厚、国内一流的人文社会科学学科体系。“有重点”是指以经、法、管学科为重点。“多层次”是指分三个层次布局和建设学科：第一层次，经、法、管；第二层次，哲、文、理；第三层次，适时适度发展历史学、政治学、教育学和其他学科。“有特色”是指经、法、管整合，文、理、哲渗透交叉。

（27）知识产权南湖论坛：开始于2004年，每年结合当年知识产权领域之热点话题在国内相关高校轮流召开，邀请全球学者与会交流。如2018年论坛在重庆召开的主题为：“新时代科技革命与知识产权。”至今，该论坛已成为全球知名的知识产权学术盛会。

（28）两校区：2000年，居于原址的中南财经学院与位于南湖的中南政法学院合并后，将南湖校区作为“该校”主校区，原来的“首义校区”自然成了北区。

（29）1995年，国务院批准原国家计委、原国家教委和财政部联合下发的《“211工程”总体建设规划》。2004年，国家通过对若干高校和学科接近并有条件达到国际先进水平的学科进行重点建设，争取使我国若干所大学和一批重点学科进入世界一流水平。2017年9月，教育部、财政部、国家发展改革委印发《关于公布世界一流大学和一流学科建设高校及建设学科名单的通知》，“该校”分别榜上有名。

（30）四项工程、三种特色、两大改革、一个目标：指“该校”“十一五”办学总体思路。“四项工程”即与学科立项相配套的“名科”工程、与科研强校相配套的“名作”工程、与人才兴校相配套的“名师”工程、与环境美校相配套的“名景”工程。“三种特色”指“凝练人才培养特色”“培育学科与科研特色”“形成鲜明的社会服务特色”。“两大改革”指“深化人事制度改革”“深化后勤制度改革”。“一个目标”指“创建一流人文社科类大学的阶段性目标”。

（31）江河联盟：中俄“长江—伏尔加河”流域高校联盟，由中国四川大学和俄罗斯下诺夫哥罗德国立技术大学联合发起，包括“该校”在内的29所中国高校和36所俄罗斯高校成为创始成员高校。

（32）一带一路：作为“江河联盟”高校发起成员，“该校”积极参与各类学术会议和交流活动，开展合作科研、教师访学、学生交换等项目，积极地扩大联盟及“该校”在“一带一路”沿线国家高等教育的影响力。

（33）雪莲花志愿服务队：由首位少数民族支教博士生尼加提·艾买提发起，至今已发展为参与人次超七千、受益人数超两万的大型大学生志愿服务组织。

（34）极目楚天：语出毛泽东《水调歌头·游泳》：“万里长江横渡，极目楚天舒……风樯动，龟蛇静，起宏图……神女应无恙，当今世界殊。”

（35）“路曼曼其修远兮，吾将上下而求索”：语出屈原《离骚》。汨罗江，是湘江在湘北的最大支流，位于中国湖南东北部。前278年，楚国都城郢（在今湖北省江陵县境内）被秦国攻占，屈原感到救国无望，于农历五月初五作《怀沙》而自投汨罗江。

（36）孙逸仙（1866—1925）：孙中山之号。中国近代民族民主主义革命开拓者，中国民主革命伟大先行者，中华民国和中国国民党的缔造者，三民主义倡导者。1905年成立中国同盟会。1911年10月10日，在武昌领导发动辛亥革命，后被推举为中华民国临时大总统。“该校”北校区之所以被称为“首义校区”，就是因为毗邻首义路而得名。

（37）赤县神州：中国之别称。语出《史记·孟子荀卿列传》：“中国名曰赤县神州。赤县神州内自有九州。”

（38）先忧后乐：语出范仲淹《岳阳楼记》：“其必曰‘先天下之忧而忧，后天下之乐而乐’乎？”

（39）百年树人：语出《管子·权修》：“一年之计，莫如树谷；十年之计，莫如树木；终身之计，莫如树人。”

（40）薪火相传：语出《庄子·养生主》："穷于为薪，火传也，不知其尽也。"古时候比喻形骸有尽而精神不灭，后人用来比喻学问和技艺代代相传。

（41）江湖庙堂：语出范仲淹《岳阳楼记》："居庙堂之高则忧其民，处江湖之远则忧其君。是进亦忧、退亦忧。然则何时而乐耶？"

2018 年 7 月 12 日　初稿于中州知时斋

2018 年 8 月 8 日　定稿于中州知时斋

2018 年 9 月 3 日　三十二稿于中州知时斋

商丘一院百年赋

王国钦

惟吾商丘，在豫之东。玄鸟仙降，燧木火生。宋梁相续，元后至清。民国初立，天下为公。西风东渐，传教无声。行医布善，病院初成。曰圣保罗，曰济贫穷。威廉怀特，欲救百姓。拯民之疾，甚于魂灵。福音福语，已在过程。

翠竹摇曳，典雅温馨。基督医院，病家独衷。苏鲁皖豫，周边扬名。日寇犯华，鬼子狰狞。纳民避难，十字鲜红。博爱无疆，五碑纪功。加拿大人，亮节高风。查理布朗，志愿英雄。康氏爱莲，谁比深情？更有大山，魂绕梦萦。

风雨沧桑，岁移本同。百年发展，德业并行。商丘一院，品质提升。赴灾救难，医者使命。救死扶伤，人性传承。南丁格尔，精神之灯。为医之道，慈悲内省。为院之训，德重业精。呜呼，夫励精图治兮，知一院之任重道远；惟求实创新兮，看一院之再攀高峰！

2012年10月10日　于中州知时斋

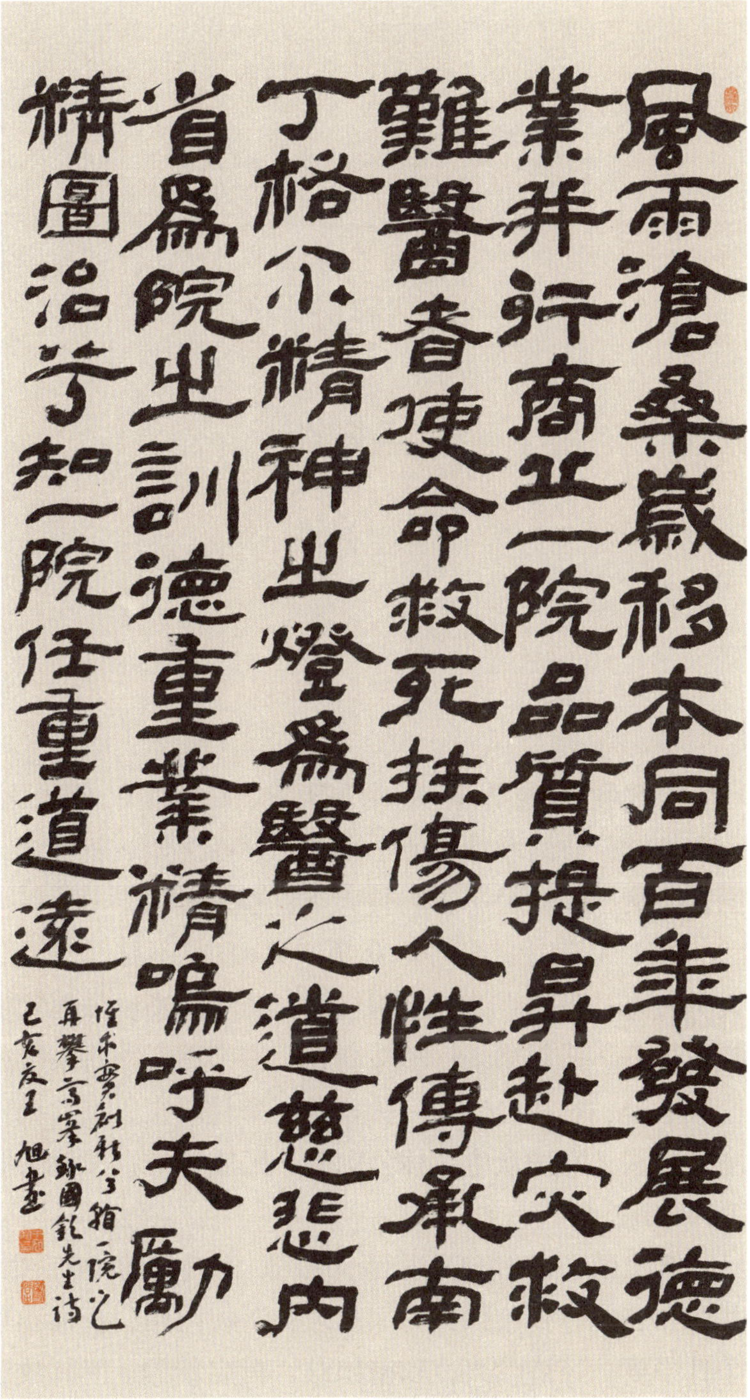

《商丘一院百年赋》节录 王旭 书

拜比干文

王国钦

维公元 2008 年 5 月 8 日，岁次戊子年四月四日，比干公诞辰 3100 周年纪念大典在河南省卫辉市隆重举行。其拜文曰：

惟我牧野，盛世清明。物华天宝，人杰地灵。伟哉比干，一代豪雄；自幼聪慧，博学多能。财商之始，殷都繁荣；削富济贫，倡导公平；名传天下，望高德隆。

纣王无道，民怨沸腾；众叛亲离，日月不行。太师比干，大勇大忠；犯颜直谏，赤胆精诚；悲壮而逝，虽死犹生。武王封墓，孔剑刻崇；孝文立庙，诸帝诏封。薪火传世，遗腹坚公；长林启胤，一脉相承。海神妈祖，杰女德宏；济险拯溺，庇护众生。林公则徐，民族英雄；千秋景仰，万代追踪。

客家游子，四海心同；缅怀祖德，海晏河清；情系根祖，共济和衷。荐我德馨，为国昌隆；海峡两岸，祈福和平。今日华夏，经济勃兴；和谐团结，再启新程。卫辉故里，

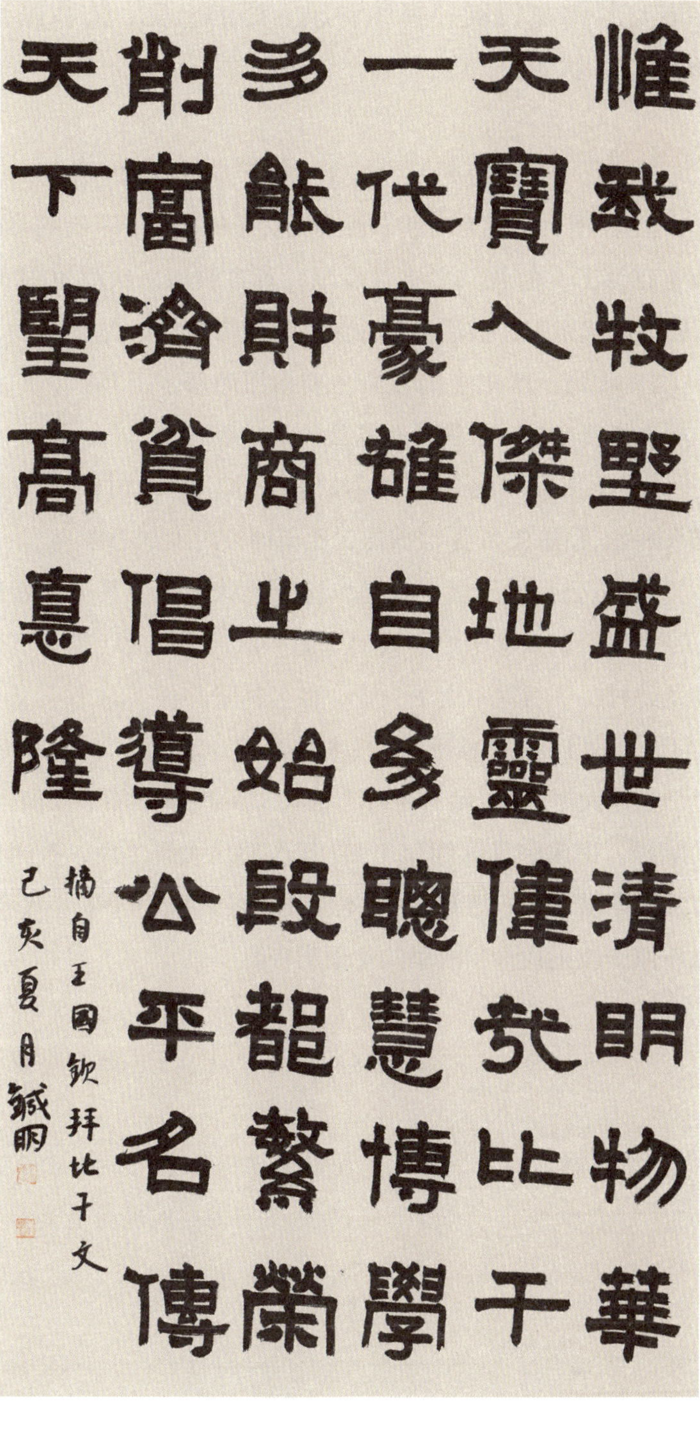
惟武牧野盛世清明物華
天寶人傑地靈偉哉比干
一代豪雄自多聰慧博學
多能財商之始殷龍鰲榮
削富濟貧倡導公平名傳
天下望高惠隆
摘自王國欽拜比干文
己亥夏月 鍼朋

《拜比干文》节录 王针朋 书

柳绿花红；跨越发展，喜沐春风。拜谒忠良，佑我民生。天长地久，伏惟尚飨！

注释：

（1）比干：相传为商朝末代帝王文丁的次子、帝乙的弟弟、帝辛（商纣王）的叔叔。忠君爱国，直言敢谏，从政40多年，先后辅佐两代帝王，被后世尊称为为民请命的“亘古忠臣”。

（2）牧野：历史上的牧野主要指河南新乡卫辉市，广义上的牧野也指新乡市凤泉区及获嘉县的部分地区。

（3）纣王：商朝末代君主，即帝辛。在位时间为公元前1075年—公元前1046年。据传，比干即被纣王剖心害死。

（4）坚公：比干之子林坚。比干死谏纣王，其夫人妫氏甫孕三月，因畏祸及腹中之子及时逃离朝歌，于长林（即卫辉市豹头乡龙卧村）一石室中生下一子，取名林坚。

（5）妈祖；又称林默娘，为林坚后代，宋建隆文年（960年）诞生于福建大海之滨。她一生行善济人，终身未嫁，能够预测吉凶、救助航船。宋太宗雍熙四年（987年）羽化飞升之后，被当地渔民百姓逐渐供奉为妈祖神灵。在本次比干公诞辰3100周年大会上，妈祖神像即被正式奉归故里的比干庙中。

2008年5月8日　于中州知时斋

（2008年5月8日，本文在比干公诞辰3100周年纪念大典上现场诵读）

雪　霁　赋

王国钦

节逢大雪，万物匿藏。六出飘飘，天地茫茫。顶朔风之凛冽，暗香浮动；赏疏影之横斜，琼花飞扬。夜来雪霁，明月当空，足登矣德水之楼，情忆乎轩辕之阁，不觉身心两澄净、临风而举觞。倾闻之农谚在耳：瑞雪兆丰年，来岁谷满仓。复悟之官语在心：贫寒怜大雪，送碳到僻乡。俄而，更有彼硕鼠叹曰：封窟堵穴处，蚊蝇尽遭殃。噫，岂不闻"她在丛中笑"？看神州"晴日裹红妆"！

注释：

（1）六出：雪花。花分六瓣曰"出"。

（2）德水楼：本赋作者多年以来在其诗词作品中营建意象群中的典型意象之一。"在《知时斋诗赋》中，'德水楼'是一个不应忽略的精神'符号'……是王国钦通过网络写作而创造的一个精神家园，表明了诗人的道德操守与价值追求。"（蔡世平《一

个人的诗歌时代——王国钦〈知时斋诗赋〉序》）

（3）轩辕阁：郑州园博园文化性地标建筑，本赋作者之《郑州赋》即镶嵌在此阁顶层四楼。

（4）她在丛中笑：毛泽东《卜算子·咏梅》："待到山花烂漫时，她在丛中笑。"

（5）晴日裹红妆：毛泽东《沁园春·雪》："须晴日，看红妆素裹，分外妖娆。"

2017 年深冬　于中州知时斋

（原载于 2017 年 12 月 10 日《河南大学》校报）

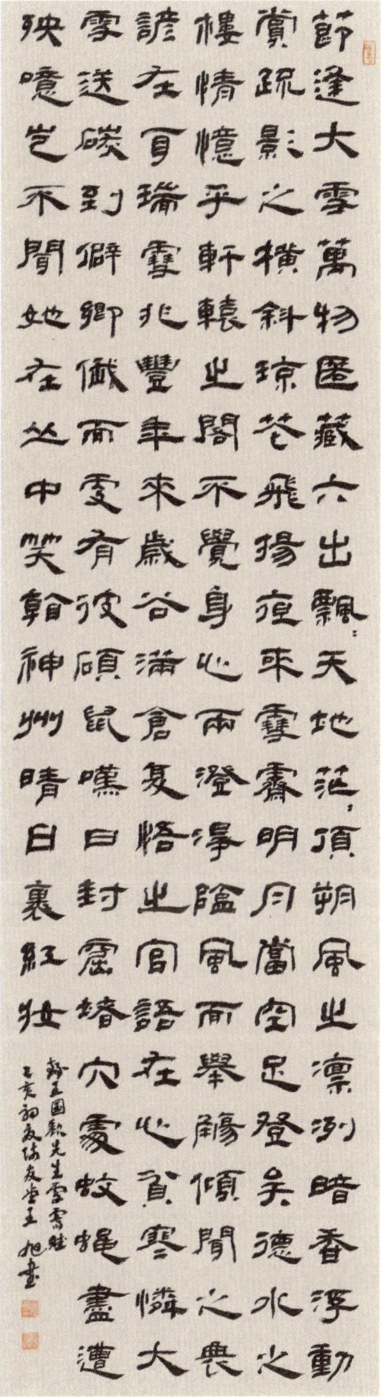

《雪霁赋》 王旭 书

固始“开闽三王纪念馆”建馆记

王国钦

“固始”者何？“欲善其终，先固其始”也。王潮、王审邽、王审知兄弟，固始之优秀人物也。“王家军”义起于唐末，渡江南下，挥旌入闽，攻泉州下福州，为东南沿海移民百余姓氏、约两万人。开疆拓土兮传播文明，鼓励生产兮大惠民生；招贤纳士兮广施仁爱，丝绸之路兮海上达通。功德卓绝，王审知被加授中书令、福州大都督府长史，又封闽王。王氏兄弟，被尊为“八闽人祖”“开闽三王”。

芸芸后裔，每忆先辈开闽之功德，常思何日报恩于固始。有中岳秀峰集团董事长王铭仪者，携王泽方、王小颜、王强三子，捐巨资兴建“开闽三王纪念馆”。丙申九月，恰当第八届根亲文化节张幕之际吉祥开馆。欲弘扬祖德兮筑煌煌巨馆，已画栋雕梁兮仰美轮美奂；将道德归堂兮期四海一统，倡公益能量兮使利民向善；承

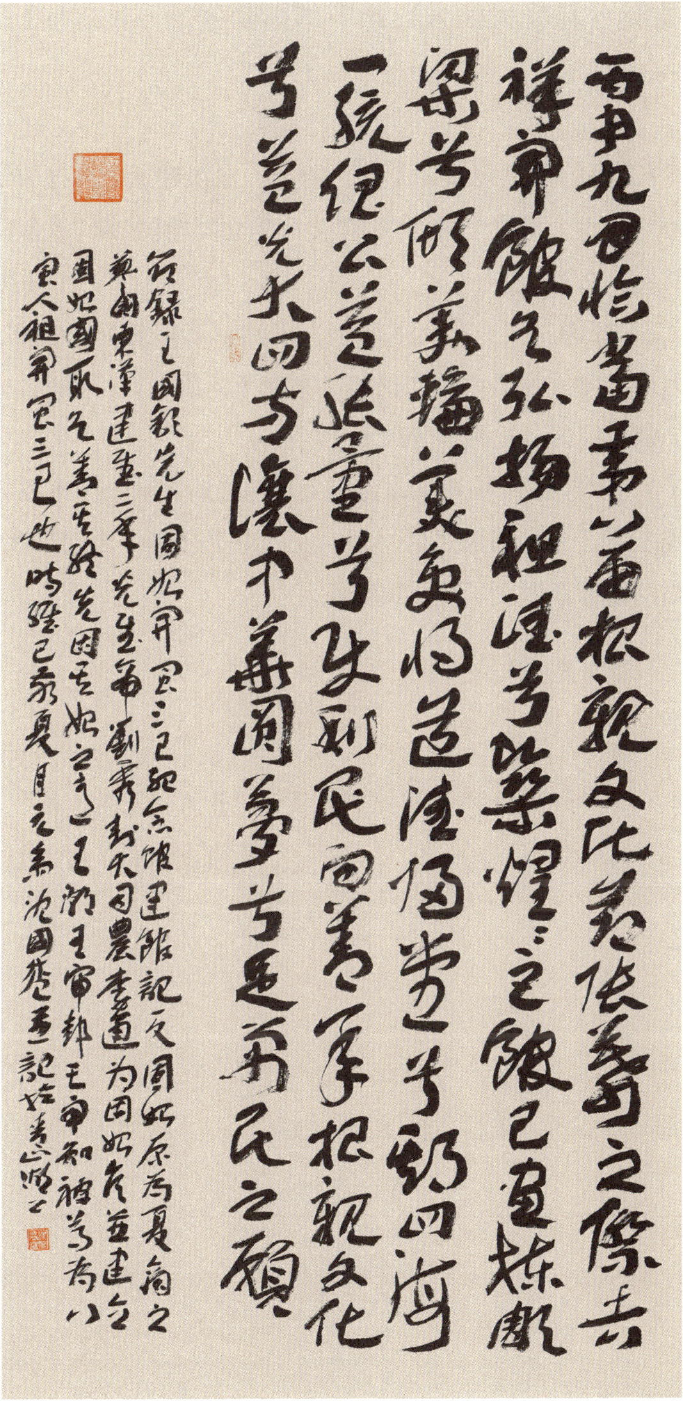

《固始“开闽三王纪念馆”建馆记》节录　沈国盛　书

根亲文化兮益光大四方，让中华圆梦兮足万民之愿！

注释：

（1）固始：此地原为夏商之蓼国。东汉建武二年（26年）光武帝刘秀封大司农李通为固始侯，并建立固始国，取“欲善其终，先固其始”之意。

（2）开闽三王：公元885年，王潮、王审邽、王审知三兄弟于河南光州固始县率领农民起义军南下入闽，统一福建，开疆拓土，鼎建闽国，史称“开闽三王”。

（3）丝绸之路：福建泉州为海上丝绸之路在陆上的主要起点。“开闽三王”建立闽国之后，大力发展海上交通，为续写海上丝绸之路的新篇章做出了重要贡献。

2016年10月　于中州知时斋

（2016年10月，本文被铭刻在固始“开闽三王纪念馆”正门内侧右首墙上）

专家评论选

《焦裕禄》 毛本华 王 刚 鲍 璐 郝米嘉 画

读《兰考赋》

张　伦

赋是介于诗、文之间的一种文体，兼备文和诗的特征。诗以抒发情感为重，赋则以叙事状物为主。清人刘熙载说："赋别于诗者，诗辞情少而声情多，赋声情少而辞情多。"其写作特点是铺陈直叙，其语言特点是文辞华丽，二者相辅相成。这就是赋的特征。

以此观之，《兰考赋》允称合体有致。一千多字的篇章，分别敷陈了兰考的区位沿革、历史名人、生态环境、裕禄精神、再谱华章及初心使命几部分的内容，把兰考的今古演变、社会变化、精神传承交代得清清楚楚。

其艺术手法讲究文采、韵律和节奏，句法上使用排比、对偶，既自由又谨严，兼具诗歌和散文的性质。无论状物写景，均站在历史与时代的高度，以开阔的视野，纵观这块土地上的历史与现实，将作者的思绪、激情、想象，长短交互、错落有致的化为对仗工整、达意准确的华美文字。如："毛泽东两次亲临东坝头，指点江山：

把黄河的事情办好；焦裕禄立志改变旧容颜，宵衣旰食：引精神之旗帜飘飘。搏洪水、战风沙、植泡桐，以重病之躯，丈量遍寸寸兰考大地；入蓬门、嘘寒暖、送真情，用力行之美，绽放出朵朵生命花苞。”其文采斐然，激情澎湃，文情辞情交相辉映，感人至深。

形式上，作者在每段前面以五言句领起，概括性引出内容，别具一格。既呈现出作者诗赋的功力，也展示了诗赋的灵活转接能力。尤其是“茫茫”“荡荡”“莽莽”“鼎鼎”“泱泱”等词汇的连续叠用，全方位描写了“兰考”在“大中原”的不同形象与地位。

制赋，必须要有较高的文学艺术修养和观察社会、观察自然的能力，有社会责任感，立意高远，构思布局考究。以这些要求，我更看重《兰考赋》的思想性。

兰考，地处豫东平原，长期贫穷，默默无闻。何以能激发作者创作思维，恐怕跟新中国成立后几件重要历史事件的深远影响有关。

新中国成立之后的经济建设初期，开国领袖毛泽东两次来到兰考境内东坝头，视察黄河治理及沿黄人民的生产生活情况，发出“要把黄河的事情办好”的指示，全国人民投入了轰轰烈烈的社会主义建设高潮。20世纪60年代初，国家处于困难时期，焦裕禄被调任兰考县委书记，带领全县人民治沙治水栽泡桐，遏止灾荒漫延，在全县人民心中留下了不灭的共产党干部形象。1966年的《人民日报》发表了新华社记者穆青等人的长篇通讯《县委书记的榜样——焦裕禄》，在全国范围内，特别是在干部中产生了重大影响，焦裕禄精神成了党的宝贵财富，兰考也由于焦裕禄精神而声名大振，走向全国。进入新时代，从2009年到2014年，习近平总书记三次到兰考视察，指导党的群众路线教育活动并亲手栽下泡桐，在全党产生了牢记初心、不忘使命的巨大影响。这三件大事，被深深地刻印在新中国的历史中，刻印在全国人民心中，也必然被赋作者敏锐地捕捉并激起强烈的创作欲望。为文者，必有其心，必有其意，必有所发。为时而赋，为民而歌，是一个爱国爱党爱人民的文化工作者歌颂新时代、传播正能量的必然选择。

此赋不仅视点高，视野也相当开阔。作者在把握现实、时代和未来的气势中，文思奔涌，呈现出浪漫的激情和浓郁的诗情："焦裕禄精神之源为何？十五年两进两出尉氏大地，蓬池为证；中国特色之精髓如何？新时代共同富裕社会主义，改革为先；党的新时代目标在何？人民对未来美好生活向往，莫忘初心！"这些铿锵有力的文辞，饱含着崇高的理想和真挚的情感，发人深省，催人奋进。追寻焦裕禄精神之来源，欣喜焦裕禄精神之继承，期待焦裕禄精神之光大，希冀民族早日复兴，应是此赋的思想追求和美好愿望。从思想和艺术的结合看，此赋不失为与时俱进、具有时代特点的佳作。

2018年12月10日

作者简介：

张伦，中华诗词学会理事，河南诗词学会副会长，河南老年诗词研究会常务副会长，《河岳诗词》主编，郑州诗词学会常务副会长。出版有诗词集《河边吟草》。

声情并茂　高响入云

——读王国钦先生《拜诗圣文》

胡吉祥

王国钦先生为“天下诗人拜诗圣”活动所作的《拜诗圣文》，自2015年以来的每年清明时节，都在巩义杜甫纪念园的祭拜活动中由著名诗人或朗诵家现场朗诵，充分抒发了当代诗人对千秋诗圣的崇敬之情。

这篇祭文包括序文和正文。正文共分四段：

第一段，畅述中华诗歌先唐历史。以“泱泱中华，诗之国度。源远流长，吟旌早树”开头，历数诗经国风、屈子离骚、汉魏乐府、东晋陶令，直到“盛唐双峰，青莲工部。泽被八方，伟哉杜甫”，隆重推出祭拜对象。

第二段，展示杜甫生平及其成就。以“天降诗圣，千秋仰慕。钟灵嵩阴，毓秀洛土”点出诗圣故里地望，继而以概括的手法简约列举杜甫在客游齐鲁、长安十年、安史之乱初期、由秦州入蜀、飘泊西南等阶段的代表作品，充分彰显其光昭日月、心系黎民的文学成就。

第三段，纵情歌颂诗圣。“近体大成，吟家踵武”等六句，充分肯定杜诗在中国乃至世界文学史上的地位。然后，直抒胸臆，放声讴歌，声情并茂，酣畅淋漓，将《拜诗圣文》导入本次祭拜活动的主题。

第四段，告慰诗圣在天之灵，表达当代诗人弘扬杜甫精神、实现中华民族伟大复兴的坚强意志。

通观全篇，思想深刻，艺术精湛，层次分明，结构严谨，气势恢宏，收放自如。全文呈现出以下四个特点：

一、采用体裁得当

除序文外，此文就是一首四言诗。这是中国古代最早的诗体形式，春秋以前的诗歌大都为四言。如《诗经》中的“雅”“颂”，“以雅润为本”，崇宏肃穆，典丽堂皇。“颂”基本上是举行重大典礼和宗庙祭祀时所用的颂歌，曹操就是中兴四言诗的高明诗人。以《短歌行》为例，虽用四言，却改变其凝重板滞的格调，使其节奏变得“轶荡自如”。曹操对我国四言诗的继承和振兴功不可没，这种诗体直到今天仍具有强大的艺术生命力。因为它便于表达诗情、感染读者，很适合用作公祭古代圣贤和民族英烈时的祭文。而今，这种体裁也成为了王国钦先生抒情言志、施展艺术才华的形式之一。

二、感情真挚深厚

《拜诗圣文》是一首抒情诗。作者尽情讴歌杜甫热忱的爱国情怀，幽深的忧患意识，博大的仁者胸怀，高尚的人格品德。这种歌颂，感情充沛，气势雄浑。例如：“酒奠三巡，乾坤肃穆。思君无邪，情关黎庶。颂其善美，斥彼硕鼠。大爱真情，甘霖似乳。滋润心田，无论寒暑。广厦千间，情追老杜。仰望苍天，龙翔凤翥。”这就是后人尊杜甫为“诗圣”，称其作品为“诗史”的理由。读来使人心灵受到强烈震撼，感觉颂诗富有深度、厚度、力度和温度，不由使人思接千载、荡气回肠。当然，这不仅仅是诗人自己情感的抒发，同时也表达了当代诗人群体的共同心声。

三、富有时代特色

作者能够准确把握时代脉搏，反映当代诗人弘扬诗圣精神的强烈愿望。“世界名人，文化嘉澍”，明确指出杜甫不仅是属于中国的，也是属于世界的：鉴于他对世界文化的杰出贡献，在 1961 年斯德哥尔摩世界和平理事会上被确定为世界文化名人。今天我们纪念杜甫，是时代的需要，是历史赋予我们的责任。实现中华民族伟大复兴，也可以从诗圣那里汲取精神力量。例如：“韵继盛唐，现实关注。歌为民作，诗为国著。圆中华梦，谋百姓福。入新时代，走特色路。诗词大会，整合队伍。诗歌创新，志若鸿鹄。”铿锵诗句，气壮山河，掷地有声，这是当代诗人的豪迈誓言，也是催人奋进的惊天号角。

四、语言精炼灵活

作者善于驾驭语言，能够以简洁的文字表达深邃的思想。例如："少望东岳，老寓西蜀。翠柳黄鹂，青天白鹭。好雨知时，无声润物。怀君尧舜，要淳风俗。""兵车辚辚，道横白骨。酒肉朱门，谁识民苦？三吏三别，丽人犹舞。""飘泊西南，秋风茅屋。安得寒士，俱能庇护。滚滚长江，萧萧落木。""溅泪感时，长歌当哭。"缀玉连珠，如数家珍，将杜诗名篇佳句浓缩在四言诗句之中，且连接自然，浑然一体，不露堆砌削琢之痕，从而引发读者对杜诗产生丰富的历史和文学联想，使具体情景再现于脑海之中，更加深了对杜甫思想和艺术成就的理解。另外，这首诗每句四字，声律节奏一般是"两字而节"，即句式为二、二结构。但作者并不拘泥于此，遇到语意节奏与声律节奏发生矛盾时，作者会灵活变换句式，如"圆中华梦，谋百姓福。入新时代，走特色路"，句式则变成了一、三结构。这既避免了单调呆板，显得多姿多彩，也显出了作者吸纳、化用时下语汇，融入时代精神的努力与能力。加上隔句押韵、仄声一韵到底，通篇语言给人以庄严刚健、浑厚有力之感。

总体看来，作为王国钦先生思想感情和艺术才华的结晶，《拜诗圣文》堪称精品力作。据说作者每年都进行过修订，确实难能可贵。《拜诗圣文》（戊戌版）个别字词仍有重复之感，望再加斟酌、推敲、锤炼，使之精益求精，日臻完美。最后盼望作者再接再厉，有更多更好的作品问世。

2018 年 12 月 11 日

作者简介：

胡吉祥，曾任中国楹联学会理事，曾任河南诗词学会、河南楹联学会、河南老年诗词研究会副会长，平顶山诗联学会创会会长。著有棠溪、湛园、龙山三部诗联集，有110余首（副）诗词楹联获大赛等级奖，其中“三苏杯”诗词大赛《鹧鸪天·马街书会》、少林景区牌楼征联、出彩郑州长联等代表作品分别获特等奖、一等奖，90余副楹联作品在国内旅游景点悬挂。2007年获中国联坛“梁章钜奖”提名奖，2014年被中国楹联学会授予“联坛十杰”称号。

乘风扬帆弄新潮

张三铁

由郑州诗词学会会长姚待献先生主编的《赋说中原——王国钦辞赋欣赏》即将付梓。蒙待献先生抬爱，嘱我写一篇评论文章。

我于辞赋，只是一知半解。虽然偶尔为之，也没有几篇令自己满意。但王国钦先生是我值得骄傲的校友，姚待献先生也是我学习的楷模。踌躇再三，还是勉为其难，接下了任务。

待我反复拜读该书清样，以及主编所写序言，反而按捺不住激动的心情，满腔的感佩涌上心头。思考敲入键盘，便有了以下文字。

涵古纳今唱未来

从我收到的文稿来看，共有 18 篇。

这些辞赋均以飞扬的文采、深厚的底蕴、严谨的用典、昂扬的激情，对所赋对象辉煌的历史、灿烂的文化，对千帆竞发、百舸争流的现代，对云蒸霞蔚、光辉灿烂的未来做出精彩的表现，读来让人荡气回肠，一咏三叹，击节称羡。

所收辞赋中，表现郑州之作最多，恰为一半之数，其中长赋《郑州赋》竟长达两千余字。但字数多、篇幅长，却并无任何雕琢堆砌之弊端。

王国钦先生治学态度之严谨，是令人敬佩到骨子里的。

他以当代河南省府起篇，以嵩岳面临大河、东接开封、西连洛阳的自然优势，独占中部崛起龙头的区位优势，将二七双塔、四桥一路等地标性建筑，分别在开篇和结尾以自己所作之词证之。这两首词则是辞彩斐然，长空舒袖，神游郑州上空。如“愿潇洒，伴君行”之煞句，反映了诗人融入郑州崛起行列、投入时代洪流的赤子之心。

诗词歌赋必须适应时代的发展，诗人务必真正做到和时代共前进，才能使作品引起时代潮流参与者的共鸣。

白乐天在《与元九书》中，曾提出“文章合为时而著，歌诗合为事而作”的现实主义创作原则。王国钦先生在本书的《拜诗圣文》中，也鲜明地提出了自己的诗艺主张：“韵继盛唐，现实关注。歌为民作，诗为国著。圆中华梦，谋百姓福，入新时代，走特色路。”其实，这正是国钦先生鲜明地提出“诗歌当随时代，诗人要积极投入实现中华民族伟大复兴中国梦”的呼吁。

回到我们对《郑州赋》的学习。

在表现郑州为华夏文明的祖根时，引《诗经》据《史记》，从文明初祖到夏禹建都，从源远流长的历史中得出结论：“此真中华第一都也。”

这篇赋，还分别详述和表现了郑州是民族文化之滥觞、文化形胜之地、万里黄河之都、群星灿烂之所、文明发展之乡。在前几部分细述区位优势、文化底蕴、历史功绩之后，“文明发展之乡也”则描述了郑州正在进行的宏伟事业，动人画面，更描绘了一幅幅昭示郑州发展的宏伟蓝图。

特别在此赋结尾，诗人突然诙谐地说：“走笔至此，忽闻天下人同声笑曰：‘中’，何者？中州中原中流乃至中华之千秋好梦，皆源之于此且必将梦圆也。”语气看似轻松，其实却如洪钟大吕，激励读者特别是郑州人和郑州建设的参与者，要撸起袖子加油干，为郑州崛起与腾飞贡献力量，让郑州成为中华圆梦筑基的重要基地。

这种现实主义的态度，这种尊重历史的治学精神，来自王国钦先生渊博的历史知识及其关心时代发展投身时代洪流的创作态度。如在《郑州高新区赋》里，他以高昂的激情，全面地描述了郑州高新区成立二十周年走过的艰难探索之旅，描述了在党和政府领导以及广大建设者努力下所绘就的“画图、蓝图、雄图”。

读王国钦辞赋，读历史让你在敬畏中产生自豪，读现实让你在激动中直欲纵情歌唱，读起来让你和他产生共鸣，张开翅膀飞向光辉的远方。

除了以郑州为题的9篇赋，另外9篇赋国钦先生依然以现实主义笔法，涵古纳今，继往开来，在综述所赋对象的辉煌历史、恢宏现实时，描绘了其不可限量的光辉未来。如《河南大学赋》《中南财经政法大学赋》和《商丘一院百年赋》等。

我们愿分而析之。

《河南大学赋》通篇1000余字，言简意赅，蕴含丰富，把该校建校宗旨（或称校训）、曲折历史、辉煌成就，描述得淋漓尽致。因其为河南百年名校，在国内外享有盛名，所以，诗人在这篇1000余字的赋文里，引经据典，再现历史。因为这涉及到学制沿革等重要的历史话题，所以诗人仅在赋后的注释就有69条之多，字数超过该文。我们在阅读该文时，和注释互相参详，应该会收到意想不到的效果。

中南财经政法大学，是当年战争时期播种下火种的河南大学之衍生。因其深植红色基因，又有河南大学文脉流传，因而自诞生之日起便绽放出夺目光辉。因其与河南大学水乳交融、比肩接舆的兄弟关系，就请河南大学之佼佼者王国钦先生为之作赋。国钦先生亦不负厚望，易稿达30多次，终成稿，获得了中南财经政法大学师生之高度评价。

凡收入此书之辞赋，在内容上都涵古纳今、唱响未来，虽辞彩斐然，但皆以历史史实为据，以今日辉煌成就为基，以把握时代脉搏而高昂地唱响未来之歌。因此，读国钦先生辞赋，似听到历史长河从远古滔滔而来，浪花翻卷，奔腾向前。

彩虹云霓随意裁

王国钦先生浸润诗词、驰聘诗坛已30多年。本书虽然只收录了他18篇辞赋作品，但是他的作品却集纳了辞赋的各种形式。

作为一种文学样式，按照一般的分法，辞赋应分五类：骚赋、大赋、小赋、律赋、文赋。王国钦的赋不拘一格，往往不拘泥于某一种赋体，而是以一体为主，吸收多种优秀元素，亦即践行形式当为内容服务的文学标准。

例如《郑州赋》，从整体来看应属大赋的范畴，铺陈直述，文辞华丽。但从语言结构和走笔方式来看，又表现出文赋的特点。“郑州者，××× 也”，则是典型的古代文言文的陈述方式。诗人没有巧言令色、哗众取宠，而是以其厚重之底蕴、用典之准确、铺陈之精准，起到一种振聋发聩的作用。这充分说明诗人对各种赋体写作皆烂熟于心，随意裁剪，量体裁衣，展现了郑州这座历史悠久、人杰地灵、活力四射、前途无量的大都市的恢宏气势，不禁让读者随之击节而舞。

更妙的是《郑州赋》的结尾，我已在前面引用过。读者可以重读原文，同时再和《离骚》的结尾对比一下：“乱曰：已矣哉。”然后是屈子的讥讽愤懑之语。而国钦先生用了一个“中”字，仅仅引用一个字的河南方言，却已使整个文章上升到郑州人民奋发有为、为实现中华民族伟大复兴的中国梦而团结拼搏的精神。一读至此，你会不由自主地被感染和激励：郑州人真“中”，大郑州真“中”。我们也可以说：“作《郑州赋》者，真‘中’。”

通过这样一个结尾，我们可以看到王国钦先生对多种辞赋形成的准确理解、灵活运用，并更多追根溯源，找到辞赋的“总教头”屈原，也释怀了辞赋与汉赋的区别。直到如今，一提赋就有些学者误认为是指汉赋，这确实是学界的一大误区。

再来看《告成赋》，文律大小骚，诸种元素统一服务于大赋和文赋，而且多处运用到语助词“兮”，使整篇作品陡增高古之意。

我冒昧揣度，诗人用文赋之体式，用大赋之特征，而用楚辞中的语言，应是颇具深意的。极言告成文化之厚重：世界最早的天文台，佛释道三家的汇聚地等，让我们对告成之古、对告成在华夏文明发展史中的历史文化地位，得以准确深刻的理解。

形式与内容高度统一，形式服务于内容，这是文学创作的原则，但能够做到绝非易事。这种量体裁衣、得心应手的裁剪功夫，还表现在大小赋的精准选择。

例如，作者为比干诞辰3100周年纪念大典创作的《拜比干文》，通篇采用四字骈体文，文笔迤逦，流光溢彩，朗朗上口，客观上化解了史学史上对骈体文的误会。而与之接近的《商丘一院百年赋》稍作改变，在该赋末尾加上了几句铺陈。因而，诗人就把后者当作赋、把前者作为文而加以区别。

国钦先生治学态度之严谨，于此可见一斑。

在本书中，被诗人称为文的有四篇，称为颂的有一篇，称为记的有一篇，其余皆为赋。但无论名称如何，王国钦都要根据赋写的对象，选择适当的体裁结构，融入其他体裁的基本元素，甚至于词语风格的认真选择。走笔至此，本段落的小标题“彩虹云霓随意裁”，应该可以为读者诸君解释清楚了。

沧海茫茫注新流

认真阅读《赋说中原——王国钦辞赋欣赏》，反复学习待献主编《执着于诗词，奉献于文化，钟情于郑州》之序，结合我自己在学习过程中的体悟，不觉深深感悟出一个词汇——创新。

《赋说中原——王国钦辞赋欣赏》是创新，王国钦的诗词创作志在创新。统贯于王国钦对诗词歌赋创作实践中的一条主线，就是创新！

王国钦的创新，就是辩证地扬弃，就是把中华民族文化中有益的古代传统继承下来，融入时代的内容、时代的语言表达系统，赋予古代优秀的文化范式，在新时代的语境下获得新生，使传统和现代碰撞，古律和新韵交融，产生出更加绚丽的文学色彩。

让我们再从《赋说中原——王国钦辞赋欣赏》出发。

辞赋作为文体，并非新兴，但却被王国钦先生赋予了新的文学生命。也是主编待献先生独具慧眼，把这近20篇作品汇集一起，并名之为《赋说中原——王国钦辞赋欣赏》。

虽然，这本书收录的篇幅不多，却在新时代的语境下突出了创新的基本色调，使辞赋这一文学样式，在光彩夺目的新时代获得凤凰涅槃式的新生。

形式是创新，内容也是创新，而且歌颂了创新精神在时代发展中的重要作用。如诗人在《郑州赋》“文明发展之乡”中写道：“历史郑州兮渐行渐远，绿色郑州兮精心打造。”绿色，这是鲜明的时代特色，也是中华民族伟大复兴的嘹亮号角。而作者一连提出绿色、和谐、美丽这些具有鲜明时代印记的城市建设概念，而且以翔实的史料告诉读者，郑州在这种绿色、和谐、美丽的愿景指引下，已经取得了辉煌成就。

《郑州高新区赋》更是宣传创新意识的重要成果。在“热土拓荒”部分中，作者不吝赞美之词：“希望在前，朋友为创新喝彩；事业有成，我们为事业加油。”作者已经明确地告诉读者：我们所从事的事业，赋文所称颂的成就，无不以创新为推动事业发展的不竭动力。

又如《告成赋》，作者亦在结尾处激情澎湃地写道：“呜呼，立天中眺望天下兮，啸海腾龙，龙马新途，百兴正兴堪告慰；快哉，自天下回眸天中兮，植桐引凤，凤凰涅槃，万象更新再成功。”诗人在此寄意：在历史上曾有卓越贡献的告成，在新时代更应以创新精神再创新的辉煌。

在本书的辞赋作品中，作者都是以创新精神为行文主旨，倡导人们以创新精神，顺势而为，奋发有为，投入时代洪流，创造辉煌明天。而作者在诗词之路上的探索，更是以自觉的创新意识，发挥古典文学中尤其诗词歌赋独特的优势和魅力，以时代特色赋予其新的生命，使古树绽新枝，沧海引新流，丰富和发展了这古老的文学样式，在新时代的阳光下焕发出无限生机和旺盛的生命力。

我们知道，辞赋这一文学样式，源起于楚辞，鼎盛于汉代，以后则几起几落，20世纪以来近于寂寥。在五四运动时期，更是像八股文一样被踩在了脚下；新中国成立后至“文革”中，辞赋一直被视为另类。

究其实，辞赋是汉语言文学系统中具有独特魅力的一个分支。王国钦文海拾贝，保持其独特的文学魅力，赋予其时代语言特色，从而使这种古老的文学样式焕发青春。这，何尝不是一种独具新意的创新？

绵延不断的中华文化，如茫茫沧海，不断地涌入涓涓新流。文学创新并不一定需要绝地出击，完全可以在继承文化遗产的基础上纳入新的元素，汇成涓涓新流，注入浩瀚的文学海洋。

从《赋说中原——王国钦辞赋欣赏》中，我们可以看到楚辞的浪漫，汉赋的华丽，大赋的铺陈，小赋的韵味，律赋的严谨。赋比兴之法，对偶、排比之魅力，也都在诗人笔下得以充分展示。

这无疑正是一种文学范式的创新。横空出世是创新，革故鼎新更是创新。把中华文化史上文学样式的精髓吸收过来，融入时代精神面貌，纳入时代语言系统，顺应时代发展规律，岂非更加具有创新的意义？

王国钦就是这样的创新者。他在大学读书时就创办诗社，秉承的就是创新精神。他所首倡的度词，使之早成词坛新秀。他所倡议举办的度词论坛，正呈方兴未艾之势。这些内容，本书主编姚待献先生已在代序《王国钦：执着于诗歌，奉献于文化，钟情于郑州——我所知道的“郑州辞赋第一人”》一文中详加阐释。我们可以得出结论：当代诗坛的创新者，古树新枝的嫁接者，沧海新流的探索者，王国钦先生是当之无愧的。

同时，我们也可以说：王国钦先生是乘着改革开放的春风，才有这种创新的动力和氛围。在这个意义上，我们说王国钦先生是乘风扬帆弄新潮的弄潮儿，也是恰如其分的。

2018 年 12 月 21 日

作者简介：

张三铁，号五味斋主，哲学硕士。艺术评论家，书法理论家。爱好广泛，酷爱国学，著有《艺坛漫步》《书法十论》和《书法教育简史》等书，常有文章和诗词歌赋见诸各种媒体。

敷陈之义的当代转换

——王国钦赋作论

郭 伟

久雨之后的清晨，沏茶落座的当儿，蓦然生出聆听京剧的意念。唱腔宛转，诱你出神。或许，在智性悬置的片刻，几缕青衣声音里缭绕不断的，是对负命酬写王国钦先生赋作鉴赏的一种内在应和与律动；或许，在听觉记忆的深处，总有另一个你，怀揣着熟稔于心的五七或杂言节奏，希望通过某种“似曾相识”对抗“怎么都行”时代的荒凉感和了无生趣。

当代诗人王国钦，以创新传统诗词歌赋、命名并大力倡导、躬行度词新词创作实践与理论创新而著称于诗词界。近日，又有《赋说中原——王国钦辞赋欣赏》（姚待献主编）即将付梓，足见诗人对古典韵致的热爱与志向。默读赋作，论说之气灌注，轩举之势湛然，清晰的理脉延展豁显于文字间。这些相为辉映之辞，集约地指向了一种强劲的时代感，遂令沿用诗词歌赋文体本身亦成为对古典意趣进行反思和重建的表征形式。

挚虞在《文章流别论》中谈到赋作有“四过”：“夫假象过大，则与类相远；逸辞过壮，则与事相违；辩言过理，则与义相失；丽靡过美，则与情相悖。”王国钦的赋作，不但有效地规避了“四过”，而且实现了“辞殊而义显”（刘勰《文心雕龙·镕裁》）的表现效果。诗人遣当下语境入“象”“辞”“丽”的既有秩序之中，使作品在“类”“事”“情”的呈现、述写和表达层面，实现了以“辩言”追光蹑景、体物达志的功能。

王国钦赋作的“象”语系统，既与时事时政时务时风时趣紧密相连，如“产业链招商，新材料、新能源、新项目必凸显特色；团队型上市，集群化、集约化、高端化须善于打拼。实行‘阳光政务’，提高政府透明度；统筹城乡发展，加快建设新农村”（《郑州高新区赋》），如“可观原生之民歌民舞，可玩创新之民间剪纸，复可赏传统之民戏民居”（《新乡赋》）；又考述历史，如“嵩阳书院、嵩岳寺塔，儒家理学之发源、筒体塔建之滥觞也”（《告成赋》）；也有纷纭典故之运用，如“箕阴方避暑，久远诗情当继续；垂钓说玉溪，而今画意已传承”（《告成赋》）。既摹写立体景致，如贾鲁河“源发嵩山北麓之冰泉、暖泉，北来东折，曲臂环抱。纳荥泽水、经西流湖、过圃田泽，半圆形守护郑州”（《贾鲁河赋》）；也拟写动态过程，如芙蕖“自荷钱出水，便缀点清波；及劲叶既生，则日高一日”（《荷花赋》）。可谓风情风貌风尚集一览，古典古仪古意融一炉。恰似多元审美视野下的美人，或清新可人，或典雅雍容，或自然素朴，或逸格不拘。

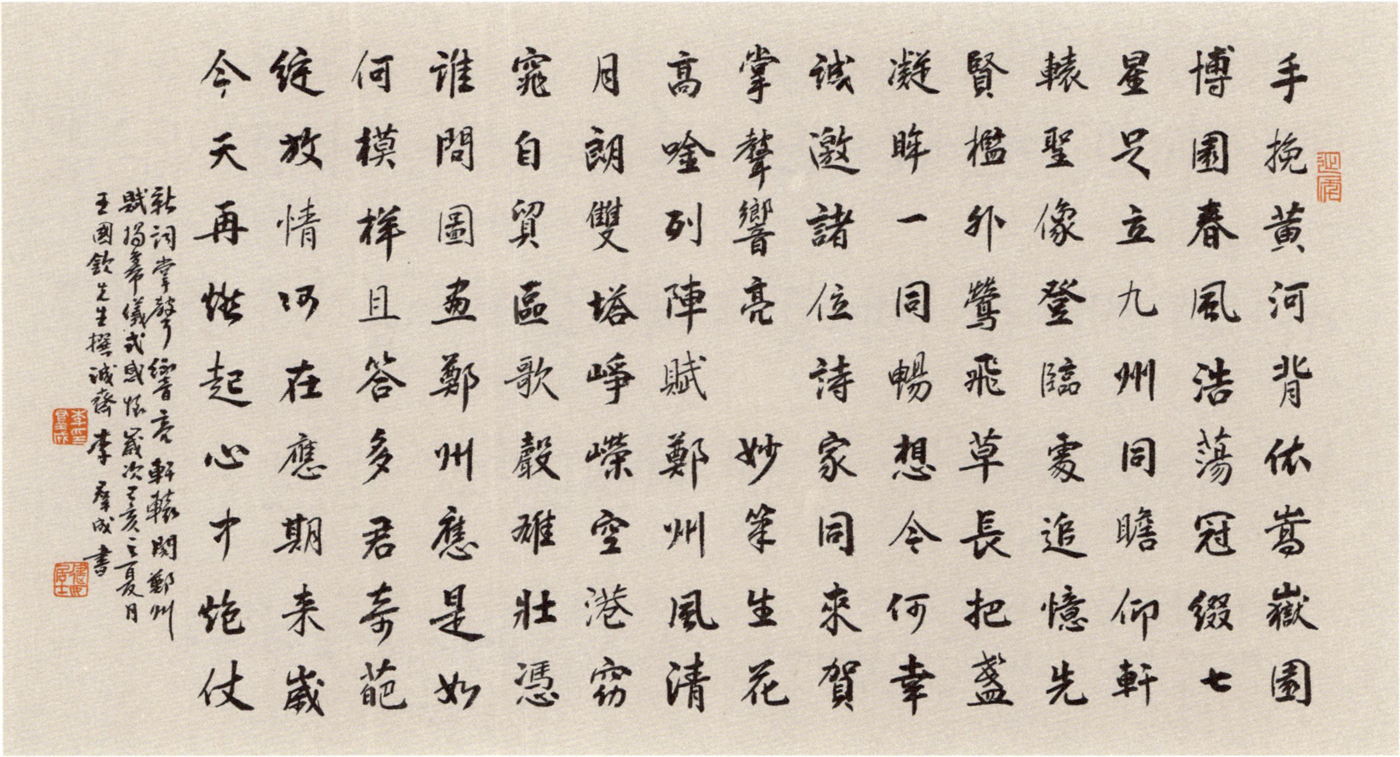

《新词·掌声响亮·轩辕阁〈郑州赋〉揭幕仪式感怀》　王国钦　撰　李群成　书

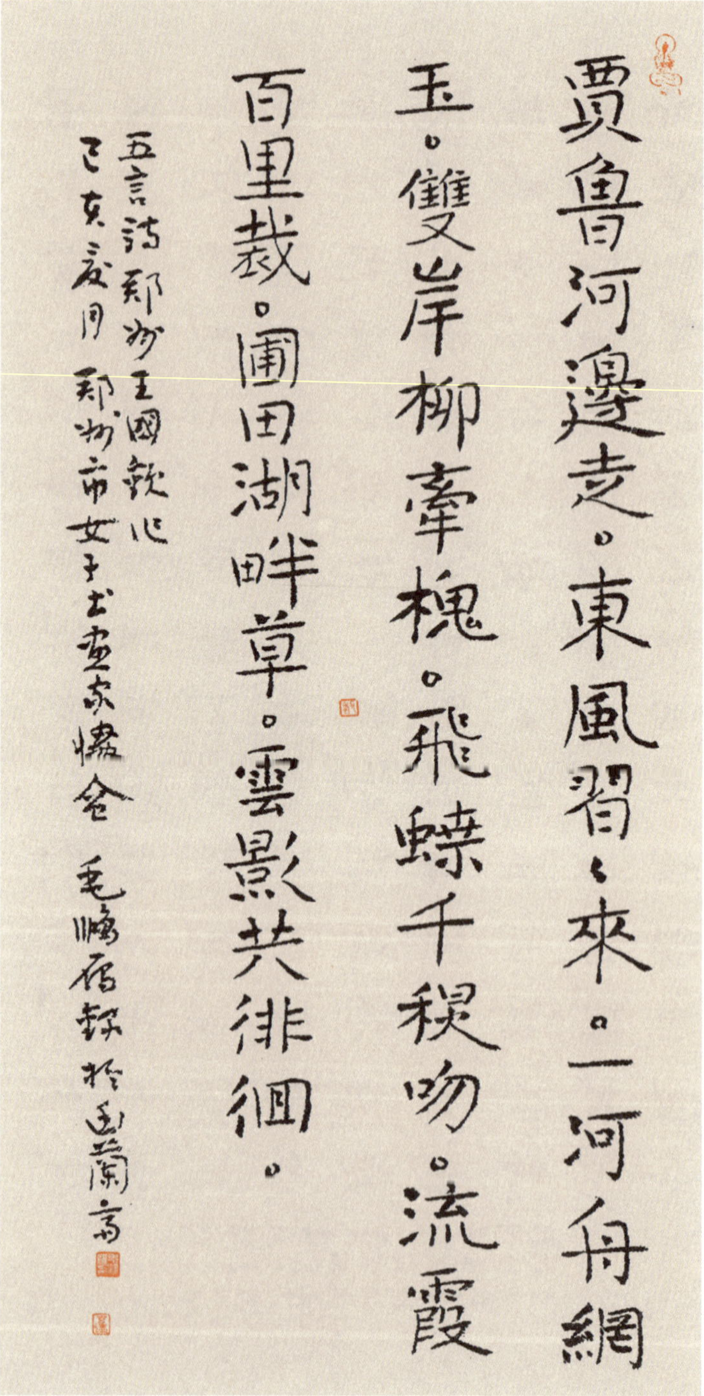

《贾鲁河赋》组诗五首之一 **王国钦** 撰 **毛鸿雁** 书

无论怎样的风格样式，他的“象”语形式就是生活本身，就是诗人的所见所闻所思所想所处所触。赋作描绘的人事、景物，与铺叙主体之间既没有主客之间的对立，也没有高下视角的俯仰关系，更没有单向度的聚焦或介入。各种“象”语形成一个类似辐轮、星丛，或者大数据遥控的现场直播场景，直给人一种扑面而来的讯息潮涌。在这种精心营造的“象”语系统里，诗人已不再通过个别新韵新词来捕捉今声今义，而是发明出一种踏着密集节拍的鼓点，摇撼起重重时代声音的混响效果，重构一种属于后工业时代宏大叙事的修辞想象。

“铺采摛文，体物写志”，是刘勰赋论的审美标准。“情之发，因辞以行之”，是挚虞论赋的情辞关系说。细读王国钦赋作，情已不再是主体生发出的缤纷意绪，而是被抽离出感知过程的观照对象。或者说，王国钦沿袭汉赋传统而来，通过列布景致引导读者观看某种特定的情形。但，那情那景，俨然已不仅仅是赋者的熔裁对象，而是他理性敷设的精致展品。从而使赋者所行之情、所写之志，一变而为赋者玄鉴之景观。如他在《河南大学赋》中所描述的莘莘学子天真求学之景和师者呕心授业之情，即在铺陈中也使其灿然如在目前、恍惚若在镜中：“彼怀瑾握瑜兮，迓张张笑脸乎东西南北；其燃烛吐丝兮，授代代学子于春夏秋冬。”又如他在《拜诗圣文》中述写的当代诗人拜圣之盛情盛景：“蓝图已就，腾龙跃虎。嵩岳比高，大河如注。溱洧泱泱，歌吟故故。化雨春风，天地同曙。”不知不觉间，诗人已将传统赋作中的转述视角，转化为照相机或摄影机的暗箱视角，由此而多维度地呈现出“他者”之情志，备述出一种集体意志昂扬的怒放景象。

“丽”偶形式灵活多变、化双为多，是王国钦赋作的另一显著特色。如他的《郑州赋》，先是以四七言、四八言、五九言偶句形成密集的对仗结构。在这一结构中，诗人逐句增加一个音节，不仅在行文中实现了匀加速的节奏，而且形成了逐节递增的上升调式：“金水流河，千秋遗爱随波漾；紫荆映日，万鸽依人带笑飞。新姿初展，绿城无愧黄帝故里；中原腾飞，高新开发独占鳌头。河南博物院，彰显文化史华彩乐章；郑东新城区，张扬城市群宏伟蓝图。”可谓仪仗华丽、气势恢宏。接着经过一个短暂的四七言小回旋：“天兆吉祥，奠始祖长虹贯日；图生美景，开新纪文化增辉”，经十一言对子，达到此处同时也是整篇赋作气势的制高点。最后，诗人又顺延四言加十一言偶句的节奏，回落至四六言偶句形式，从而完成了一个又一个“丽”偶佳构：“世界客属归根郑州已落户，艺术中心化蝶新区亮新姿；‘梨园春’期期催生新擂主，《大河报》天天称雄一百强。龙头盘空，中原经济区、中原航空港乘势而起；高地腾飞，郑州园博园、郑州轩辕阁展翅远翔。自主创新，国家又一示范；自由贸易，精彩再续新章。”借助这样的丽辞结构，王国钦的八阕《郑州赋》创制宏博、文风险峻。整篇赋作，文气一以贯之、任势而行。作者铺陈所见，不仅雕饰之美、丽思之辩和合融懿，而且整篇赋文节奏张弛异宜，一时若铿锵钟磬，一时若错落飞金。

不同于传统辞赋作品“理贵侧附”“拟诸形容”（刘

勰《文心雕龙·诠赋》）的空间性铺排，王国钦赋作将时间理性作为铺叙主体，在“辩言”中内蕴着清晰的理脉。几乎每一篇赋作都由一个中心主旨分蘖出若干“义”项，以构成其内在逻辑。如《郑州赋》主要从郑州作为“当代河南省府”“华夏文明祖根”“民族文化滥觞”“文化形胜之地”“万里黄河之都”“群星璀璨之所”“文明发展之乡”的七个视角切入，将新时代新郑州的省府功能、文明根性、文化属性、地理特性等进行一一呈示。且时有遥致前贤的哲性思考：“仰嵩岳之巍巍，具茨嵯峨；证盘古之开天，浮清沉浊。”（《郑州赋》）及以古鉴今的规劝之旨：“酒奠三巡，乾坤肃穆。思君无邪，情关黎庶。”（《拜诗圣文》）

诗人王国钦通过将“辩言”之理融入一种复杂的敷陈构式，使充满逻辑思辨力和文化省察力的当代之“义”，得以多视角、多向度地呈现。基于此，诗人悄然拆解了前工业文明遗留下来的整体性的、场域性的感性经验，将“主客问答”的对话形式置换为“我述为主”的理性复写模式。在这样的语境中，人与外物的关系悬浮于各种“现成品”象语组成的符码体系之中，阻隔了诸多关于“义”的魅化或复魅的路径。赋作的所指，也依其象语符码的自主言说功能直接指向了它所标记的内容，无需劝百讽一，无需繁类成艳。换言之，王国钦的辞赋创作发扬了汉代“京殿苑猎”类赋“述行序志、体国经野、义尚光大”（刘勰《文心雕龙·诠赋》）的诗性传统，通过古今互文的“象”语系统、“辞”采缤纷的景观群像与精工繁复的“丽”偶形制三位一体，相互生发，相互协作，共同完成了其敷陈之“义”的当代转换。

2018年12月22日

作者简介：

郭伟，河南大学文学院副教授，南京大学文学博士，中国社会科学院比较文学博士后。已出版专著《视觉隐喻研究》，发表学术论文20余篇。

读王国钦《河南大学赋》

胡铁成

我第一次读王国钦先生《河南大学赋》，是在溱洧泱泱的博客上。从 2012 年 7 月 2 日的“请正稿”读起，到“请正 4 稿”“请正 6 稿”直到“请正 8 稿”，我认为行文优美感人，翔实丰满，可吟可诵。他在“请正 8 稿”文前，有敬启者的一段话，我印象特别深刻：“如有愿帮助修改者，作者每字奖励现金 100 元。”从这近于调侃的一段话，可以看出国钦先生不但博学能文，且有几分自负，也含有几分谦恭。

国钦先生属文必尽善尽美，他的《河南大学赋》发表前不断地推敲琢磨。至 2012 年 8 月 8 日的十六稿，再至 2018 年 9 月修订完成，不知其翻阅了多少文史资料，耗费了多少岁月精力。对于他修订的各稿，我都逐一反复研读，渐次深入，如览行云流水，起伏跌宕，发人所未知，感人至深。同时也可以看出作者的思想、境界、情怀之高，可以看出他对母校的赤诚之心。我之所以对国钦先生此赋感兴趣，除喜欢他的文字外，还因为本人亦为河大学子，对母校的关注常如儿子端详母亲。之前，我对河南大学的印象，仅止于20世纪60年代，还被称作开封师范学院时短暂的几年感受，片段零乱而模糊。读《河南大学赋》就别有所得，有惯看娘亲的慈颜眉目，霜鬓苍发；有前所已见、前所未见那一枚枚光耀眩人记述功德里程的勋章；也有初惊见到原本隐于发髻里、腹背间的累累伤痕，以及看到娘亲藏于箱底那旧袄袖上的斑斑泪渍。读所已知，倍感亲切骄傲；读所未知，不禁唏嘘慨叹。我认为，我有了不少新知心得，理应感谢国钦先生，感谢他为我们撰写了一篇传诵今日并将流布渊永的《河南大学赋》。

1902年，河南留学欧美预校在当时的省会开封诞生，是国内仅有的三所预校之一，是中国现代大学教育实践的开拓者之一，在中国近代教育史上具有重要意义。至2012年百年校庆之际，四海之内，但凡河大学友，群贤毕至，少长咸集，尊卑同堂，以各种形式向母校献礼祝寿，热闹非常乃成为一时佳话。校友从文者众矣，纷纷争以《河南大学赋》同题咏唱，洋洋洒洒，各呈异卉奇花，略计不下十数篇之多。有以倒述历史而开篇者："壬寅改制，湖广革新。八股逊位，诸科推陈。于是改弦学府，更张教育……"吟来，使人感叹曾经的艰难与辉煌。有以自述为前导者："壬辰孟秋，余自凉州还，闻有名家作赋颂校，余读之乃三叹，故书以和之，同应校庆之喜……"诵之，给人以亲切晤谈之感。更有以四载同窗之谊开笔者："甲午金秋，十月即末。四载之学，积年已过。想此时，英杰纵横四海，菁英奔驰南北。念往昔，校友别离，同窗各地，情深感切，故土当归……”读罢，使人忆起那耳鬓厮磨的青葱时光不禁泪下。总之，各有所忆所感，各抒其志其怀，光彩眩目不一而足，洋洋洒洒蔚为大观。

可是当国钦先生之《河南大学赋》一出，震惊四座。其赋情感真挚而不乏激越，文风朴实而不失优美，旋律昂扬而不缺华彩，可谓登高一啸、气象万千。其曰：“大学者，所谓智国睿民、滋兰树蕙、传道解惑也。夫大河之南者，苍茫茫天下之中也；吾河南大学者，哗啦啦杏坛之旌也。”豪迈响亮，声击云天。首写河南大学地处天下之中，以“智国睿民”为办学宗旨并在国内学界有至高地位及影响。接着叙述河南大学之过往变迁，浩浩荡荡如大河奔涌一泻千里：“奠基在河南贡院旧址，终结乎千年科举旧制，开创出中华教育之新学新风也。留学欧美预校，少年岁月之乳名也。中州大学、中山大学、国立河南大学、开封师范学院、河南师范大学等，九曲航途之塔灯也。誉满中原，铁塔巍巍，已见证八朝古都之物华天宝；名扬天下，雄风浩浩，更滋养菊香词韵之人杰地灵。”国钦先生真个好文笔，好思辨，如泉涌，如流溪，如大河波涛，把河南大学的萌动诞生、曲折流痕、逐步发展及在域内享得盛名，乃至开封市花金菊、大宋词都美誉，也撷来簪作河南大学的帽饰领花。

国钦大手笔，荡开放咏，看似随意，但也惜墨如金：“彼怀瑾握瑜兮，迓张张笑脸乎东西南北；其燃烛吐丝兮，授代代学子于春夏秋冬。林伯襄早已经化身校园风景，李大钊尚在博文楼播洒光明。文史哲江宽海阔、云涛澎湃，推波助澜之冯友兰、范文澜、嵇文甫；甲骨学山高岳壮、风光无限，浓墨重彩于傅斯年、董作宾、张邃青。饮水思源，知多少著名学者甘为人梯，镂金琢玉，德艺双馨。”赋中数列诸贤者，都是学生尊崇仰慕的学者、大师，个个都是名震中外、著作等身的巨匠大儒。主张“以教育致国家于富强，以科学开发民智”的著名教育家林伯襄，是首任河南留学欧美预备学校校长。中国共产主义运动的先驱和最早的马克思主义者、中国共产党主要创始人之一的李大钊，遭军阀折磨，三绞殒命，但他的英魂永驻，尚在河南大学伫望留连播洒光明。著名哲学家、教育家，曾与毛泽东主席多有书信往还的冯友兰，在河南大学期间任哲学教授并兼任文学院院长。曾在延安写作条件十分艰难的情况下撰成《中国通史简编》的范文澜，其时在河南大学文学院任教，并兼任中原大学校长。五四运动时期就投身于革命洪流，新中国成立后历任河南省副省长、中南军政委员会委员、中科院学部委员、著有《中国社会史》的嵇文甫，曾任河大校长。著名历史学家、古典文学研究专家、教育家傅斯年先生和当时任教于河大文学院的甲骨学家、古史学家、“甲骨四堂”之一的董作宾先生，曾共同协调殷墟发掘问题上的争议与纠纷，促成了河大师生参加殷墟发掘，对河南大学考古学和历史学专业的发展产生了深远影响。张邃青在河南大学度过了半个世纪的学术生涯，先后教授过多门课程，其学术研究长于宋史、《史通》、河南地方史等，在学术界有重大影响……正如国钦先生赋中所言：“灼桃李之华，河南教育英华秀实展长卷；乘舟楫之浪，中州文坛后浪前涛弄潮行。十年树木兮，木高千尺当为栋梁材；百年树人兮，人行万里难忘母校情。遥想之宝岛木叶乎，曾经过沧桑兼风雨，尤期盼两岸起彩虹”。桃李繁盛，人才辈出，影响久远，看昔时今日政坛文坛、域内海外、大陆港台，无处不有河大学子之翩翩身影。

国钦先生运笔灵动，驾驭时空，赋写抗战时期河大办学艰难，征途坎坷。“穆穆学府，八年抗战，路曼曼吾将上下而求索；莘莘学子，流亡办学，云渺渺长忆往来而飘蓬。从省立到国立，校歌嘹亮，危难之中塑造母校至尊名望；从国内到国际，绛帐高悬，学术为桥世界科技由此贯通。”河大师生1937年撤出开封流亡办学时，为省立河南大学。当1945年12月迁回开封时，学生人数已从离开时的1000多名翻倍到2000多名，并且从省立河南大学升格为国立河南大学了。“夫邓公、陈毅创办中原大学，数百师生硝烟里走向黎明。抗美援朝兮，两赴前线；战地救护兮，不避牺牲。噫吁嚱，家与国之相连矣，一次次以国为家；血与火之洗礼也，几回回涅槃重生。”从这些文字中，作者不仅仅是记录了河南大学这段历史经历，而且用形象化的语言、发自内心的感情，记述了河大人追求光明、追求真理、矢志不移、百折不挠的勇气和决心。

新中国成立后的河南大学，其绿盖成荫，嘉树参天，花繁叶茂。后来逢院系调整，也坦然折枝成林：河大农学院独立为河南农业大学；河大医学院独立为河南医学院（即后来的河南医科大学）；河大行政学院独立为河南政法干部管理学院；河大水利系并入武汉大学；财经系并入中南财经学院；植物病虫害系并入华中农学院；理科多系并入新乡师范学院……虽分植异地，但毕竟同根并生，各争繁茂，亦彰显出河大母爱情怀。余留之河南大学，风雨如磐，更扎根开封文化古城。“纪元布新推窗邀月，高层次人才如云而至；开疆拓土综合办学，多校区发展齐头并行。猗欤母校，金明校区已描绘锦绣画卷；壮哉河大，郑州校区再图之大道新程。”现在河大的专业设置，承先启后，诸学科已达十余门类；省部共建，层楼再上，繁花盛开灿若群英。央视在内地遴选高校，河大跻身世界著名之列。教育部确定双一流学科，生物学学科名列榜上，蒸蒸日上，前志可期。将河大百年风云，以简短文字加以记述，很是不易。但国钦先生做到了，不仅让人感慨不已，而且也从内心折服。

国钦先生还特别将引以为傲的羽帆诗社写入赋中，曰：“知河大校园之文化兮，绵延各呈精彩；看羽帆诗歌之旗帜兮，青春飘扬不停。”这几句文字，记述了羽帆诗社之成立及影响。在1983年，时为河南师范大学（今河南大学）中文系学生的王国钦和王吉波、刘庆喜、赵向毅、邓艾芬等同学，组织创办了河南大学历史上第一个以诗歌创作为宗旨的学生社团——羽帆诗社，国钦先生任首届社长。成立当时他就说：“若干年之后，如果有一位、两位、三位诗友能够从我们的羽帆诗社走出来，成为河南乃至全国的著名诗人，那将是我们最大的骄傲。”实际上，羽帆诗社自成立的那一天起，已经成为中原文坛的一面诗歌旗帜，成为中原大地的一种诗歌力量，成为河南大学万千学子诗歌之梦的向往。

从成立初始的创办墙报版、油印版《羽帆》诗刊，到后来获得“全国十大优秀社团”等光荣称号，羽帆诗社受到了社会各界人士和在校师生的广泛赞誉和好评。魏巍、臧克家、端木蕻良、田间、牛汉、周启祥、苏金伞、青勃、苏文魁、李允久、孔令更、王剑冰、陈俊峰等著名诗人和作家，先后应邀出任过“羽帆诗社”顾问。在2013年，为纪念诗社成立30周年，李伟昉、王国钦二人曾联袂主编出版十卷本《羽帆诗选》。国钦先生为此有诗作曰《题〈羽帆诗选〉》：

把种子撒向天空／三十年长成一片森林／那一枝一花一叶／都羽化为云一样的舞蹈。

把种子埋入海洋／三十年长成一片森林／那一枝一花一叶／都航行着帆一样的姿态。

把种子播进心灵／三十年长成一片森林／那一枝一花一叶／都开放做七彩虹的颜色。

三十年后的今天／“羽帆”在铁塔下列队受阅／那一枝一花一叶／都灿烂成中原树的笑声。

赋到作结，欲收滔滔之势。然大河余波，不可遏止；必回环顾望，思其泉涓之细，忆所九折之苦，淘沙涤尘之艰；而后直下沧海，托舟扬帆，驶向未来：“明德新民止于至善，谆谆其校训也；民主是式科学允张，翩翩其灵魂也；团结勤奋严谨朴实，昭昭其校风也；前瞻开放兼容并包，耿耿其精神也。得惠风之和畅兮，筑巢引凤在学域蔗境；悦琳琅之满目兮，硕果盈林于息壤躬耕。夫河南大学者，千里之行，始于足下，从心而起；夫铁塔牌校友，厚积薄发，登高而招，扬帆远征。已得之地势坤兮，青出于蓝，劈波斩浪，师生当厚德载物；瞻神州天行健兮，薪火相传，敢为人先，看吾辈自强而行！”

到此，我们似乎听到隐约的歌声：嵩岳苍苍，河水泱泱，中原文化悠且长。济济多士，风雨一堂，继往开来扬辉光。四郊多垒，国仇难忘。民主是式，科学允张。猗欤吾校永无疆，猗欤吾校永无疆……

国钦先生对河南大学怀有浓浓情感，除此《河南大学赋》之外，他还和同为校友的女儿王若斑共同创作有诗歌《河南大学我的家》并一起登台朗诵，受到了校友们的肯定和欢迎。事后，《河南大学校报》和郑州校友会的会刊《校友通讯》，分别刊登了这首凝聚河大校友艺术心血和真挚感情的作品。

千年的铁塔百年的母校啊，河南大学是我们共同的家！在那湛蓝长天上，握神笔，濡朱墨，书写上“爱我河大，爱我中华！”

2018 年 12 月 22 日

作者简介：

胡铁成，中华诗词学会会员，河南诗词学会会员，河南省老年诗词研究会副会长，郑州诗词学会常务副会长，《河岳诗词》副主编，《郑州诗词》执行主编。

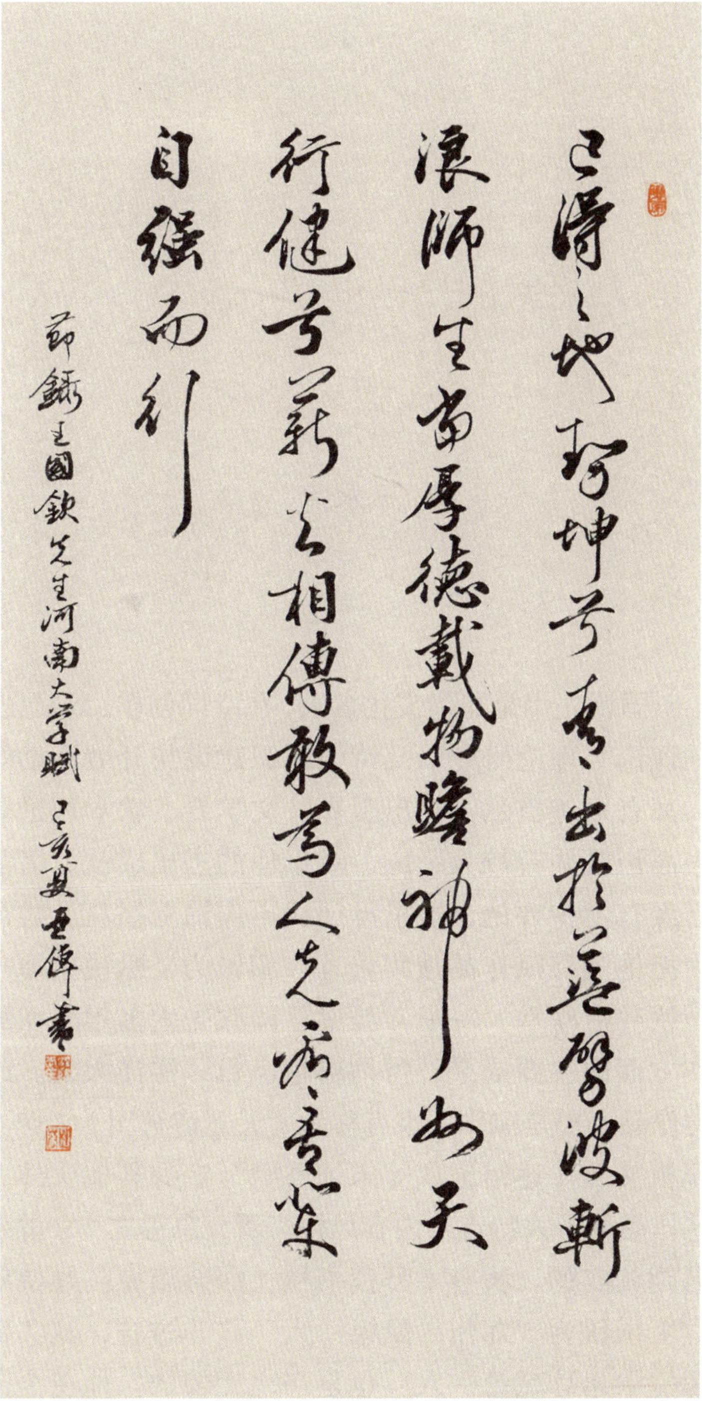

《河南大学赋》摘句　李亚倬　书

辞赋的当代意义

——读王国钦辞赋有感

王永宽

王国钦先生是当代文化名人，在诗词创作、辞赋创作、诗词评论与理论研究以及诗词组织建设与开展活动等方面，都有卓越贡献，在出版界、文学界、学术理论界享有很高声誉并有较大影响。对于他的杰出成就，诸多名家已经有不少评论，这里毋须我再作锦上添花。姚待献先生把他的辞赋作品搜集整理，编辑为《赋说中原——王国钦辞赋欣赏》一书，荟聚了国钦先生多年来在辞赋创作方面的主要成果，可谓琳琅满目，洋洋大观。此书中的作品主要是赋作，也有称为《天下诗林颂》《碑文》《拜祖文》《建馆记》等未加“赋”字的其他文体。从这些作品的形式特点及内容风格来看，总称之为“辞赋”是名副其实的。我有幸拜读书稿，深感震撼。姚待献先生称王国钦为“郑州辞赋第一人”并非过誉，其实称国钦为“中州辞赋第一人”也是当之无愧的。他在全国范围的辞赋写作领域，也肯定是名列前茅的。这里，我要向王国钦先生、也向姚待献先生表示诚挚的祝贺。同时，我也产生了一点个人的感想：从王国钦先生的辞赋创作成就及姚待献先生对于其作品的赞赏与评价来看，我感到中国古代辞赋在当代社会现实生活中，在当代文学艺术创作活动中，仍然具有非常重要的意义。

一、写作辞赋，是当代各种重要典礼活动及重大宣传形式的需要

赋是中国古代文学的一种重要文体。关于赋的体裁归属，前人或认为赋属于诗，如班固《两都赋序》说："赋者，古诗之流也。"而在当代古典文学研究界，学者一般认为赋应归属于散文，或者称之为诗体散文。关于赋的定义，学者一般认可刘勰《文心雕龙·诠赋》中给予赋的定义："赋者，铺也；铺采摛文，体物写志也。"这里所谓"铺采摛文"，即是指赋的形貌，"体物写志"即是指赋的内容，两个四字词组精炼地概括了赋的基本特征。赋在古代也称为辞赋。因战国时楚国有屈原、宋玉等所作楚辞，于是汉代以后常以辞赋并称，如《汉书·王褒传》云："辞赋大者与古诗同义，小者辩丽可喜。"或者赋也称为"辞"。如陶渊明的《归去来兮辞》、苏辙的《御风辞》等，还有一些哀祭凭吊的"辞"，如班固的《梁氏哀辞》、韩愈的《欧阳生哀辞》等，其实也都可以泛称为辞赋。因此，《中国大百科全书·中国文学》"赋"条的释文中就写为"赋体（辞赋）"。

从荀子《赋篇》开创了赋的体裁，到楚国的骚赋、

汉代大赋、六朝时的骈赋，以及唐宋时的律赋、文赋，辞赋在历代的政治活动与社会生活中皆有广泛的应用。尤其是以内容铺张与辞藻华丽为主流赋体之特征，形式典雅，格调庄重，气势磅礴，最适合于表现皇家重大活动，或者宏观地表现大都市的规制与繁华，表现某一重要建筑的堂皇与宏伟等。如司马相如的《子虚赋》《上林赋》，扬雄的《羽猎赋》《长杨赋》，张衡的《两都赋》，左思的《三都赋》，都是囊括万物、包容天地、场景瑰丽、词藻华美的名篇。东汉王延寿的《鲁灵光殿赋》，三国魏何晏的《景福殿赋》，唐代杜牧的《阿房宫赋》，都是对于某个具体建筑工程表达赞颂并寓以讽谏之意的佳作。后来历代诸如此类的朝廷重大活动、重大事件或重要建筑落成，总有文士撰写辞赋以表达祝颂之情，直到清代都是这样。清人程祥栋《东湖草堂赋钞》初集在卷首就引述侯凤苞语云："今之作者，遇大典礼，或用古赋（按，包括文赋和骈赋）；言情适志之作，或杂用骚赋、文赋；考试所用，皆律赋也。"侯凤苞（1747—1816），字舜威，号心斋，江苏无锡人。他所说的是指他所处的嘉庆年间的情况，可见这时的辞赋依然有广泛的应用。

当代，尤其是我国在1978年实行改革开放以来，全国各地在以经济建设为中心的同时也非常重视文化建设，重视对于本地区历史文化资源的开发利用，重视与此相关的宣传工作。于是，在新时代的大背景下，对于中国古典文学中辞赋这一体裁也越来越重视。从近几十年来各地进行改革开放开展宣传工作的实践来看，宣传性文字的文体若要及时地应用于现实需要，可以有诗歌、散文、通讯报道（或借助于新闻媒体）等各种体裁。其中若要兼有诗歌与散文双重特征，而又能与实际社会活动的场合相协调，那么辞赋体就是一种较好的选择。同各种文体相比，辞赋体比诗歌更具灵活性、且有较大包容度；比散文更具庄重性，且更显出诗性与美感；比通讯报道性更具文学性，且极其精炼雅致，因而能收到良好效果。

从王国钦的赋作来看，许多作品正是适应当代各种大型宣传活动及重要事件的需要而创作的。《郑州赋》《新乡赋》《兰考赋》，是关于一个城市的赋，《告成赋》《贾鲁河赋》《河南大学赋》《商丘一院百年赋》是关于某一处具体地点、地域或单位的赋，其内容与形式正是继承了汉代大赋及《鲁灵光殿赋》《三都赋》等名作应用于现实需要的基本精神。其中《郑州赋》被悬挂在中国海军东海舰队“郑州号”新型驱逐舰上，又被刻在郑州园博园内轩辕阁上，对全国乃至世界都产生了较大影响。这样的内容若用其他文体来写，绝对达不到这样的宣传效果。王国钦辞赋创作的成功，说明了辞赋这种文体在当代新的历史时期，在满足于社会重要典礼活动及重大宣传形式方面，确实具有特殊的社会作用，也具有较大的应用与发展的空间。

二、写作辞赋，是传承与弘扬中华优秀传统文化的一项重要内容

在中国古代文学史上，辞赋的产生历史悠久，辞赋的发展源远流长。历代文学家留下的大量辞赋作品，

是中国古典文学的宝贵遗产，也是中华民族优秀传统文化的重要组成部分。许多名家的辞赋名篇，经过历史的检验而具有经典性，具有永久性的继承与利用价值。当代继续运用辞赋这种文体进行创作，以此为新时代的社会需要服务，这是传承与弘扬中华优秀传统文化的一项重要内容。党的十八大以来强调提出文化自信，而正确认识并传承与弘扬中华优秀传统文化，是坚持文化自信的重要前提。习近平总书记于2016年11月30日《在中国文联十大、中国作协九大开幕式上的讲话》中指出："在每一个历史时期，中华民族都留下了无数不朽作品，从诗经、楚辞、汉赋，到唐诗、宋词、元曲、明清小说等，共同铸就了灿烂的中国文艺历史星河。"习总书记在这次讲话中还说："经典之所以能够成为经典，其中必然含有隽永的美、永恒的情、浩荡的气。经典通过主题内蕴、人物塑造、情感建构、意境营造、语言修辞等，容纳了深刻流动的心灵世界和鲜活丰满的本真生命，包含了历史、文化、人性的内涵，具有思想的穿透力、审美的洞察力、形式的创造力，因此才能成为不会过时的作品。"习总书记的讲话中提到汉赋，提到文学经典的内容与价值，这是我们认识古代文学遗产的重要思想指南。

中国古代辞赋的优秀作品，正是习近平总书记所指出的具有"隽永的美、永恒的情、浩荡的气"这一类文学经典。司马迁《史记·太史公自序》说，司马相如的《子虚赋》《上林赋》"靡丽多夸"；刘勰《文心雕龙·诠赋》也说赋的特点是"情以物兴，故义必明雅；物以情观，故词必巧丽"。这些名言都指出赋所具有的隽永的美与永恒的情。清姚鼐《古文辞类纂》引张裕钊语评论《子虚赋》《上林赋》二赋云："其空中设景布阵，最虚渺阔达，前后一气，嘘吸回薄，鼓荡如大海回风，洪涛涌起，万里俱动，使人目眩而神傥。"这里又着重指出司马相如之赋所具有的浩荡之气，是其他体裁的文学作品难与伦比的。因此，古代辞赋名作列为古代文学经典是必然的，其文化内涵及艺术精神成为中华优秀传统文化的重要组成部分也是毋庸置疑的。

文学史上客观存在的事实是，辞赋这种体裁在唐宋以后一直传承不断，元明清各代著名文学大家的传世文集中都有不少赋作。直到当代，许多作家的新体散文也常见命名为"赋"，如杨朔的《茶花赋》，峻青的《秋色赋》《三峡赋》《沧海赋》，袁瑞良的《阅江楼赋》《十赋黄山》，王泽生的《木兰赋》，等等。这样的赋作，尽管其形式及语言特征已经与古代的辞赋不同，但是，在继承古代辞赋经典作品所体现的"隽永的美、永恒的情、浩荡的气"这种基本精神方面则是一脉相承的。

当代实行改革开放以来的新的历史时期，又大量出现了各种题材、各种形式的仿古类新赋，不仅其题目命名为"赋"，而且在内容的排比铺张、词藻的华美工丽方面也显示出古代辞赋名作的基本特色。王国钦的辞赋作品即是这样的仿古类新赋，体现出习近平总书记所指出的古代辞赋经典作品所具有的"隽永的美、永恒的情、浩荡的气"。从书稿中的现有作品来看，其中《郑州赋》《新乡赋》等以城市发展为题材的作品，读来能感受到古代辞赋经典作品的基本特色。其内容铺张，全面丰富，波澜壮阔，用词考究，作品中表现当代改革与发展的巨大成就，表现当代人民在党领导之下的伟大创造，充满着昂扬向上、欢悦豪迈的激情。作品中写人写事都能体现时代的主旋律，激发社会的正能量，因而洋溢着能够催人奋进的正义之气与浩荡之气。其他各种题材的作品中，“隽永的美、永恒的情、浩荡的气”也各有不同表现。这些辞赋作品，都可以说是当代传承与弘扬中华优秀传统文化的重要成果。

三、辞赋在当代的创造性转化、创新性发展，为当代文士提供了抒情言志并施展文学才华的重要平台与契机

中国古代辞赋尽管有许多思想内容的精华以及文体优势，但是，当代文士写作辞赋不可能完全刻板地模仿古代的名家名作，这需要对旧的文体形式进行创造性转化、创新性发展。党的十九大政治报告中明确指出：“要坚持为人民服务、为社会主义服务，坚持百花齐放、百家争鸣，坚持创造性转化、创新性发展，不断铸就中华文化新辉煌。”这是新时代继承弘扬古代优秀文化遗产及进行文学艺术创作的根本方针。其中创造性转化、创新性发展，是如今文化界、文学艺术界人人耳熟能详的“两创”原则。这一重要原则，是党的十八大之后习近平总书记多次提出来的，逐渐成为全党认可的关于文化与文艺工作的指导思想，成为习近平中国特色社会主义思想的重要组成部分。如今我们谈论辞赋，也必须坚持这一重要原则。

回顾中国古代文学史，辞赋在其发展过程中本来也是一直在进行变化、不断创新的。刘熙载《艺概·赋概》

说贾谊的《鹏鸟赋》“为赋之变体”，意思是说，贾谊之赋同先秦之赋相比，已经有所变化了。《汉文典》云：“三国两晋，征引俳词；宋齐梁陈，加以四六，则古赋之变矣。”这里指出，六朝时的辞赋，大量使用排比对仗及骈四骊六的句式，其形式同汉赋相比又发生很大变化。明代徐师曾《文体明辨·赋序说》也说：“三国两晋以及六朝，再变而为俳，唐人又再变而为律，宋人又再变而为文。”这里也表达了同样的意思。唐代，适应科举制度的需要出现了试帖赋，也叫律赋，这是按照八股文的死板要求来写赋，矫揉造作，使辞赋失去了文学的鲜活生命。但是，由于科举制度的存在，律赋的形式一直延续到清末。然而，与律赋的存在而并行的，是唐宋以来自由抒情言志的文人赋。这样的作品不过分讲求音律、对偶、词藻、章法等，句式错落多变，行文清新畅快，文学史上称之为文赋。如杜牧《阿房宫赋》、欧阳修的《秋声赋》、苏轼的前、后《赤壁赋》等，都是代表作，明清时又有不少文士继承唐宋名家写作文赋的传统。辞赋发展的历史生动地说明，变化与创新是文学的本质与生命，赵翼《论诗》诗云“诗文随世运，无日不趋新”（《瓯北集》卷四十六）是一个永恒的规律。

历史发展到当代，社会生活及文学理念都发生了巨大的变化，当代作者采用古代的辞赋体创作新的辞赋作品，进行创造和创新是必然的。当代辞赋的写作，实际上正是人们常说的“旧瓶装新酒”，不仅当代辞赋所反映的社会生活内容（新酒）同历代的社会生活（老酒）不同，而且连酒瓶的形状与样式（词汇、章法、节奏等）也改换为体现当代语言特点与审美观念的白话语体，并增添了当代的各种文化元素。今天的作者生活于实行改革开放的伟大时代，亲身经历与体验新时代如火如荼的伟大斗争与建设实践，亲身参与现实重要庆典及宣传活动，并产生新时代给予的思想与激情，这就为当代进行辞赋创作提供了创造与创新的广阔空间，提供了施展文学才华及理论学识的重要平台与契机。

今观王国钦先生的辞赋作品，就是在新时代的社会历史条件下对于古代辞赋进行创造性转化、创新性发展的佳作，作者的才、学、识也由此得以充分展示。作品中表现的，是当代改革开放新时代革命与建设的新成就、新气象、新面貌；作品中展示的，是各行各业新的知识与新的技术成果，使用的基本是当代白话语体和当代词汇，其中也使用当代通用的阿拉伯数字及新式标点等，这些都体现着新时代的文化观念，传达着当代人喜闻乐见的文化信息。作品中偶尔使用古代辞赋中常见的虚词“之”“乎”“者”“也”“兮”等，或插入古体诗词作品。但是，这些不仅没有影响当代读者阅读，反而显示出古代辞赋的一些文化基因，增加作品的精炼性与典雅性，产生更理想的阅读效果。综观王国钦的辞赋作品，可以说是为当今广大读者提供了一个对于古代辞赋进行创造性转化、创新性发展的范本，也为当今许多文士写作辞赋提供了一个可借鉴、可学习的榜样。阅读王国钦的辞赋作品，不同的读者能够从中多方面受益。

2018年12月22日

作者简介：

王永宽，河南省社会科学院研究员，享受国务院特殊津贴专家，河南省文史研究馆馆员，河南诗词学会副会长。

中州辞赋斫轮手

——王国钦先生辞赋读后

杨景龙

盛世用赋。随着近年来综合国力的持续上升，传统文化热的不断升温，文艺苑囿里辞赋的作用日益凸显，越来越引起作者的青睐和读者的关注。盖为润色鸿业，势所必然也。在国家的层面上，《光明日报》副刊相继发表规模宏大的系列赋作“百城赋”，成立了中华辞赋学会，创办了《中华辞赋》杂志，这一系列举措在全国范围内产生了广泛的影响。在河南省内则有洛阳、安阳等地的辞赋研究和创作社团活动及辞赋作家群的崛起。王国钦先生就是中州辞赋作家群体的标志性人物。

国钦先生赋作的一大特点，就是取材丰富，时代感强。纵观国钦先生的作品，有赋现代都市的，如《郑州赋》《新乡赋》；有赋高等学府的，如《河南大学赋》《中南财经政法大学赋》；有赋改革开放时代新事物的，如《郑州高新区赋》《河南出版产业园赋》；

有赋名胜古迹的，如《告成赋》；有赋活动或人物的，如《拜诗圣文》《丁亥年黄帝故里拜祖大典拜祖文》；有赋花卉草木的，如《荷花赋》；有赋地域河流的，如《贾鲁河赋》……这些取材林林总总的赋作，充分展示了赋家驾驭题材的高超能力，真可谓“无意不可入，无事不可言也”（刘熙载《艺概》）。

赋是一种古老的有着较高创作难度的文体，如何让它和时代吻合、为时代服务，是现代赋作者无法回避的问题。国钦先生的赋作，大都注入了饱满的时代感情。这在具体作品里又分两种情况：

一是在历史文化的铺排中，或开篇点明，或顺延而下，着笔新时代，展现当代性。如《郑州赋》第一段：“郑州者，当代河南省府也。北枕黄河千秋入梦，南依嵩岳万里凭高，东邻古汴菊香醉客，西望牡丹国色呈娇，自古繁华于中州也。位居铁道交通之枢纽，扼控高速往来之咽喉，可建空航网运之中心，独占中部崛起之龙头，今日更商贾云集也。”再如《新乡赋》第七段：“新乡者，创新更新鼎新之乡也。忆当年人民公社，曾领先时代，留几多思辨；看今日城乡统筹，再与时俱进，敢万里弄潮。刘庄群众感念史来贺，几多传奇色彩；太行公仆碑树吴金印，一段岁月流金。刘志华好个巾帼英雄，缔造乡村都市；张荣锁梦圆挂壁公路，致富且看回龙。耿瑞先宏图大展领头雁，裴春亮富而思源惠乡邻……群星灿烂兮典型辈出，为民服务兮感动中国，风流人物兮还看新乡。”

二是正面铺写新时代新事物。比如《郑州高新区赋》《河南出版产业园赋》，所写内容均是往昔所无、改革开放新时代独有的题材。前者用“热土拓荒”“生态蓝图”“中原追梦”“创造辉煌”“使命如山”五部分结构成篇，艺术地表现了郑州高新区20年来的发展过程及其巨大成就。后者云：“道道光标闪烁心灵之律动，方方胶片珍藏历史之云霞。传华夏文明，探索新世纪出版之路；承甲骨风韵，张扬大中华文化之旌。”“出版园者，中原出版传媒集团之百代基石、千秋基业、文化作坊、精神家园也。”使用“者……也”呼应的判断句，为河南出版园定性定位，光标、胶片的现代化印刷新技术，与古老的甲骨文字对接，昭告了有着深厚悠久的华夏文明传承的现代出版人的雄心远图，和他们所从事的现代出版事业的辉煌前景。《兰考赋》是国钦先生在十九大召开前夕应邀而作又一篇名赋，精心营构一年有余，在全方位展示兰考这个豫东名县政治、经济、文化、历史等方面的内容之中，抒发了对焦裕禄和焦裕禄精神的崇高敬佩之意与无限热爱之情：“茫茫大中原，生民繁衍早。”“荡荡大中原，星月何皎皎。”“莽莽大中原，黄河更绵邈。”“鼎鼎大中原，巍巍仰兰考。”“泱泱大中原，希望在兰考。”读之真有一唱三叹、荡气回肠之感。而“公仆人人入画境”“党员个个踏歌行”的说辞，正是对焦裕禄精神表率群伦作用和非凡感召力量的生动形象的艺术概括。如果把这篇赋作和国钦先生总主编（执行）的大型丛书《焦裕禄精神文献典藏》对读，将会对焦裕禄精神产生更深的认识和更新的体会。可以这样说，这篇赋作正是对焦裕禄精神的提炼浓缩和艺术升华。

国钦先生赋作的第二个特点，是铺陈排比，内容博雅。“赋者，铺也。铺采摛文，体物写志也。”铺陈排比，正是赋体文学的一大表现特色。大规模的铺写，需要腹笥丰裕，贮宝足多，才能够左抽右旋，堪敷取用。熟悉国钦先生的人，都知道他是罕见的多栖人才，是当代文坛罕见的全才。在现代新诗、旧体诗词、度词新词、辞赋碑铭的创作方面，在诗词评论和理论研究方面，在组织诗词文化活动方面，在图书策划编辑出版方面，都取得了卓著的成就。他读书面广，学殖深厚，视野开阔。所以写起赋来，不仅有善于选材的敏锐眼光，更重要的是博闻强志，有丰富之学识与见识之高度，能够支撑起赋体的宏阔构架。2004 年至今，国钦先生先后出版了诗词作品集《知时斋丛稿 · 歌吟之旅》《知时斋诗赋》，诗词理论集《知时斋丛稿 · 守望者说》《知时斋说诗》等著作。前者是他的创作结集，彰显他的横溢才华；后者是他的学术思考，见出他的深厚学养。

我们知道，辞赋一体是有着创作上的特殊性的。仅靠先天的才气，不仰仗后天的积学，是无法写好赋体，尤其是无法写好气局开张之大赋的。国钦先生的几篇规模较大的赋作，比如《郑州赋》《新乡赋》《告成赋》《河南大学赋》等，都是全方位铺陈敷演一城一地一校之历史、现实、沿革、成就、政治、经济、文化、人物、故事、地理、物产等。如果作者思路不开，闻见不广，积学不富，运思不深，是根本无法胜任并完成相关作品之创作的。作为读者，我们只需看看赋后的注释便会明白，国钦先生的学识是何等深厚！《郑州赋》出注 34 条，约 5000 字；《告成赋》出注 30 条，字数在 3000 左右；《新乡赋》出注 88 条，字数更多达万字上下。其他如《兰考赋》《河南大学赋》《贾鲁河赋》《拜诗圣文》等，均有数十条、数千字的文献出处征引和介绍说明。读罢赋作，详按注释，我们对作者所赋对象就有了更细致、更具体的了解。在享受赋作词采之美的同时，也极大地增加了我们的知识信息总量。这不禁让我们止不住感叹：作者真是一个百科全书式的人物。

国钦先生赋作的第三个特点，是不拘程式，注重创新。王国维尝言：一种“文体通行既久，习套渐多。虽豪杰之士，亦难于其中自树立耳”。如所周知，辞赋一体肇端于战国，大兴于汉魏。两千余年间，作手众多，名家如林。“晚生”的当代作者，要想在这一“通行既久，习套渐多”的古老的高难度文体创作上有所突破和建树，真是谈何容易！要之，还在于作者的胆识如何。比如中唐诗人生当盛唐之后，在诗歌创作盛极难继的困境中，他们“诗胆大如天”，拓展题材领域，转换思路写法，创新美感风格，终于取得了几乎媲美盛唐的崭新艺术成就。比照中唐诗人的胆识，我们也可以说国钦先生的“赋胆大如天”。他的赋作，完全摆脱了文学史上辞赋写作的定体定式，无论是骚赋、大赋、小赋、骈赋、文赋、律赋，都不能规范国钦先生的自由创造。实际上，国钦先生是把文学史上辞赋家族的所有体式全部吸收消化，又借鉴了其他文类的优长之处，打破一切既有的规范，重新组成他的自家面目。

首先，他的大赋没有采用主客问答的结构形式，也不使用难字僻字，所以读起来格外顺畅明白。

其次，他能兼容众体，如在《郑州赋》的起始部分和结尾部分，作者分别植入的度词《钟声远·登郑州二七纪念塔》、新词《马蹄骄·为郑州四桥一路竣工命笔》，与赋文本身交融辉映。再如《贾鲁河赋》的结尾："赋毕，意犹未尽，复有同韵组诗《贾鲁河边走》五首流出笔端也。"以一组五首同韵题诗，对应东、西、南、北、中，暗合金、木、水、火、土，大胆巧妙，在辞赋史上当属绝无仅有之创格。

第三，国钦先生赋作中的语言，既有"骈赋"的骈四俪六，"律赋"的工稳偶对，也有"骚赋"语气词的偶尔点缀，而更多使用文赋的散体句法。还有借助特定语言环境，嵌入俗语方言，比如《郑州赋》的结尾："天下人同声笑曰：'中！'何者？中州、中原、中流乃至中华之千秋好梦，皆源之于此且必将梦圆也！"尽显作者的语言机智，使得本来容易显得板滞的赋文体，顿时生动起来。

第四，是比兴寄托和感情投入。赋体若一味铺排堆砌，则缺乏文笔的灵动，缺乏深远的意蕴和艺术感染力。国钦先生的难能可贵之处，即在于能用比兴手法，如《荷花赋》，略见文采和寓托，感发读者的兴味。更在于作者用此客观性较强之文体时，灌注了饱满强烈的主观情感和生命体验。这在他的《拜诗圣文》《河南大学赋》《兰考赋》等佳作中，都有着突出的表现。作者不吝感情的投入，无疑有效地改变了赋体的"质木"状态，提高了赋作的艺术感染力。

我是国钦先生的老朋友、老读者，多年来和国钦先生谊兼师友，情同兄弟。国钦先生惠我良多，我当然只能知无不言、言无不尽。所以每当拜读国钦先生的大作之后，便欣欣然略缀数语志感，虽长短不一，但说的都是心里话。国钦先生的赋作，如同他的诗词和诗论，带给我的审美享受和思想启迪，当然不是这篇简短的读后感所能尽言的，今后有机会再和同好细论共赏。在此，希望国钦先生的辞赋创作在赞美歌颂时代的同时，能够更加全面地发挥赋体文学的功能，兼顾“劝百而讽一”，承传骚赋和小赋的抒情精神，尽显斫轮手段，以使自己的辞赋创作跃升到一个新的思想艺术高度。

2018 年 12 月 24 日

于洹上扬子居

作者简介：

杨景龙，笔名扬子、西鲁，国家二级教授。河南省高校哲学社会科学创新团队首席专家，中国词学研究会理事。在《文学评论》《文学遗产》《文学研究》等报刊发表论文百余篇，出版《古典诗词曲与现当代新诗》《花间集校注》等专著十余部，论著入选“中华国学文库”“中华优秀传统文化经典推荐书目”，多次获河南省社会科学优秀成果奖，河南省文学艺术优秀成果奖、夏承焘词学奖、全国优秀古籍图书奖等奖项。

焕发新时代风采的壮丽赞歌

——王国钦辞赋赏读感悟

邵中秋

王国钦先生是中华诗词名家，长期以来，创作了大量脍炙人口的诗词。随着改革开放大好形势的发展，他面迎大潮，目睹祖国之日益繁荣昌盛和中原大地之日新月异，为适应大局需求，开辟了一些新的文学形式领域进行尝试，其中很突出的就是辞赋创作。他的辞赋作品，承继传统，大胆创新，大气磅礴，为新中原立传，为新时代讴歌。

一、深入生活，广撷题材

赋的主要特点在于铺陈事物。刘勰说：“赋者，铺也。铺采摛文，体物写志也。”（《诠赋》）赋就是铺排。把文采铺排出来，以描写事物，抒写情志。赋的特点决定作赋必须深入生活，掌握丰富的材料。据说晋代左思，为准备《蜀都赋》的资料，特意移家到洛阳，访问熟悉蜀地情形的张载。他家里处处都安放纸笔，偶得一两句就赶紧记下来，一点一滴地积累，费了十年工夫方得完成。国钦先生的赋作涉及名城都市、古镇新区、文局学府、文明胜地，以及河流花木等等，所需知识材料之多不言而喻。若在古代，不知要准备多少年。即使如今信息社会，电脑可作助手省了许多功夫，但是深入生活、实地考察，对材料作全面收集、精挑细选、分类整理、提炼加工，都是必不可少的步骤。

在国钦先生的赋作中，写都市、乡镇、新区的占较大比重。这类作品，就材料而言难度就很大。它不仅仅叙述一个地方的建置，还要包括这些地区的历史事迹、地理位置、风土产物、人物习俗，更要深入研究新面貌、新发展、新构划乃至最新文化、最新精神等等。

以《郑州赋》为例，先后分别介绍了郑州作为省府所在的独特优势；华夏文明祖根，述八大史实；民族文化滥觞，陈古今文化源流；文化形胜，列二十四景物事件；万里黄河之都，述评母亲河与郑州的亲密连带关系；群星璀璨之所，讲郑州山水孕育的杰出人物和有关人物活动于斯的事迹；文明发展之乡，赞郑州的崭新局面和壮美景象。材料涵盖上下五千年，纵横数百里，给人以极强的沧桑厚重之感，读者深为郑州山川雄丽、历史悠久、当代繁荣、人物荟萃而叹服、自豪。

《郑州赋》自创作至今十多年来产生了巨大影响，先后被悬挂在中国人民海军的郑州舰，被镶嵌在郑州园博园的轩辕阁，不仅在于它艺术方面的成功，也与其思想内容之深刻、丰富密不可分。

其他篇目，都根据不同题材，广收博采精心提炼。如《河南大学赋》全文千把字，而注释竟有7000字之多。篇幅所限，不再多举。常言道，要给读者一杯水，作者就得有一桶水、一缸水，乃至汩汩的泉水。写一都市赋，要知道的材料就是一本书，写成的赋，就等于一部压缩版的地方志。仅掌握材料一项，工作就是浩繁的。

细读国钦先生辞赋，你首先会被他勤奋耐劳的精神所感动、所敬佩。我想，有志于学习和创作辞赋者，首先应该具备勤奋坚韧的精神品质。

二、匠心独运，结构严谨

鲁迅论小说创作，有“选材要严，开掘要深”的经验之谈。写赋也是如此。面对纷繁复杂的材料，如何发掘这些材料的深层意义？如何恰当安排材料？取决于作者精神境界的高低阔狭，取决于他积极的审美观和进步的时代精神及与民众审美情趣相结合的密切程度。国钦的赋作，能根据中心思想的需要，合理巧妙地进行布局，使文章结构严谨，井然有序。这是经过长期笔耕、岁月历练和积淀之结果，也是其作品独特的清新芬芳和鲜明色彩。让我们以国钦先生的《荷花赋》为例，来看其是如何通过结构的谨严，巧妙地从各个角度和侧面展现荷花形象之美、品格之高的。

《荷花赋》共七段，可分四部分。

首段即第一部分。先从对春兰之赏、秋菊之慕、冬梅之钦开头，紧接着以“更爱”夏荷，突出了对荷的钟爱，点明题目，开篇简洁而精采，情深而意厚。

第二至第五段是第二部分，即主体部分。分别从荷花为园林名花、文学名花、宗教名花、生活名花四个方面，展示荷花形象之美，得文人雅士喜爱之深，佛教中地位之高，生活中用途之广。通过这四个方面，综合塑造出荷花的美好形象，表现了荷花的崇高特质。

第六段是第三部分，从荷花丰富的文化内涵入笔，赋予荷花以团结、和平之精神，使其成为中华优秀思想、优秀文化的花木载体。

最后一段为第四部分，是尾声。以轻松的笔调，深情地交待了创作《荷花赋》的缘起。

此赋经作者精心构划，层次清晰，和谐自然，由表及里，由形到神，步步深入，环环紧扣，引人入胜。读之给人以美的视觉享受和雅的思想启迪。

而《贾鲁河赋》则根据其中心思想的需要，抓住事物的特点，以议论开头，指出河水是生命之源。中间四段，先后说明河的发源流经郑州，对郑州的恩泽，梳理河的治理历史和有关故事，尤其突出新世纪使河得以新生的介绍。最后一段以生动的笔触，描写了河之美景，发出由衷地赞叹。内容安排合理巧妙，引导读者步步深入，使读者在愉快之中丰富了知识并深深地受到感动。

其他篇目，无论材料安排组合、层次结构谋划、总说分述、轻重掂量、淡描浓抹等等，无不经过作者匠心妙手，因而都能经得起细细玩味。

三、叙议结合，情景交融

袁枚在《随园诗话》中指出：“情景有在心在物之

分，而景生情，情生景。”国钦先生的赋作，为生动完美地表现思想内容，十分重视叙述、描写、抒情、议论等表达方式的有机结合，并有机地熔为一炉。读这些作品，你会感到叙中有理，叙中有议，叙中注重形象刻画，在景物描写中寓以充沛的感情，体物与言志相统一。

请看《郑州赋》开篇介绍郑州优越地理形胜的几句：

北枕黄河千秋入梦，南依嵩岳万里凭高，东邻古汴菊香醉客，西望牡丹国色呈娇，自古繁华于中州也。

在时空转换中，将历史的悠长、山水的雄壮和名花的色、香、形融于叙述，注入作者无比热爱的情感。不仅突出了郑州地理位置的特征，而且给人留下雄奇优美的印象。

赋作中，凡遇到宜于描景的地方，作者更是紧抓不放，尽情挥毫。如《郑州高新区赋》中，写新区环境美，淋漓尽致地描写街路特色风光：

迎春街枫杨街，人人春风满面；紫竹路紫楠路，日日紫气氤氲。文竹街翠竹街，竹影家家摇曳；檀香路荷香路，馥郁阵阵香云。莲花街玉兰街，名花与异草相映；垂柳路雪松路，老柳间新松同馨。棕榈街枫香街，店铺旌旗自招客；金梭路金柏路，国槐梧桐景难分……

作者寓情于景，将新区的街路施以浓墨重彩，人面有春风，日光见祥和，竹木映翠，花草飘香，虚实相生，静动成趣，叙述中夹带描写，形象感人，蕴含以理。他笔下的新区环境之美，让人信服。

国钦先生的赋作中，多种表现手法巧妙融合，篇篇各有特点，很多段落十分精彩。如《贾鲁河赋》最后一段，先用饱含深情的比喻句作总述："夫贾鲁河者，郑州之项上珠链也！"是总述句，也是判断句式的论点。继而以描写贾鲁河的春景来说明："朝日东出，映波光百里游粼；花红柳绿，闻千声鸟语啼娇。复待其夜月西行，听河水静静流玉；春宵一刻，沐两岸习习清风。"最后以论述河治新政的意义作结。夹叙夹议，景中寓情，观点明确，形象、生动、优美，具有极强的说服力和感染力。

四、富于节奏，气韵和美

辞赋作为一种文体，虽经两千多年的发展演变，一些基本特征始终是鲜明的。它富于节奏，讲究音韵，多用排比对偶，语句整饬，错落有致，伴随着作者一发不可遏止的深情，形成一股恢宏博大的气韵，突出了雄丽壮阔的风格。作品的表达和抒发，与这些形式美有着密切的关系。

国钦先生是著名诗词家，具有作赋的天然资质，用韵、对仗的纯熟技巧，使跨越辞赋写作的难度成为平步。读其辞赋作品，层次清晰，跌宕有致，音调铿锵，对仗工整的偶句，气势动人的排比，俯拾可得。而这些偶句和排比，不仅整齐，而且富于变化，时时见新，毫无板滞之气。下面随意选一些句子进行品赏：

金水流河，千秋遗爱随波漾；
紫荆映日，万鸽依人带笑飞。

——选自《郑州赋》

人不分老幼，仰见旌旗翻舞上下；
岁何论春秋，侧闻人马往来呼号。

——选自《贾鲁河赋》

传华夏文明，探索新世纪出版之路；
承甲骨风韵，张扬大中华文化之旌。

——选自《河南出版产业园赋》

搏洪水，战风沙，植泡桐，以重病之躯，丈量遍寸寸兰考大地；

入蓬门，嘘寒暖，送真情，用力行之美，绽放出朵朵生命花苞。

——选自《兰考赋》

类似以上对仗句很多。它们无论长短，除上下句字数相等基本要素之外，不仅词性相对，作本类对、正反对等，而且声律上平仄配合讲究。诗词的高深功力，使一般作者难以驾驭的严格对仗，在国钦手中变得纵横自如。富于节奏的文字，读起来朗朗上口，荡气回肠。

排比句的使用也是精彩叠出，比比皆是。由于篇幅原因，仅举《郑州赋》之一例：

闻凤台之荷香兮，种莆田之春草；观汴河之新柳兮，赏古塔之晴云；待龙冈之雪霁兮，步卦台之仙境；登梅峰以远眺兮，闻海寺之晨钟。

这组用骚赋句式的排比句，用词华美，语言清新，四个分句结构相同，整齐工整，富有节奏感，具有很强的艺术表现力。

国钦先生的赋作，根据题材不同安排用不用韵，而且十分灵活。部分用韵或基本不用韵的作品，如《郑州赋》《新乡赋》《告成赋》《荷花赋》等。全文一韵到底的作品，如《河南大学赋》《丁亥年黄帝故里拜祖大典拜祖文》《拜诗圣文》等。《郑州高新区赋》五段，每段换一个韵。《天下诗林颂》文不长却三次换韵。《兰考赋》有的一段一韵，有的一段数韵。用不用韵，笔随情转，各得其妙，但每每阅读起来皆感节奏鲜明，十分上口。

王国钦先生怀着弘扬中华优秀传统文化的壮志豪情，勇于进取，勤奋笔耕，在其原来的诗词创作领域之外，又开辟了一方新的躬耕园地。他的心血和汗水，已化成了葳蕤的嘉木、绚丽的花朵、飘香的果实，给人们带来了丰美的享受。盼望先生有更多的辞赋佳作问世！

2018 年 12 月 24 日

作者简介：

邵中秋，中华诗词学会、郑州作家协会会员，河南诗词学会、河南楹联学会常务理事，郑州诗词学会常务副会长，《郑州诗词》主编。

辞赋创新　可圈可点

葛景春

王国钦先生十年来所制之赋，继承吸取了汉代大赋和魏晋辞赋铺陈排比、体物浏亮的特点，又加上诗人的激情，写得热情奔放，意完气足。尤其他的《郑州赋》，是其主要的代表作之一。

当代辞赋应如何写？目前有三种倾向。一种是古色古香，对汉代古赋与魏晋骈赋亦步亦趋，形式语言，一遵古制；一种是完全用现代散文的笔法语言，赋物陈情，而仅仅是冠用赋之名；一种是用其神而不泥其形，既不失古赋之韵，又能与时俱进，古今结合，充分体现当代之社会精神。

国钦先生的赋显然是属于后一种。他在继承基础上进行创新方面，做了许多可贵的探索，所取得的成绩可圈可点、可喜可贺！

2018 年 4 月 8 日上午，笔者应邀参加了国钦先生《郑州赋》在郑州园博园轩辕阁的揭幕仪式。在揭幕式之后研讨会上的发言中，笔者曾以“气魄大，历史久，诗意浓，感情深”十二个字来表达自己对于这一篇大赋的整体感觉，并即兴七绝一首《赞国钦先生〈郑州赋〉》曰：“华夏古都第一城，轩辕故里正龙腾。美哉一曲郑州赋，唱出中原万古情。”

2018 年 12 月 27 日

作者简介：

葛景春，河南省社会科学院文学所资深研究员，兼任河北大学文学院博士生导师，河南诗词学会副会长、中国杜甫研究会副会长等，国家级有突出贡献专家。

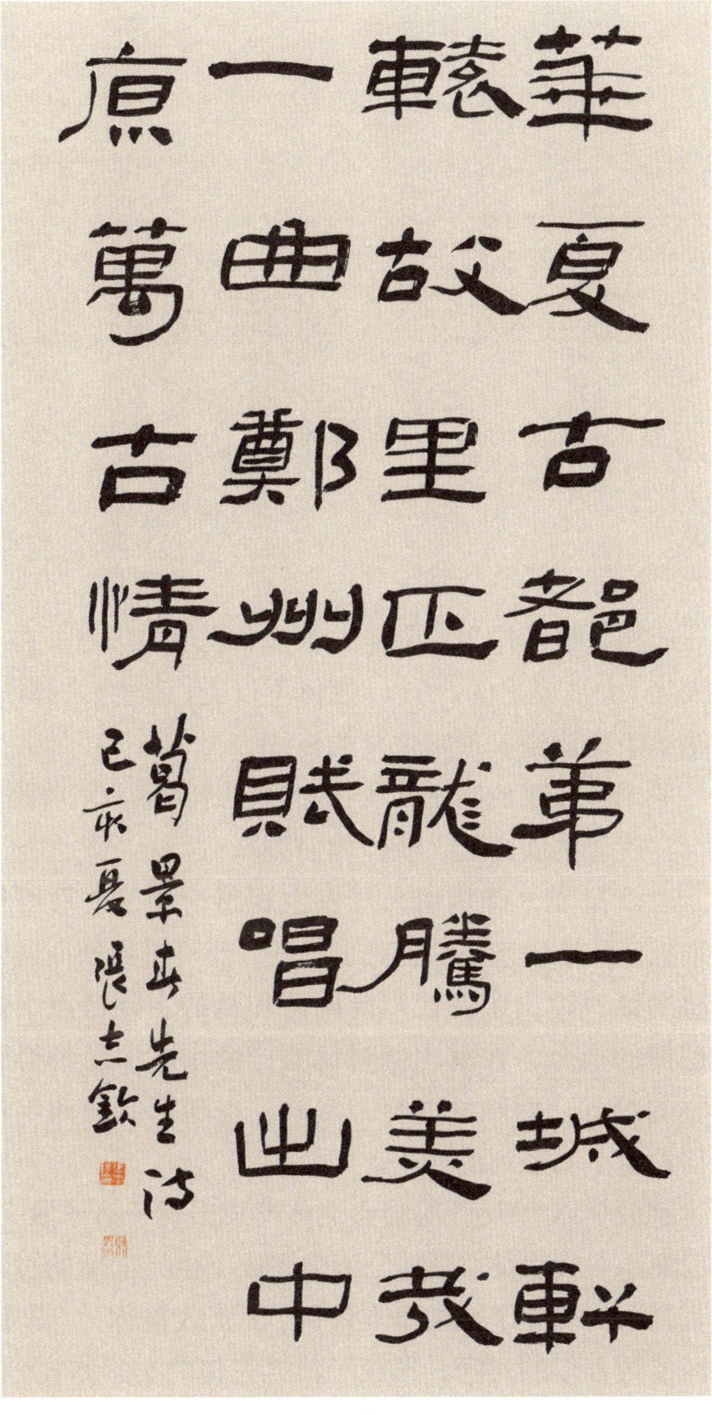

《赞国钦先生〈郑州赋〉》 葛景春 撰 张志钦 书

读王国钦兄《河南大学赋》

钟海涛

起初，赋是作为《诗经》中三个表现手法之一在《毛诗大序》中被提出的。所以，赋体不仅受《诗经》文体影响，也继承了《诗经》现实主义的传统。

关于诗和赋的区别，晋代陆机在《文赋》里曾说：

“诗缘情而绮靡，赋体物而浏亮。”

也就是说，诗是用来抒发主观感情的，要写得华丽而细腻；赋是用来描绘客观事物的，要写得爽朗而通畅。陆机的话，说出了晋代以前的诗和赋的主要特点。赋抒发感情的成分，在南北朝时代的抒情小赋中已经得到了完整的释放。而赋的内容、形式，也随着时间和年代的推移发生了一系列的变化。

赋最早以“短赋”的独立文体形式出现于诸子散文中，在以屈原为代表的“骚体”诗中完成了由诗向赋的过渡，一直到汉代确立了赋的基本体例。而正式被称为“辞赋”，历经了数百年的时间，形成了独立完整的文学体式。

魏晋以后，赋日益向骈文方向发展，形成了以结构铺陈、辞藻绚丽著称的“骈赋”；唐代的赋又汲取了格律诗的特点，由骈体转为律体，叫“律赋”；至宋代开始用散文的形式写赋，称“文赋”。所以，赋至唐宋，已经具备文采、韵律，兼具了诗歌和散文的性质。这时的赋已经变成了以“铺采摛文，体物写志”为手段，以铺陈叙事的方法、华丽多彩的言语呈现出一种层次缤纷又极具韵律美的文辞。

国钦兄多年来致力于诗词创作，其诗词以意象的大气、情感的细腻最为称道，在其他文体诸如散文、评论也有所建树。文章虽看似信手而成，细读却淡而有味儿，口齿余香。近年来，他对赋体创作颇为衷情，屡有佳作，而且在辞赋作品中集合了他诗与文的特长。

如在《兰考赋》《郑州赋》《拜诗圣文》等代表作品中，我印象最深的是他对于赋体创作所注入的时代气息。可以说，他的赋中既保留了传统辞赋的文采、韵律等特点，又继承了诗歌与散文的神韵气脉，更发扬了文言与白话相结合的语言特点，把富于时代气息的话语嵌入赋体磅礴的结构之中，读来颇感亲切自然，而且毫无生硬违和之感。

国钦兄用深厚的文字驾驭能力，游刃有余地徜徉在历史和现实之中，用通俗的语言激活了赋的现代感。《河南大学赋》正是他这一赋体风格的代表。阅读他的这篇赋，可以明显感到作者对母校河南大学饱满的热爱之意与深切的眷恋之情扑面而来。他用浓墨重彩的文字，举重若轻地叙述了河南大学百余年深厚严谨的学宗学脉与谦谦学风，展望了百年河大与时俱进的光明未来，可谓在情、史、时不同层次的碰撞中达到了文辞、结构、韵律的完美交融！

我与国钦兄同为河大校友，虽非同科同门却有同年年兄之谊。对于他在《河南大学赋》中娓娓道来的丰富学史学脉，我不仅感同身受，更随着他的文字身临其境，仿佛又回到了三十多年前的求学时光。校园中那被历史斑驳的灰瓦红楼，在一群群莘莘学子川流来往的身影中，矗立成我们共同的青春纪念碑。人事沧桑代谢，而与岁月年轮并重的，却是我们对于母校深刻的共同记忆和多年来愈发浓醇的河大情怀。可以说，国钦兄用饱满的笔触道出了每个河大学子对母校深切的热爱心声！

其实，一篇辞赋终是一篇文赋、一篇心赋，而一代学风终是一代时风、一代人风。国钦兄的这篇《河南大学赋》，可谓述史述心之作，是对于河大学风人风的综合继承和酣畅展现！

2018 年 12 月 30 日

作者简介：

钟海涛，中国书协会员，河南省诗歌学会副会长，河南省书协草书委员会副主任，郑州市文联名誉主席。

读《贾鲁河赋》之感悟

吴国顺

辞赋是我国古代的一种文体，它与“诗、词、曲、散文、小说”一道，组成了蔚为壮观的文学长廊，为中华民族悠久的文明历史增添了光彩。

赋讲究文采韵律，兼具诗歌和散文。其特点是“铺采摛文，体物写志”。赋分散文体和骈文体两种。历史上著名的散文体赋有曹植的《洛神赋》，杜牧的《阿房宫赋》，欧阳修的《秋声赋》，苏轼的《前赤壁赋》等。这些辞赋无论或讽或誉，均受到了后世文人的极大推崇。

社会的进步为辞赋的继承和发展提供了优良土壤。在当代，也出现了一批辞赋爱好者和辞赋名家。在这些辞赋家的名单里，王国钦先生可谓是佼佼者。他的赋贴近现实，贴近生活，讴歌新时代，传递正能量，为社会进步鼓与呼！

在国钦先生众多辞赋里，《贾鲁河赋》尤其引起笔者关注。该赋创作于2017年，其时郑州市水务局组织省会部分诗人、专家、学者沿河采风。应邀参加采风的诗人睹物体志，大受感动，纷纷写诗填词赞赏、颂扬贾鲁河的秀丽风光。国钦先生当时即以赋的形式，表达对贾鲁河发自内心的肺腑之情。

《贾鲁河赋》不仅文采华美，而且语言形象，章法结构鲜明，堪称辞赋传承发展之典范。《贾鲁河赋》虽然篇幅不大、文字不多，但生动的文字符号犹如高亢激越的黄钟大吕激荡在郑州的大地长空，搏击出优美动听的音韵声色。

《贾鲁河赋》开篇写道："夫水者，汩汩兮生命之源泉也。夫河者，悠悠矣大地之血脉也。夫河水者，泱泱乎荡涤其垢污腐朽也。"作者以此开篇，其实是有其深刻涵义和思想指向的。

河文化是一个社会文化的缩影，赞美贾鲁河文化也就是对郑州社会文化的赞美。这篇赋通篇以写实贯串，紧扣中心展开描写和议论，文势一气，结构严谨，布局精到。一问世，便受到了人们的喜爱并竞相传诵。作者突破固有的赋体模式，采用叙事、描写、议论相统一的表现形式，把散文的笔法、句式以及诗文融入篇中，其继承发展散赋的创作思维是极其难能可贵的。《贾鲁河赋》史论政论一体，描景状物结合，洋洋洒洒，蔚为大观，洋溢着作者深厚的文韵风采。

细读佳作，掩卷良思，受益多多。作者站在历史的高度，统览全局，追根溯源，探究贾鲁河的发生、发展，使之为现实服务，为百姓服务。在美誉颂扬贾鲁河时，妙笔生花，紧扣"风、情、韵、趣"描绘得具体可感，形神怡人。

所谓“风”者，即指贾鲁河之风范、风标也。“贾鲁河，曾名之惠民河、惠济河也”，“越千年惠泽之民生也”。由此而言，作者不仅叙述了贾河的“发生、发展”，强调了惠民、泽民之根本，还宏扬了贾鲁河发生、存在、发展的历史指向和政治态度。

所谓“情”者，即指贾鲁河乃“生命河、母亲河也”。讲的是一份骨肉亲情，表现的是千年帝邑、万众生灵盖因母亲河而得以发展壮大。故尔饮水思源，感恩母亲厚德！

所谓“韵”者，即指贾鲁河厚重的文化底蕴。几千年的历史文化彪炳郑州史册，丰富、陶冶了绿城人民的精神风貌，以至韵致长存，精神永驻。

所谓“趣”者，即尽指贾鲁河风景名胜之秀丽风光，悉述“一河”“两区”“三源”“七湖”“八景”“十中心”给民众带来的生活趣意和愉悦。观照现实，立意高远，表现出辞赋家的真知灼见。

自古至今，但凡作赋都要有一个写作意向。但也有作者刻意将作赋意图用表面的物象掩盖，使人难以窥知“庐山真面目”。欧阳修的《秋声赋》、苏轼的《前赤壁赋》都采用了这种创作方法，使赋表现得扑朔迷离。国钦先生创作的《贾鲁河赋》也不例外，以巧妙的创作手法，将作赋的真实目的隐匿起来，与读者玩“捉迷藏”。国钦先生创作的《贾鲁河赋》，表面上，是写贾鲁河的历史发展和灿烂文化对郑州的重大影响，以及治理后的风光巨变所带来的“百姓抚掌”“官民举杯”，进而歌颂改革开放给人民群众带来的幸福生活。但其真正的立意，应该是赋的第一段和末段以及后面五言诗所反映出来的内容。

开头一段统领全文，最后一段圆满作结。前后照顾，首尾呼应，其美其妙，自不待言。第一段“生命之源泉”“大地之血脉”所折射的，是“河、水”的极端重要性和崇高地位；“荡涤其垢污腐朽”，则反映了“河水”巨大的社会能量和伟大作用。河水有其荡涤污泥浊水的物理效应，更有其对社会“垢污腐朽”摧枯拉朽的政治寓意。在当前党和国家强力反腐步步深入的时代背景下，国钦先生作赋的真实目的，应该是以贾鲁河水为象征，盛赞河、水之大德，盛赞河、水之大能，盛赞河、水之大清，以隐喻社会之德、社会之能、社会之清，达到其颂扬、拥护反腐倡廉这一国策之目的。至此，国钦先生创作《贾鲁河赋》的真实用意跃然纸上。从语言技巧来说，其上句言“夫水者”，中句言“夫河者”，第三句言“夫河水者”，这样三句话强势递进，旨在更加突出展示“夫河水者”的巨大功用和期望社会清廉的美好愿望。“夫河水者”在这里已不是单纯的指贾鲁河，而是概而言之一切河，只不过是以贾鲁河之象，寓一切河之能，倡一切河之力，扬一切河之清罢了。末段的呼应也准确到位，精致至微。“观贾鲁河而赏郑州之美，品贾鲁水而知天下之清。”进而颂立党之德、扬反腐之需、唱惠民之福！国钦先生制赋的高明之处，在这里彰显得的淋漓尽致，真不愧赋林妙手！

诚然，我们明确了开头与末段以及五言组诗乃其立意作赋之根本。但为烘托主题，国钦先生又新意叠出，首先构架了四序并列，然后分叙精要、丝丝相扣、撼人心扉。既精当陈述、议论了贾鲁河的发生发展、历史文明和现代繁华，又更加形象地揭示了贾鲁河的厚重历史和灿烂文化。语言洗炼流畅，铺陈精妙有力。五色相宜，八音协畅，读来如饮甘霖。

《贾鲁河赋》就写景而言，有山川风物，有花红柳绿，有鸟语啼娇；有朝日东出，有夜月西行；有泼云百里，有碧波流玉；有诗情，有画意；有借景明理，有明物状志……凡此等等，极具强烈的艺术感染力。研读国钦先生的赋，精神倍受鼓舞，教益励心久远。

国钦先生出身农家，为人质朴，博学多才，且又温文尔雅，倜傥风流。他爱党爱国，爱河南更爱郑州。自河大毕业几十年来，一直在业余时间从事文学创作，后来又从事文化管理工作，对诗词歌赋多有涉猎。数十年持续不断、不离不弃，堪称当代河南最忠实之文学追求者。而本书的出版，则集中表现了他为歌颂郑州、宣传郑州所做出的重要贡献。

2019 年 1 月 12 日

作者简介：

吴国顺，郑州诗词学会、郑州老年诗词研究会常务副会长兼秘书长，中华诗词学会会员，河南诗词学会会员，郑州作协会员。曾担任多部诗词选集及长联选集的执行主编。

文章合为国而著 歌诗当为民而作

——论王国钦辞赋创作的新变实践

刘玉叶

身逢盛世，宜登高而赋。王国钦先生是中原诗词名家，多年以来专注于颂歌中原大地。此次由姚待献先生主编出版的辞赋专著《赋说中原》，第一次收录了王国钦先生十多年来的辞赋之作。展卷而读，不禁感其翰藻，体其浏亮，叹其慷慨，吟其流美。如入肃肃廊庙而抱星辰日月、闻钟鼓铿锵，堪称当今新时代的雅乐正音。

《南齐书·文学传论》中提出文学“若无新变，不能代雄”，创新求变是一种文学体裁始终富有勃勃生机的基石。赋为文体，源远流长，为汉“一代之文学”，论者又常以为宋后即日衰。那么当今辞赋应如何新变，何去何从？王国维曾说：“一种文体通行既久，习套渐多。虽豪杰之士，亦难于其中自树立耳。”这是无数文论家与创作者多少年来都密切关注讨论的问题。阅读这部专著，笔者认为王国钦先生已经通过赋作实践回答了这个问题：首先应有观念新变、理论自信，有“断档空白，我们来补”的壮志豪情；中原城市地区赋，也正是对传统都邑赋的继承新变；而王国钦“拿手”的度词新词创作，又为其辞赋创作增添了全新的生命韵味。赵翼《论诗》诗云：“诗文随世运，无日不趋新。”古老赋体又焉能不趋当今文化盛世而新变代雄哉？

一、“断档空白，我们来补”——论王国钦辞赋创作的理论新变

赋体在当今如何自处，并如何处理好雅俗、古今的联系，已经被讨论近百年了。1927 年，郭绍虞在《赋在中国文学史上的位置》一文中，介绍赋体经过短赋、骚赋、辞赋、骈赋、律赋和文赋这样几个发展阶段之后提出：“赋体演进的历史，是否便止于此呢？……则当现在语体盛行的时期，不应再有语赋———白话赋的产生吗？”但这“白话赋”的发展却充满了质疑和坎坷，对于赋是否应该白话化、是否应延续传统文体韵律要求等都争论不休。故而对于当代赋的创作，首先应该解决的还是以基本的理论为之“辩体”。

王国钦是一位成果斐然的当代诗词理论家，著有《知时斋说诗》等理论分析专著。“赋者，古诗之流也。”诗与赋同源且关系密切，我们可以通过他的诗论与赋作看出他对赋体创新的基本态度。早在《走向新世纪的中华青年诗词》（见《守望者说》）一文中，王国钦曾引

用了胡适在《文学改良刍议》中提出的“文学改良八事”：

一曰须言之有物；二曰不模仿古人；三曰须讲求文法；四曰不作无病之呻吟；五曰务去烂调套语；六曰不用典；七曰不讲对仗；八曰不避俗字俗语。

王国钦认为，胡适的相关论述都颇有当代借鉴价值，如“一时代有一时代之文学”，“即令神似古人，亦不过为博物馆中添几许逼真赝鼎而已。文学云乎哉？”他还将这“文学八事”改良成为当代创作的“诗词八事”：

一曰须言之有物；二曰不无病呻吟；三曰倡双规韵制；四曰敢承旧创新；五曰弃陈词僻典；六曰少模仿古人；七曰要走向社会；八曰对时代关心。

这里的“诗词八事”不仅可以看作是王国钦对当代诗词创作的总体精神纲领，其实也可作为他本人对诗词及辞赋创作的理论基础。而且，在其现有的创作中已处处体现了对此“八事”的践行。

如曰“须言之有物”“不无病呻吟”。这部《赋说中原》里的赋作都具有明确的主题与对象，务实无虚言。如《新乡赋》共分为八段，“古来兵家必争之乡”，言其历史地理位置；“中华姓氏主要发源之乡”，言其为六十七姓之源；“名人荟萃辈出之乡”，专言历史名人；“文化积淀厚重之乡”，专言传说、遗址之留存；“文化名胜俊游之乡”，言旅游资源；“中原美食之乡”，写饕餮盛宴；“创新更新鼎新之乡”，全新诠释“新乡”

之名；“和谐奉献崇文常新之乡”，概述当前城市发展大势。每一段皆紧扣主题铺陈论述，摆事实、讲数据，并无一句空话虚言，各段环环相扣，共同呼应了赋作主题，可谓言之有物，毫无矫揉造作。

如曰“敢承旧创新”“少模仿古人”。新与旧、雅与俗的关系处理，是当代辞赋创作者都会遇到的两难平衡问题。一味摹古，孤芳自赏，既失去创新精神，也难以表现具有现代文明特征的描写对象；而全使用现代语言，抛弃辞赋定式，只会让赋的文体特点丧失，成为工整的现代散文而已。王国钦首先尊重辞赋传统特点，并运用简明易懂的文言词汇，还适时加入一些当代语词，使赋在庄重典雅的整体艺术特色中有了一丝青春时尚的气息。如《河南大学赋》云：“夫大河之南者，苍茫茫天下之中也；吾河南大学者，哗啦啦杏坛之旌也。”又如《拜诗圣文》云：“诗歌创新，志若鸿鹄。断档空白，我们来补。”简洁有力而不失志向。尤其在处理当代城市主题时，如何用文言表达高新技术内容是现在辞赋作者遇到的普遍难题，如《光明日报》的《百城赋》栏目，有一位撰稿人在《〈光明日报〉刊登的〈芜湖赋〉的写作经过》一文中说：“不料到了关于坚持科学发展、兴起三大产业、打造五大优势，特别要体现当代芜湖人的风气之先、奋发有为的创新创造及包容精神这个坎时，就把你小腰给撞了个不轻。无论是文风气势，还是叙述风格，如高台琅苑对水泥楼，前后根本无法统一。”

“高台琅苑对水泥楼”形象地说明了古典与现代的“混搭”在实际操作中的困难程度，说明传统文言形式与风格在描写当代内容时，是必然需要大刀阔斧地创新改造的。我们看本书中的《郑州高新区赋》：作为全新发展的高新技术发展区，全篇自然也没有一般辞赋所惯以表现的历史文化内容，但作者则用“热土拓荒”“生态蓝图”“中原追梦”“创造辉煌”“使命如山”五部分结构成篇。“规划评审，黄河饭店尝甘苦；架线送电，老两河上月如钩”，叙述草创时期，景与物交融。“‘高速度、高起点’，方针既定惊海内；‘大跨度、超常规’，内陆擎起航标灯”，化用政策口号，简明易懂而朗朗上口。全用现代语言叙现代之事，但对应的句式则与现代散文拉开了距离，同时使高新技术词汇也在赋中显得浑然天成，并不突兀。

如曰“用典”。王国钦尊重中国传统文体的基本特征，将胡适所说的“不用典”修正为“弃陈词僻典”，也在辞赋中极为重视用典。如《新乡赋》仅注释就有一万余字，基本全为所用典故的解释。密集典故的运用使得赋作典雅厚重，与新乡深厚的文化底蕴相契。又如《拜诗圣文》中这一段：

翠柳黄鹂，青天白鹭。好雨知时，无声润物。怀君尧舜，要淳风俗。安史之乱，凋敝万户。兵车辚辚，道横白骨。酒肉朱门，谁识民苦？三吏三别，丽人犹舞。恨别长安，颠沛之路。奔走陇右，秦州同谷。飘泊西南，秋风茅屋。寒士广厦，愿得庇护。滚滚长江，萧萧落木。沉郁顿挫，华章自赋。野老布衣，葵藿性固……

句句用典，将杜甫的名诗名句融入四字句中，可谓无一字无来处。作者苦心选择了常人耳熟能详的杜甫作品，虽典故密集但毫不影响阅读体验，无陈词，少僻典，用语天然而毫无斧凿之痕。

如曰“要走向社会”“对时代关心”。王国钦曾将白居易的名言“文章合为时而著，歌诗合为事而作”改写为“文章合为国而著，歌诗当为民而作”，并阐释曰：“国”，“是我们正在为民族复兴而灿烂绽放的中国梦”；“民”，“是我国各族人民久久呼唤的公平和公正、幸福与安康”。两字之差，已完全凸显诗人的胸襟与抱负。其赋作中也处处可见为“国”之壮志、为“民”之温情。如他在《兰考赋》中追问：“中国特色之精髓如何？”“共产党人之胸襟如何？”在《固始“开闽三王纪念馆”建馆记》中呼唤“将道德归堂兮期四海一统”“让中华圆梦兮足万民之愿”，使得赋作完全可以表达新时代的主旋律内容，从而成为当下的民族雅乐、国家正音，延续了汉赋的价值取向，提升了赋的功能地位。同时，作者还表达了这一历史责任由我辈一力承担的自信豪情：诗词歌赋，我辈守护，“断档空白，我们来补！”

二、“溱洧泱泱，歌吟故故”——论王国钦中原赋对传统都邑赋的继承新变

司马相如云：“赋家之心，包括宇宙，总揽人物。”清代孙梅曾言：“赋一物则究此物之情状，论一都则包一朝之沿革。”（《四六丛话》）赋体尤其适合全面铺陈摹写一个特定地域之内的地理环境、风土物产、人文风俗、教育礼仪等情况，一定程度上可以起到地理志、类书、课本的作用，“论一都则包一朝之沿革”，在时间、空

间上展现一个时代的壮丽图景。中国传统的都邑赋是赋作中的重要题材，自扬雄《蜀都赋》始，最知名者如东汉班固《两都赋》、张衡《二京赋》、西晋左思《三都赋》等，传统绵延至于清代。《赋说中原》中无论是赋说城市地区地理如郑州、新乡、兰考、告成、郑州高新区、郑州之贾鲁河，还是河南地区的高等学府、文化盛事，如河南大学、商丘一院、拜祖大典、拜谒杜甫、祭祀比干以至赋说河南出版产业园等，皆以中原地域为中心，有着强烈的地域文化色彩，都可以说是传统都邑赋的现代传承。

检之《历代赋汇》，其中的都邑赋共有 84 篇，而所处中原的有 12 篇，几乎都作于汉、宋两代，集中于洛阳与开封。可以说中原赋在历史上是较为缺乏的，是和中国历史上中原地区至为重要的政治、文化地位严重不符的，也体现了宋代以后中原优势地位逐渐旁落的历史苍凉。历史上的辉煌，近代的落寞，当代的强势崛起，是中原大地的坎坷长歌。近十年来，王国钦集中以赋描写中原，其题材之专一、规模之宏大，皆为历史上中原文学之所未有，弥补了历史上中原大赋较为缺失之遗憾，也呼应了当下国家关于中原崛起战略、建设郑州为国家中心城市之时代东风，是中原宣传自身、向世人展示文化优势的迫切现实需要。王国钦所作的中原诸赋，是中原的精致文化名片、古雅的文学宣传片，已在国内产生了广泛影响。《郑州赋》已被东海舰队悬挂在“郑州号”驱逐舰上，被郑州园博园镶嵌在园内轩辕阁顶层，不正说明辞赋可以成为当代一个城市的文化符号并成为最传统也最时髦的城市代言吗？

赋的文体特征，使其非常适合容纳杂沓纷繁的信息含量。而姚待献先生主编的这一本《赋说中原》，完全可作为一部中原方志与类书来阅读学习。清代刘熙载在《艺概·赋概》中说：“赋起于情事杂沓，诗不能驭，故为赋以铺陈之。斯于千态万状、层见叠出者，吐无不畅，畅无或竭。”《汉书·王褒传》中说，读赋可以获取广博的知识，“鸟兽草木多闻之观”。清代学者袁枚在为浦铣所辑《历代赋话》所作序言中也说：“古无志书，又无类书。是以《三都》《两京》，欲叙风土物产之美，山则某某，水则某某，草木、鸟兽、虫鱼则某某。穷搜博访，至于三年乃成、十年乃成……盖不徒震其才藻之华，且藏之巾笥，作志书、类书读故也。”如《告成赋》中“天文之圣城”一段，就介绍了颛顼历、太初历、大衍历、授时历的历法变革。二十四节气如何建立？如何影响农业之耘、种、收、藏？及僧一行、郭守敬、董作宾、伊世同的具体贡献等等，知识点密集准确，读来令人收获颇丰。如《贾鲁河赋》之第二段，寥寥数笔即告诉读者贾鲁河的曾用名、发源、流经、漕运历史、水系、湖泊等，极富“原本载籍”的“征实”精神，可想而知作者为写赋准备资料之详尽严谨。左思为写《三都赋》历经十年，详尽考证，“其山川城邑则稽之地图，其鸟兽草木则验之方志。风谣歌舞，各附其俗；魁梧长者，莫非其旧”。王国钦写作《告成赋》历经二十五稿而定，《中南财经政法大学赋》则历经三十二稿而定，真可令人慨叹赋家创作皆为点滴心血之凝就。

本书之中原诸赋，也是体现中原特色地域文化的最佳文字载体。《郑州赋》开头即云：“郑州者，当代河南省府也。北枕黄河千秋入梦，南依嵩岳万里凭高，东邻古汴菊香醉客，西望牡丹国色呈娇，自古繁华于中州也。”文采流丽，几句话道尽一城之炫彩风流。《新乡赋》表现旅游资源一段，集合了太公庙、比干庙、同盟山、博浪沙、三石坊、千佛塔、魏长城、百泉药交会、太极书院、关山地貌、饿夫墓、新乡八景、平原省委旧址、东方文化步行街、跑马岭、白云寺、万仙山、八里沟、七里营、京华园，高密度介绍了新乡的人文地理风景，对仗整饬，音韵流转，宣传效果丝毫不差于一部电视广告。王国钦也同样擅用中原特色词汇，如《郑州赋》结尾："走笔至此，忽闻天下人同声笑曰：'中！'何者？中州、中原、中流乃至中华之千秋好梦，皆源之于此且必将梦圆也！”在《告成赋》中又这样解释“中”的文化内涵：“盖‘中’者，已涵纳政治、天文、地理、生态诸文化之意蕴也。中原、中国、中华，无不因之而缘起；中土、中庸、中和，从此广布而流传。中州大地‘中不中’之俗语，乃天中语言之活化石也。”既以谐谑手法打破了赋的传统结尾定式，又解释了广为人知的中原特色地域俗语，也一语说破“中”在中原文化的深厚底蕴。

赋写中原，运笔毫无“为文而造情”之痕。王国钦之中原赋与传统都邑赋几乎赞美颂歌的模式相比，更多是出自对家乡的深厚情感。从其博客名“溱洧泱泱”就可看出，中原大地的山河大川对他的滋养浸润。在《郑州高新区赋》中他衷心祝福：“中部崛起，龙头大郑州‘同心山成玉’；文化强省，中原城市群‘协力土成金’。”王国钦从事出版行业几十年，对中原出版事业有着强烈的热爱之情，在《河南出版产业园赋》中说：“大象无形，农家书屋一幢幢建设方兴未艾；洛阳纸贵，求知读者看芸芸景象蔚为壮观。多媒体形式并举，中原出版应支撑中部崛起；再转型产业升级，文化兴国已氤氲文化馨香。”对中原文化出版事业的殷切展望尽在其中。他还在《丁亥年黄帝故里拜祖大典拜祖文》中写道：“豫州故土，佑于炎黄。轩辕至今，多少沧桑。几曾落伍，几度彷徨。中部崛起，正道康庄。追星赶月，气韵铿锵。志酬三农，广储粮仓。全国率先，蠲免皇粮。优秀传统，源远流长。文化兴省，由大入强。”其中有对家乡历史的自豪，有对发展落伍的慨叹，有对迎头追赶的壮志，有对承继文化的期许。情意点点，尽寓其中。刘熙载说：“赋别于诗者，诗辞情少而声情多，赋声情少而辞情多。”于此何其谬也！此中原诸赋却是并兼辞情与声情，已脱去汉赋“与义相失”“与情相悖”（挚虞《文章留别论》）之误也。

三、以赋为词，以词为赋——论王国钦辞赋创作的文体新变

作为一位诗、词、赋“全能”型创作人才，在以辞赋创作知名前，王国钦更广为人知的是他对于度词新词的理论探索与创新实践。那么这几种传统文体的创作之间有何关联？诗词与赋的写作是否有一脉相承之处呢？通过对王国钦写作过程的分析，或许可给诗、词、赋的现代创作理论更多实例，也能给予广大传统文体创作爱好者更多实践路径的启发。

赋本与诗同源，是用铺陈杂沓手法写就的诗。而赋

与词的关系，长期为古人所忽视。这是因为长期以来，词被视为“艳科”“小道”，难以取得和诗、赋的同等地位。继苏轼“以诗为词”后，柳永等人以铺陈摛彩的手法作词，袁行霈等学者将之总结为“以赋为词”。柳永所作的长调慢词，突破了中晚唐以来令曲小词的固定格局与表现手法，一来注重铺陈，二来用赋体“直书见事”的叙述手法，使词体一变。尔后辛弃疾、周邦彦等都继承发扬了“以赋为词”的写法，实现了词体的发展创新。

王国钦大力倡导的度词新词，不但同样实现了词体的当代创新，突破了词体千余年来陈陈相因的固定格局与表现手法，其自由特质也更适合与赋打通文体界限。在1990年全国第三届中华诗词研讨会上，王国钦在会议宣读的论文《中华诗词当代创作之我见》中，首次提出了“度词”这一概念，并总结特点为：“其形式揣度自由灵活，其平仄裁度自然有序，其语言运用长短交错，其声韵调度自然和谐”，“乃一种‘似词又不是词，形似而神益似’的诗体文学新形式”，吸收了词的语言、音韵、分片等形式特点，又摆脱了按谱填写的宋词限制。作者称其是宋词与新诗“恰切、成功的艺术嫁接，完成了一次艺术跨越的革命”。而这样的自由新词，也更适合铺陈举事与直言见事，更适合“以赋为词”。如王国钦创作的《新词·自赏梅兰·纪念辛亥革命100周年》（见《知时斋诗赋》）：

百年回首，越时空痛饮屠龙酒。义举武昌，血洒羊城，忆当年霜败宫墙柳。扫落叶，挥铁帚。　　党人赳赳，仰先烈精神已不朽。战为民权，死为民生，为民主国人胆如斗。公天下，在胸口。　　白云苍狗，见黑白猫鼠满街走。声号弥陀，意在官仓，奈英魂自赏梅兰藕。隔海望，再携手。

此词夹杂叙事、议论与抒情，回顾了辛亥革命的时间、地点、任务、目标与历程，可谓“直言”，慷慨激昂的品评又颇似赋中的颂赞，自由而对仗的格式也神似赋体。一首小词可以说就是一篇精品小赋——这也应该是度词新词的创新艺术特色之一。

由此，我们重新阅读这样一部《赋说中原》即可确定：王国钦的赋作成就，正是建立在他个人诗词创作的深厚功底之上的。度词新词本身适于“以赋为词”，而以度词手法作赋又可以说是“以词为赋”了。王国钦的“以词为赋”，首先体现为直接将其度词作品植入赋中。如在《郑州赋》的起始和结尾部分，作者分别植入了度词《钟声远·登郑州二七纪念塔》、新词《马蹄骄·为郑州四桥一路竣工命笔》：

有词证之曰：“朗朗乾坤，魂凝双塔，气贯长虹。大笔如椽，倒题天宇：二七雄风。青史写峥嵘。记铁路狂潮总罢工。把京汉丹心，换了自由；听江岸汽笛，呐喊声声。芳草萋萋，年年如故，说郑州人杰地英灵。云汉钟声远，关河塔色雄。　　喜升平。看游客每从双塔识绿城。普乐园中先烈恨，长春桥畔后人情。步云阶，抒云志；裁云手，舞云龙。凭高望远，来去流霞万籁鸣。画楼环塔立，桑野抱烟生。惊回首，万方商贾，正弄潮商战竞奇兵。愿潇洒，伴君行。”

复证之以新词曰："大笔凭谁信手描？郑州一夜画中瞧！金水河边仰立交。玉带龙盘，高路马蹄骄。今日图开新境界，风潇洒，彩云飘。　　逐鹿中原烽火起，绿城商战卷狂飙。笑看群英各逞豪。亮丽雕栏，鹏翼入云霄。同谱中华开放曲，行香子，念奴娇。

在这里，词与赋可以说已经水乳交融。度词《钟声远》以磅礴的气势与明快的节奏总领全赋，名为登塔，但全词叙写了二七大罢工的光辉历史和郑州的发展现状，从内容和结构来看作为一篇大赋的开端是再合适不过；而新词《马蹄骄》题名虽为"四桥一路"而作，但对郑州的现代高速发展作了整体的铺陈，形式上完全可以替代传统赋尾的"乱"或"赞"。除了植入度词，作者还匠心独运地打通几种文体，如《贾鲁河赋》植入了五首同韵组诗《贾鲁河边走》；《兰考赋》第四段结尾的"桐花朵朵溢香开，岁岁清明去又回。为济苍生心上愿，春风春雨拜公来"，是七言绝句的无缝植入；而《郑州高新区赋》中的"放眼望：四十八平方公里的热土啊，企业旗舰扬帆远航，一区多园和谐相处；天会更蓝，树将更绿，人已更美，月能更圆，梦必更好，水也更清……"一段，则完全是以白话新诗入赋了。

王国钦的这些创新式植入正可说明：现代赋与传统诗词、度词、新词、新诗等文体的界限本不是那样泾渭分明，文体之间有相当多交流沟通的渠道与空间。除了直接植入之外，王国钦的"以词为赋"还表现在以词的写作手法、表现风格等作赋。作赋如填词，古人亦有同感。李廌《师友谈记》就引用秦观的论点云："观少游之说，作赋正如填歌曲尔。”王国钦在其赋作中，往往精于炼字，颇重诗词写作中的格式、修辞与意境营造，多有好句可当诗词讽诵咏之，如《中南财经政法大学赋》中的“极目楚天龟蛇静，当惊世界起宏图”。《兰考赋》每段开头在形式上好似一首绝句，如“茫茫大中原，生民繁衍早。兰封与考城，合并称兰考”“荡荡大中原，星月何皎皎。熠熠耀明珠，悠悠说兰考”等。而有些段落，其实也可当成一首独立的度词看待，如《荷花赋》中的“自荷钱出水，便缀点清波；及劲叶既生，则日高一日。绿水扶高茎，环游鱼虾以为戏；碧叶承玉露，得润天地之精华。曲径雕栏，福乡梦水，引多少风雅宾客；一枝入镜，十里成图，藏三五荡舟美眉”一段王国钦正以其众多的创作实践，解答了现代新赋与诗、词之间的渊源，也证明了这几种文体在创作中是可以相互借鉴、互通有无的。这也正是新赋在文体上的创新点之一，让我们看到由诗、词入手而作赋，赋又同时滋养诗词创作的现代写作学习路径。

习近平总书记曾指出：“在每一个历史时期，中华民族都留下了无数不朽作品，从诗经、楚辞、汉赋，到唐诗、宋词、元曲、明清小说等，共同铸就了灿烂的中国文艺历史星河……经典之所以能够成为经典，其中必然含有隽永的美、永恒的情、浩荡的气。经典通过主题内蕴、人物塑造、情感建构、意境营造、语言修辞等，容纳了深刻流动的心灵世界和鲜活丰满的本真生命，包含了历史、文化、人性的内涵，具有思想的穿透力、审美的洞察力、形式的创造力，因此才能成为不会过时的作品。”（《在中国文联十大、中国作协九大开幕式上的讲话》）在这里，习总书记鼓励我们也留下属于当今时代的不朽作品。对于何为经典作品的论述，同样值得当下的传统文学创作者们细细揣摩。

王国钦先生的中原赋作，具有为国为民的时代精神，为中原地域呐喊宣传的知识属性，富有如诗如画的审美内涵与形式创新功能，也正是习总书记所说的“具有思想的穿透力、审美的洞察力、形式的创造力”。在这样的文学大潮弄潮儿带领下，我们当代辞赋、中原文学的明天，真正令人期待。也正如其《河南大学赋》所云：“薪火相传，敢为人先，看吾辈自强而行！”

作者介绍：

刘玉叶，郑州大学文学院副教授，中国人民大学国学院博士，研究方向为中国古代诗词理论与魏晋南北朝文学。曾有个人诗词赋集《愚斋稿》，在核心期刊发表论文二十余篇，并主持国家社科基金等项目多项。

代后记

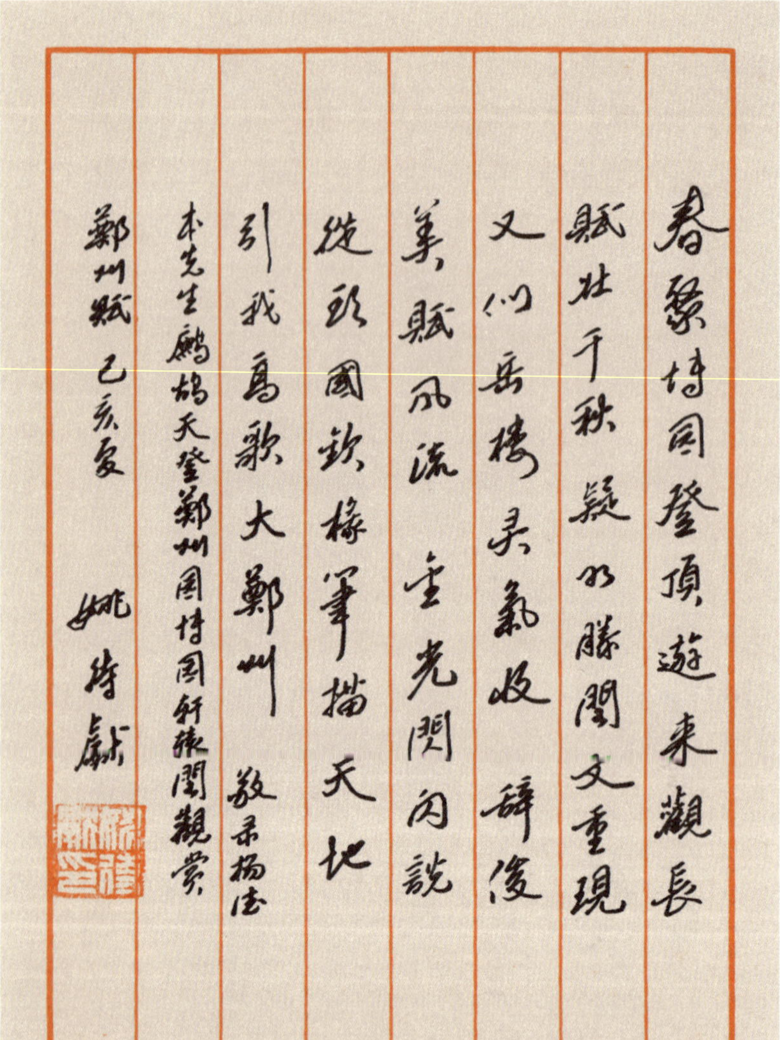

《鹧鸪天·登郑州园博园轩辕阁观〈郑州赋〉》

杨德本　词　姚待献　书

王国钦辞赋的又一次自我突破

姚待献

从开始主编《赋说中原——王国钦辞赋欣赏》至今，大半年的时间已经过去了。但国钦先生的辞赋创作，却一直在持续进行中。其中的《如意赋》，就是增加的一篇新作。

《如意赋》是作者应如意湖办事处之邀而作。文字不多，但其突破之处我觉得主要有以下三个方面：

首先，创作题材的突破。国钦先生的大部分作品，或以一个区域（学校）的历史内容为主，如《郑州赋》《新乡赋》《告成赋》《河南大学赋》；或以一个区域的现实表达为主，如《郑州高新区赋》《河南出版产业园赋》；或以单纯的某一种事物为主，如《荷花赋》《雪霁赋》《贾鲁河赋》；或以某一个特殊历史人物为对象，如《拜诗圣文》《拜比干文》等。但《如意赋》这一作品的题材，既是对一种事物（如意）的描写，又是对一个区域（如意湖办事处）文化的表现。将二者综合在一起进行创作，无疑又为作者增加了一定的难度。

其次，整体构思的突破。《如意赋》以表现“如意”之物开始，以表现“如意湖办事处”结束；前者以文化为主，后者以精神为主。但两个“如意”之间的关系如何处理、如何联系？无疑是一个比较棘手的问题。从作品本身来看，二者从“如意”的命名、样式、造型，到如意“器物”的实用性、“宝物”的可贵性、“祥物”的寓意性……铺垫自然，引发巧妙，从而达到了自然升华之目的。“如意者，精神追求之境界、美好生活之目标也。”在这里，作者将习近平总书记与中外记者见面时的谈话，巧妙地嵌入文中并作为结尾，既丰富了传统器物“如意”之主题，也紧扣了办事处的中心工作，又刷新了“如意”的时代内涵——虽不动声色，但润物无声。

再次，谋篇布局的突破。国钦先生原来的作品，大多在每一段落之前概括出一个或多个精炼的词语，“先声夺人”地引领出这一段落的具体内容。如“郑州者，当代河南省府也”“郑州者，华夏文明祖根也”“郑州者，民族文化滥觞也”“郑州者，文化形胜之地也”“郑州者，万里黄河之都也”“郑州者，群星璀璨之所也”“郑州者，文明发展之乡也”等，层层递进，脉络清晰，整体分享了郑州各个时期、各个方面的古今精彩。但《如意赋》，则明显地另辟蹊径：首先有层次地铺垫出某一方面的坚实内容，而后再将一个或多个精炼词语“水到渠成”地安排在段落最后，以彰其“卒章显志”之功能。

仅仅一篇《如意赋》，起码有此三个主要方面的突破。在我看来，这应该是国钦先生创新精神的又一次自然体现吧。在本书即将付梓之际，我首先想要感谢的，是为本书提供欣赏文章的诸位专家、学者。若在平时，集中收录他们的专题性文章还真是不易。令人感动的是，在本主编发出赏评邀请之后，他们积极响应，以最快的速度纷纷发来了各见精彩的欣赏文章。或从整体方面论述国钦先生多年以来在辞赋创作、创新方面所取得的成就，如胡吉祥的《声情并茂，高响入云》、张三铁的《乘风扬帆弄新潮》、郭伟的《敷陈之义的当代转换》、王永宽的《辞赋的当代意义》、杨景龙的《中州辞赋斫轮手》、邵中秋的《焕发新时代风采的壮丽赞歌》等；或对国钦先生的单篇作品进行重点欣赏，如张伦的《读〈兰考赋〉》、钟海涛的《读王国钦兄〈河南大学赋〉》、吴国顺的《读王国钦先生〈贾鲁河赋〉之感悟》等，从各个侧面评价了王国钦先生收录在本书之中的辞赋作品及其成就。对于各位老师赏评文章的选录入编，本书采用了按收稿时间先后为序的方法。

作为拙编内容的主体作者，王国钦先生对于本书出版给予了积极配合与大力支持。他在后期补入的《如意赋》《雪霁赋》《中原赋》三篇作品，也及时地丰富和深化了全书内容。尤其最后补充的《中原赋》一篇，乃应邀为新中国成立七十周年而作，并严格遵守了全篇务必为七十个字的特殊“规定”。篇幅虽短，但涵括了中原数千年以来、包括新中国成立七十年以来的主要历史性成就：

泱泱我华夏，上下五千年。黄帝和大禹，鼎立在中原。古都八居四，文化耸圣山。地灵复人杰，代代出群贤。焦公好榜样，双桐绿影间。初心未敢忘，党是幸福纤。大河流不尽，沧海济云帆。

《中原赋》以历史与人物为经纬，凸显了鼎立中原、地灵人杰、不忘初心等文化理念，容纳了黄帝、大禹、杜甫、韩愈、杜康、吴道子、张仲景等历代的优秀圣贤代表。“代代出群贤”一句，当然包括了新中国成立七十年来中原地区如史来贺、吴金印等英模人物，也彰显了县委书记好榜样焦裕禄的精神高度。而“双桐”，则特指“焦桐”与“习桐”。习总书记指出：人民群众对幸福生活的追求，就是我们的奋斗目标。换言之，中国共产党最重要的宗旨“为人民服务”，就是像纤夫一样带领中国人民走向共同的幸福目标。所以，《中原赋》里就有了“幸福纤”之说。结尾“大河流不尽，沧海济云帆”两句，则化用了李白“乘风破浪会有时，直挂云帆济沧海”之诗意。所以，一篇微型的《中原赋》，恰恰画龙点睛般深化了本书《赋说中原》的主题。考虑到篇幅不大，且已在本《后记》中引录了《中原赋》全文，所以就未在《目录》及正文中重复出现，避免全书再因此而推版和较大改动。

所以，我十分感谢国钦先生对拙编出版的重大贡献！

我还要感谢郑州大学出版社副社长骆玉安先生。本书编辑出版的主要目的，就是要通过国钦先生这些集中为郑州乃至中原地区所创制的辞赋，在郑州和中原的地方文化建设中做出一些力所能及的绵薄贡献，而郑州大学出版社则是我们的首选出版社。玉安先生为此书的出版，及时做出了积极的回应与努力。他不仅热情地邀请郑大文学院副教授刘玉叶女士为本书撰写欣赏文章，弥补了本书缺少郑大学者文章的遗憾；而且特意邀请省内有关书法家、画家，对其中的每一篇赋文都进行了书画艺术方面的再创作，就本书而言可谓是锦上添花。

在书画艺术的再创作方面，著名文艺评论家孙荪先生是我必须要感谢的！他因为眼疾及年龄问题，已多年隐居在远离都市的“桃花源”中。但当他得知《赋说中原》即将出版时，毅然打破多年惯例，在最短的时间里挥毫为《河南出版产业园赋》创作了一幅精美无比的书法作品，令人感动！著名出版人王刘纯先生，同时也是一位造诣很深的书法家，其所创作的书法作品《中原赋》，在咫尺之间表现了一种浑厚又典雅、大气又精致的文化精神，名副其实地为千里中原“赋”出了千秋文化的恢宏与厚重！尤为喜人的是，马国强、张剑锋、石品、李健强、李志强、冯杰、张志钦、王军杰、乔国强、田华璞、王旭、刘震方、沈国盛、冯国斌、宋吉祥、王针朋、张菓等书画家所提供的作品，丰富多彩，各具特色。由于本书名曰“中原”，因而这些书画家也都是中原诗、书、画坛上的各界翘楚！正是由于他们的这些作品，使得本书成为了一本诗赋、书法、绘画完全无缝融合的艺术之作。本书的出版，不仅很好地继承了中国诗、书、画三位一体的优秀传统，而且使诗、书、画艺术得以进行一次极好的艺术创新！因为不属于专业的书画出版，可能不是所有作品都很专业。想来，读者自会予以理解的。

正当本书即将图文并茂地付梓出版之际，在京高就中华诗词学会副会长的老乡王改正先生，著名评论家王守国先生，著名书法家周俊杰先生，得知讯息后分别惠赐墨宝，或题词鼓励、或题写书名。其速度之快、情谊之浓，令人肃然动容。毛鸿雁、李群成等著名书家，也惠赠了精彩的书法作品。

刚刚完成任务回到东海舰队的“郑州号”新型驱逐舰相关人员，及时发来了与《郑州赋》有关的多幅图片，使本书的出版尤为能够增光添彩。如果说《郑州赋》镶嵌在轩辕阁上，填补了中原地区缺位于名楼名赋之历史空白的话，那么《郑州赋》悬挂在“郑州舰”上，不仅仅是郑州市与“郑州舰”之间深情厚谊的象征，而且是中国文化历史上前所未有的第一次！这当然是国钦先生本人的自豪，但更是郑州乃至中原的骄傲。因此，我们要对“郑州舰”全体官兵深深地表示由衷的感谢！

在此，我还要感谢本书的整体装帧设计师王四朋先生及参与本书编校工作的王中加、李琳、李聪等同志。正是因为他们的精心设计与紧密合作，才使得本书能够堪称完美地呈现在广大读者的面前！

对以上各位朋友，再次一并表示衷心感谢！

2019 年 6 月 18 日